Contemporánea

Javier Cercas (Ibahernando, Cáceres, 1962) es profesor de literatura española en la universidad de Gerona, Honorary Fellow de la universidad de Oxford y profesor honorario de la universidad Diego Portales, en Chile. Traducida a más de treinta lenguas, su obra consta de las siguientes novelas: *El móvil*, *El inquilino*, *El vientre de la ballena*, *Soldados de Salamina* (The Independent Foreign Fiction Prize, Premio Grinzane-Cavour, Premio de la Crítica de Chile, Premio Ciudad de Barcelona, Premi Llibreter, Premio Salambó, entre otros), *La velocidad de la luz* (Athens Prize for Literature, Premio Arzobispo Juan de San Clemente, Premio Fernando Lara, ex-aequo), *Anatomía de un instante* (Premio Nacional de Narrativa, Premio Internacional Terenci Moix, Premio Mondello Città di Palermo, Prix Jean Moner, premio Radovan Galonja), *Las leyes de la frontera* (Prix Méditerranée Étranger, Premio Correntes d'Escritas, Premio Mandarache), *El impostor* (Prix du Livre Européen, Premio Internazionale Isola d'Elba, Premio Internazionale Ceppo di Pistoia, Premio Arzobispo Juan de San Clemente, premio Taofen a la mejor novela extranjera publicada en China), *El monarca de las sombras* (Prix André Malraux), *Terra Alta* (Premio Planeta), *Independencia*, *El castillo de Barbazul* y *El loco de Dios en el fin del mundo*. También ha publicado libros misceláneos –*Una buena temporada*, *Relatos reales*, *La verdad de Agamenón* y *Formas de ocultarse*– y ensayos –*La obra literaria de Gonzalo Suárez* y *El punto ciego*–. Ha recibido, además, diversos premios de ensayo y de periodismo, como el Francesco de Sanctis, en Italia, o el Joaquín Romero Murube, en España, y diversos reconocimientos a toda su carrera, como el Prix Ulysse, en Francia, o el Premio Internazionale del Salone del Libro di Torino, el Premio FriulAdria o el Premio Internazionale Città di Vigevano, en Italia.

Javier Cercas
El vientre de la ballena

DEBOLS!LLO

Papel certificado por el Forest Stewardship Council®

Primera edición: mayo de 2015
Novena reimpresión: marzo de 2025

© 1997, Javier Cercas
© 2014, Penguin Random House Grupo Editorial, S. A. U.
Travessera de Gràcia, 47-49. 08021 Barcelona
Diseño de la cubierta: Penguin Random House Grupo Editorial
Fotografía de la cubierta: © Thomas Meadows
Fotografía del autor: © Joan Tomás

Penguin Random House Grupo Editorial apoya la protección de la propiedad intelectual. La propiedad intelectual estimula la creatividad, defiende la diversidad en el ámbito de las ideas y el conocimiento, promueve la libre expresión y favorece una cultura viva. Gracias por comprar una edición autorizada de este libro y por respetar las leyes de propiedad intelectual al no reproducir ni distribuir ninguna parte de esta obra por ningún medio sin permiso. Al hacerlo está respaldando a los autores y permitiendo que PRHGE continúe publicando libros para todos los lectores. De conformidad con lo dispuesto en el artículo 67.3 del Real Decreto Ley 24/2021, de 2 de noviembre, PRHGE se reserva expresamente los derechos de reproducción y de uso de esta obra y de todos sus elementos mediante medios de lectura mecánica y otros medios adecuados a tal fin. Diríjase a CEDRO (Centro Español de Derechos Reprográficos, http://www.cedro.org) si necesita reproducir algún fragmento de esta obra.
En caso de necesidad, contacte con: seguridadproductos@penguinrandomhouse.com

Printed in Spain – Impreso en España

ISBN: 978-84-9062-453-1
Depósito legal: B-9.219-2015

Compuesto en La Nueva Edimac, S. L.

Impreso en Arteos Digital, S. L.

P 6 2 4 5 3 C

ÍNDICE

Prólogo 9

PRIMERA PARTE. La mujer del escaparate 11
SEGUNDA PARTE. El vientre de la ballena 93
TERCERA PARTE. En el país de las maravillas. 267

PRÓLOGO

Durante años pensé que debía reescribir esta novela. Se publicó en 1997; la escribí durante los dos o tres años precedentes, después de un largo período sin escribir, quiero decir sin escribir narrativa. Por aquella época trabajaba en la universidad. Robert Louis Stevenson decía que la principal obligación de una persona decente es ganarse la vida; yo le debo a la universidad (primero a la norteamericana y luego a la española) haber podido cumplir con ella. Es verdad que no he aspirado a ser un filólogo serio y que siempre me sentí como un escritor acogido por la universidad, no como un profesor universitario que a ratos perdidos escribía novelas; pero también es verdad que, al menos desde 1989, a mi regreso de Estados Unidos, hasta 1995, me dediqué de lleno a la universidad, y que hice una ínfima pero sólida carrera en ella. Por lo demás, me pregunto si en el fondo no soy más que un filólogo peculiar, un poco heterodoxo, un filólogo *in partibus infidelibus*, y en todo caso estoy seguro de que nunca hubiera escrito los libros que he escrito, mejores o peores, sin mi formación de filólogo. Lo cierto es que cuando escribí *El vientre de la ballena* llevaba demasiado tiempo sin escribir novelas, y que tal vez quise demostrar –no sé muy bien a quién, porque por entonces yo apenas tenía lectores– que era un novelista, así que intenté escribir una gran novela, o simplemente una novela grande.

Ése era quizá el peor defecto del libro. Si tuviera que definirlo ahora, más de quince años después de su publicación, podría decir que es una tragicomedia romántica con algo de novela de ideas y algo de novela de campus. Ninguno de esos subgéneros representa un problema, por supuesto: a su modo, muchos de los libros que he escrito son tragicomedias —aunque ninguno es tan comedia como éste—, casi todos son novelas de ideas —o novelas donde las ideas desempeñan un papel tan relevante como los personajes o la trama—, y sobra decir que la universidad es un paisaje tan bueno o tan malo como cualquier otro para hablar de lo que hablan las novelas. Ni siquiera me parece un problema que la novela pueda leerse como un *roman à clé*, donde se transparentan personajes más o menos conocidos del mundillo académico, puesto que en el fondo todas las novelas son *romans à clé*, por lo mismo que la ficción pura no existe: siempre está contaminada —felizmente contaminada— por la realidad, que es su carburante. Los problemas están en otro sitio, y el principal es que, porque aspiraba a escribir una gran novela, en vez de aspirar simplemente a escribir la mejor novela que podía escribir, me propuse rivalizar con lo que en España pasaba por tal cosa, para lo cual tuve que resignarme a escribir desde una cierta concepción ornamental del estilo y la estructura imperante entonces en mi país, y quizá todavía. El resultado fue un libro gordo y arborescente, excesivo, que no quería esconder el esfuerzo que había costado escribirlo, sino alardear de él.

Por eso pensé durante años que quería reescribir esta novela, y por eso la he reescrito. No he cedido a la tentación de adaptarla a mis exigencias actuales, porque eso hubiese equivalido a desvirtuarla (y también a una suerte de deslealtad con la gente a quien, a pesar de todo, el libro gustó), pero sí he intentado hacerle una severa liposucción, una cura de adelgazamiento que prescinda de lo accesorio y retenga lo esencial, y que conserve incluso la prosa un poco almidonada que entonces me gustaba y ya no, o no demasiado. Dicho de otra manera: durante años pensé que debía reescribir *El vientre de la ballena* porque sentía que era una novela mediocre en la que había enterrada una novela digna. Ahora he intentado desenterrarla.

PRIMERA PARTE

LA MUJER DEL ESCAPARATE

1

Aún no ha pasado año y medio pero es como si ya hubiera pasado mucho tiempo desde la tarde de agosto en que volví a ver a Claudia Paredes y volví a enamorarme de ella. Eso quizá es lo que entonces pensé o como mínimo lo que desde entonces he pensado a menudo: que volví a enamorarme de Claudia en cuanto volví a verla y que por tanto fue inevitable todo lo que ha ocurrido después, en este año y medio en el que ha cambiado por completo mi vida. Aunque bien pensado quizá no es verdad, quizá la idea de que todo fue inevitable ha sido sólo una argucia inventada a posteriori, un intento por lo demás fracasado de encontrar un antídoto contra el remordimiento y la culpa, y quizá también contra la nostalgia y el deseo; porque lo más probable es que siempre haya sabido que todo pudo evitarse, que nada tuvo por qué ocurrir como ocurrió y que si ocurrió fue porque yo quise o porque no evité que ocurriera, y de ahí el remordimiento y la culpa y a ratos la nostalgia y el deseo.

Lo que es seguro es que la historia empezó un jueves caluroso de agosto, el último jueves de agosto para ser más exactos, hace ahora dieciséis meses. Luisa, mi mujer, llevaba toda la semana fuera, en un congreso de historiadores que se celebraba en Amsterdam, y no volvía hasta el sábado. Yo había aprovechado su ausencia para acabar de poner en orden el material que había recogido desde la primavera con vistas a escribir un artículo sobre una novela de José Martínez Ruiz, Azorín. Estaba obligado a hacerlo, no sólo porque me había comprometido a entregar el texto en otoño, sino también porque, antes de que Marcelo Cuartero –el catedrático de quien dependía en la universidad– se marchara de vacaciones a Morella, yo le había asegurado que el primer día del nuevo curso le entregaría el esquema completo del artículo para que él lo aprobara; por eso, cuando aquel jueves al mediodía di por concluido el esquema, la promesa que le había hecho a Marcelo y la circunstancia de que el primer día del nuevo curso fuera el martes siguiente abrieron ante mí un delicioso paréntesis de cuatro días y medio de ocio limpio de mala conciencia.

Decidí celebrar el inicio de aquellas improvisadas vacaciones comiendo en Las Rías, un restaurante limpio, barato y cercano a mi casa donde solía acudir cuando Luisa se ausentaba. Al llegar yo, no había un solo comensal en el comedor y, para hacer tiempo mientras esperaba que se abriera la cocina, me senté en la barra y le pedí una cerveza al patrón, un gallego flaco y hablador con quien mantenía una relación menos cordial que distraída. Aquel día, no obstante, quizá porque me encontraba de un humor excelente, acepté contra mi costumbre dejar a un lado el periódico y entrar en la charla del patrón. Recuerdo que hablamos largamente de la marcha de su negocio, y que me anunció que a la semana siguiente inauguraba un servicio de comidas a domicilio; también, creo, hablamos de mí, de mi trabajo y, entre bromas, de la ausencia de Luisa.

Después del almuerzo dormí la siesta, y al despertar eché un vistazo a la cartelera del periódico. En el cine Casablanca ponían *La mujer del cuadro*, una vieja película de Fritz Lang que no había visto, o que no recordaba. Antes de las seis estaba a la entrada del Casablanca, y poco después de las ocho salía.

Fue entonces cuando la vi. O más bien cuando creí verla, porque, quizás entorpecido por esa dificultad de acoplarnos de nuevo a la realidad que a veces nos asalta después de ver una buena película, tardé todavía unos segundos en admitir que era Claudia la mujer de falda corta, blusa celeste y sandalias negras que estaba a unos pasos de mí, mirando los anuncios y fotogramas de películas que se exhibían en el hall del Casablanca, su silueta difusa y casi familiar recortándose contra la luz macilenta y el bullicio de la gente emergiendo al sofoco del atardecer desde el aire acondicionado del cine entre comentarios y cigarrillos recién encendidos. Recuerdo muy bien que, una vez que hube aceptado que era Claudia, mi primer impulso no fue acercarme a ella y saludarla; al contrario: como si el hecho de enfrentarnos de nuevo a una persona que hace tiempo perdimos de vista nos devolviera de golpe a la persona que fuimos cuando la frecuentábamos, en aquel momento se me aflojaron las piernas, sentí un vacío en el estómago y pensé en seguir adelante, en pasar junto a quien había sido mi amiga sin decir nada, regresando a mi casa como si no la hubiera visto. Más de una vez me he preguntado, en el año y medio transcurrido desde entonces, cómo hubiera sido mi vida si aquella tarde hubiera pasado junto a Claudia sin decirle nada. Es imposible averiguarlo, claro, pero sé que, del mismo modo que me he arrepentido tantas veces de no haber obedecido mi primer impulso al reconocerla, si lo hubiera hecho habría tardado más en alejarme de ella que en reprocharme mi cobardía o mi pusilanimidad, y me habría arrepentido igualmente de no haberla abordado.

El caso es que, tras ese larguísimo instante de duda, la abordé con una exclamación que fue casi un grito («¡Claudia!»), y que sonó en mis oídos, en medio del silencio del hall, como una forma idiota de intentar compensar mi amago de huida. Ignoro si aquel saludo atrajo la atención de la gente que salía conmigo; atrajo la de Claudia, quien, dando un respingo, se volvió hacia mí, me miró como deslumbrada por una mezcla de recelo, confusión y disgusto, y finalmente me reconoció. A mí me había dado tiempo de desear que Claudia se alegrase de verme, pero no de prepararme para lo que ocurrió. Claudia abrió de par en par los brazos y sus ojos se llenaron de una alegría sin resquicios.

—¡Tomás! —gritó, casi como si quisiera competir con mi saludo—. ¿Qué haces aquí?

La pregunta era retórica, y Claudia ni siquiera me dejó iniciar una respuesta: se abalanzó sobre mí, me besó, me separó de ella para contemplarme de arriba abajo.

—¡Qué alegría! —dijo, exultante, y en seguida repitió—: ¿Qué haces aquí?

—Acabo de salir —expliqué, señalando vagamente la entrada de la sala—. ¿Y tú?

—Nada. Perder el tiempo. En realidad estaba pensando en meterme en un cine, pero...

A punto estuve de emitir un juicio sobre la película, de aconsejarle que entrara a verla. Su impaciencia o su incredulidad me lo impidieron: como si aún no hubiera sido capaz de asimilar la sorpresa del encuentro, volvió a besarme, a examinarme con una atención entre burlona y atónita, a lanzar exclamaciones de alegría, mientras, acuciada por esa sed de saber que acomete a los amigos que no se han visto en mucho tiempo, empezó atropelladamente a hacerme preguntas, que respondí con el mismo atropello, halagado por su interés y contagiado por su exaltación. En algún momento preguntó:

—¿Tienes algo que hacer?

—No. ¿Y tú?

—Tampoco.

—¿Y la película?

—A la mierda con la película. —Me cogió del brazo, señaló hacia la calle a través de las cristaleras ahumadas del hall, tirando de mí agregó—: Vamos a tomarnos una copa, que esto hay que celebrarlo.

Salimos al paseo de Gracia y, sin apenas dudar, lo cruzamos y nos sentamos en la terraza del Golf, donde el crepúsculo estaba empezando a aliviar el calor de la tarde. Quizá porque todavía me costó un poco salir del aturdimiento o la sorpresa, no recuerdo exactamente de qué hablamos al principio. Lo que sí recuerdo es a Claudia bebiendo una cerveza que le dejaba rastros de espuma sobre los labios carnosos, encendiendo un cigarrillo con la colilla del anterior, apartándose de vez en cuando el pelo liso, corto, negro y lustroso, porque le lamía las cejas o le tapaba las sienes, mirándome ansiosa o distraída, cruzando las piernas oscurecidas por un bronceado reciente; la recuerdo hablando y riendo y gesticulando con esa delicadeza enérgica y despreocupada que yo siempre asocié a su forma espontánea de tratar con la realidad, y que de algún modo, quizá porque la envidiaba, siempre me había intimidado. Pero de aquellos primeros momentos lo que sobre todo recuerdo es mi propia perplejidad: era como si mi memoria se negara a aceptar que la mujer que tenía sentada delante de mí era también la adolescente de quien había estado enamorado casi veinte años atrás, y sospecho que, quizá por ello, al principio estuve atento, más que a sus palabras, a verificar la correspondencia entre los rasgos de la adolescente que conocí y los de la mujer con quien acababa de encontrarme.

No es fácil advertir las huellas del paso del tiempo en las personas que tratamos en la adolescencia, porque tendemos a verlas siempre como las vimos entonces; quizá por eso, pasado el primer momento, yo me rendí a la ilusión de que Claudia apenas había cambiado: es cierto que el brillo de su piel estaba empezando a gastarse, y que el fondo de fatiga que le abolsaba los párpados asomaba de vez en cuando a sus ojos, contaminando su rostro de un cansancio que no parecía sólo físico; pero también es cierto que yo aún podía reconocer la gracia espontánea de sus gestos y de su forma de hablar, la dureza visible de sus piernas y brazos, la claridad de su sonrisa y el azul luminoso de su mirada, y podía decirme que la madurez, en vez de marchitar su belleza, la había asentado. Ignoro si Claudia fue tan generosa conmigo, pero sé que, dado que nuestra libertad limita con lo que los demás esperan de nosotros —dado que uno casi nunca actúa como lo que es, sino como lo que los demás creen que es—, durante toda la noche me esforcé por dejar de comportarme como el muchacho agarrotado por las incertidumbres y pavores de la adolescencia que yo había sido siempre para Claudia y que por un momento amenazó con resucitar al volver a verla.

La segunda cerveza se las arregló para borrar el aturdimiento e instalarme de nuevo en la realidad. Claudia me contaba lo que había sido de su vida desde que dejamos de vernos. Al acabar el bachillerato había empezado a estudiar en la escuela de traductores e intérpretes, pero, por motivos que no aclaró o no entendí, no había terminado la carrera. Durante varios años había trabajado después como viajante de joyas para una firma francesa, un empleo entretenido y bien pagado, aseguró, pero agotador.

—Bueno, supongo que debe de haber cosas peores, ¿no? —la interrumpí, tratando de intercalar una línea de luz en la sombría enumeración de las ingratitudes de viajar constantemente que Claudia estaba haciendo—. Por lo menos has visto mundo.

—He visto ciudades —me corrigió—. Que no es lo mismo. Y eso gusta al principio, pero a la larga cansa, porque descubres que en el fondo todas las ciudades se parecen. Quizá con una sola excepción, que es Nueva York, porque Nueva York no quiere parecerse a nadie, mientras que todas las ciudades quieren parecerse a Nueva York. —Cogió la jarra de cerveza por el asa y, antes de dar otro sorbo, hizo un gesto de apatía o de ignorancia—. En fin, yo no sé cómo era antes, pero, hoy día, cuando has visto una ciudad ya las has visto todas.

Claudia se pasó por los labios un dedo automático, que limpió la pincelada de espuma que le había dejado la cerveza, y retomó el hilo del relato. Poco después de abandonar el empleo de viajante de joyas se había casado con un cámara que trabajaba en la televisión de Sant Cugat, un tal Pedro Uceda. Tenían un hijo de dos años, pero se habían separado (de mutuo acuerdo, precisó) poco después de que naciera. Desde entonces vivía sola con su hijo, Max, y, por lo que entendí, no pasaba apuros de dinero, pues redondeaba la asignación mensual del marido dedicándose freelance a la fotografía, una vieja afición elevada a la categoría de fuente de ingresos irregulares, aunque cada vez más sólidos, por obra de su voluntad de huir de los empleos alimenticios y de una serie de azares felices.

—Así que no me quejo —dijo a modo de conclusión, espiándome a través del humo del cigarrillo—. Y no es que no tenga razones para hacerlo, después de todo ésta es casi mi primera tarde libre en dos años...

—¿De verdad?

—Claro —respondió, asombrada por el hecho de que yo me asombrara—. Ya te enterarás cuando tengas un hijo: te absorbe por completo. Supongo que entre dos personas todo debe de ser mucho más fácil, el trabajo se reparte y todo se hace más llevadero. Pero cuando una está sola...

—Claro, claro, la cosa se complica —intervine, en un tono que intentaba combinar la admiración por la entereza de mi amiga y la reprobación por el proceder del marido, con la esperanza de que esa mezcla permitiera esquivar un tema que me pareció incómodo—. ¿Y dónde has dejado a Max?

—Está con mis padres —dijo Claudia—. En Calella. Hemos pasado un par de semanas de vacaciones en una casa que han alquilado allí, y ayer se me ocurrió que a lo mejor me convenía tomarme un par de días libres, porque el martes que viene sin falta tengo que volver a trabajar. Te digo la verdad: no sé si me apetecía, desde que nació Max es la primera vez que pasamos un día separados, y es raro, pero pensé que me sentaría bien. Así que esta tarde, después de comer, les he dicho a mis padres que me iba a Begur, a casa de unos amigos (no quiero que piensen que voy a estar sola, ya sabes cómo es la familia), y he cogido el coche y me he venido para aquí. —Me miró a los ojos y dijo con dulzura—: Quién me iba a decir que iba a tener la suerte de encontrarme contigo, ¿verdad?

—Sí —dije yo, tragando saliva—. Ha sido una verdadera suerte. —Levanté la jarra de cerveza y la acerqué hacia ella; dije—: Esto se merece un brindis.

Claudia cogió su jarra y la levantó.

—Por nosotros —dijo—. Por este encuentro.

Hicimos chocar las jarras. Bebimos.

—Bueno, cuéntame ahora qué ha sido de ti —dijo Claudia mientras yo buscaba un mechero sujetando un cigarrillo entre los labios; ella aplastó en el suelo la colilla del suyo y me acercó una cerilla encendida, protegiéndola sin necesidad, con el cuenco de la mano, del aire quieto y enfriado del anochecer–. Seguro que has hecho un montón de cosas.

Me encogí de hombros, indiferente, como asegurándole que no había mucho que contar, y le hablé sin entusiasmo de mis años de estudiante y de los que, una vez acabada la carrera, pasé malviviendo de un trabajo a destajo en una editorial; también le conté que desde hacía cinco años trabajaba dando clases en la Universidad Autónoma. Esta última noticia permitió desviar la conversación hacia un terreno común: la universidad; Claudia me habló de su experiencia en ella y yo, puede que con alguna petulancia, de mi tesis doctoral, de mis clases, de mis colegas. No recuerdo haber aludido a mi situación laboral y, aunque sólo lo mencioné de pasada, tampoco quise ocultar que me había casado, pero sí, quizá porque yo mismo aún no me había hecho a la idea de ello (o porque tanto a Luisa como a mí nos parecía prematuro airearlo y por esa razón aún no se lo habíamos contado a nadie a excepción de su madre), que desde hacía dos semanas Luisa sabía que estaba esperando un hijo. Por lo demás, antes de que Claudia empezara preguntar por Luisa y por mi matrimonio constaté que se había hecho de noche y, empujado por la locuacidad un poco eufórica de las cervezas, esta vez fui yo quien, no sin alguna aprensión, se atrevió a proponer que fuéramos a cenar juntos. Claudia arqueó interrogativamente las cejas, me miró con una especie de desencanto, objetó:

–¿Y Luisa?

–Está fuera –expliqué, sintiendo que toda la sangre del cuerpo me afluía a la cara, como si acabara de desvelar sin quererlo un secreto ajeno y terrible, del que mi infidencia me volvía cómplice–. En un congreso. Luisa también es profesora. De historia. En fin –me impacienté, asiendo los brazos de la silla–. Si no espabilamos no nos van a dar de cenar. ¿Vamos o no vamos?

Claudia propuso un restaurante que había en Aragón con Pau Claris, donde cenamos una ensalada de mariscos, una fideuá y un par de botellas de Ribeiro que facilitaron la conversación y no tardaron en arrancar de los ojos de Claudia un destello excitado. Parecía feliz de estar conmigo; yo también me sentía feliz: la incomodidad inicial se había evaporado, y creí empezar a notar que ya no era la situación la que me dominaba mí, sino yo quien empezaba a dominarla a ella. Claudia y yo hablamos sobre todo del pasado, de nuestra adolescencia común, y durante mucho rato me entregué a la agridulce crueldad de escarnecer al muchacho que fui en la época en que frecuenté a Claudia. Esa humillación retrospectiva no era, claro está, más que una tácita exhortación a que Claudia me contradijese; también, el mejor instrumento de que yo disponía para distanciar al adolescente que había sido y obligar a Claudia a admitir la superioridad del hombre que ahora era. No obstante, tuve la prudencia de no abrumar a mi amiga con mi interesada revisión del pasado, porque era evidente que ella tenía un punto de vista distinto de los años de nuestra adolescencia y que estaba deseando contarlo; así que la dejé desahogarse. No lo hice por altruismo: dejar hablar a nuestro interlocutor es una de las formas más eficaces y rápidas de ganarnos su aprecio; la más rápida y eficaz es adularlo. Es posible que, más expeditiva que yo, Claudia optara a sabiendas por esta última estrategia, lo que quizás explicaría una de las cosas que aquella noche contó y que más consiguió sorprenderme, porque dotaba a mi pasado de una dimensión nueva, como quien al regresar a una casa en la que vivió mucho tiempo descubre una habitación cuya existencia ignoraba. Según mi amiga, muchos conocidos de mi adolescencia atribuían al orgullo o incluso a la soberbia mi encarnizamiento con el estudio (que en realidad sólo era la manifestación más evidente de mi temor a la vida); esta circunstancia, unida a mi timidez y a mi físico más bien melancólico, me confería al parecer, siempre según Claudia, un cierto atractivo morboso, susceptible en todo caso de inflamar el corazón de más de una condiscípula inflamable. Aunque ahora podría atribuir este recuerdo obsequioso de Claudia a su voluntad de congraciarse conmigo, quién sabe si de compensarme por los desaires que me infligió mientras estuve enamorado de ella, lo cierto es que en aquel momento renuncié de buen grado a intentar desmentirlo; al contrario: desde la posición de privilegio en que me colocaba, alegremente me sumé al repaso de las amistades de la época que Claudia emprendió acto seguido.

He comprobado que, de noche y en compañía de un hombre, a las mujeres no les gusta tener que pensar. Quizá porque por entonces yo aún no había accedido a esa modesta sabiduría, o porque las circunstancias, que eran extraordinarias, me impidieron obrar en consecuencia, aquella noche cometí el error de pagar la cuenta antes de haber elegido un lugar donde tomar la copa que debe seguir a una cena galante. De forma que, apenas salimos a la calle, las prisas me ofuscaron, y en un frenético instante de angustia (durante el que maldije mi falta de previsión, que iba a provocar el final prematuro de una noche feliz) registré con infructuosa urgencia mi memoria en busca de un bar adecuado; por fin, cuando ya me había resignado a la fatalidad, tras un silencio más breve que incómodo le oí proponer a mi amiga:

—¿Por qué no vamos a tomar una copa a mi casa?

La sorpresa fue mayúscula. De más está decir que acepté.

2

Todavía no eran las doce cuando un taxi nos dejó en una calle paralela a República Argentina, muy cerca ya del Puchet. Pagué el taxi y seguí a Claudia. La calle era corta y empinada, y moría pocas manzanas más arriba, en una verja de hierro; tras ella, iluminado por la luz sucia que difundían los globos de luz de las farolas, me pareció distinguir borrosamente un bosque, tal vez un parque.

Mucho antes de agotar la calle, Claudia anunció:

—Aquí es.

Cruzamos un vestíbulo enmoquetado y subimos en ascensor hasta el ático. En el descansillo sólo había una puerta. Claudia sacó del bolso un manojo de llaves, me entregó el bolso y me pidió que lo sostuviera, seleccionó una llave y la introdujo en la cerradura. Cuando ya llevaba unos segundos tratando de abrir la puerta sin éxito, pregunté:

—¿Estás segura de que ésa es la llave?

—Completamente.

Al rato, tal vez cansada de forcejear, Claudia se volvió hacia mí y sonrió como si pidiera paciencia, o como si se disculpara.

—Algún día esta cerradura me va a dar un disgusto —profetizó—. Hace tiempo que debería haberla cambiado. Pero no te preocupes —agregó, dando por concluida la pausa—. Acabará cediendo.

Por decirlo de una forma suave: nunca he sido un manitas. De manera que sólo se me ocurre atribuir a los efectos de las cervezas y el Ribeiro —aliados a un torpe y precipitado deseo de hacerme valer— lo que en aquel momento me oí decir.

—¿Por qué no me dejas probar a mí?

No tuve que arrepentirme del ofrecimiento, porque por fortuna Claudia no me hizo caso: masculló algo que no entendí, y siguió escarbando en la cerradura. Respiré aliviado. Se me ocurrió entonces que, si no conseguíamos abrir la puerta, iba a resultarme muy fácil convencer a Claudia de que viniera a dormir a mi casa, pero todavía estaba indagando el modo de formular en voz alta esta propuesta cuando se abrió la puerta.

—¡Menos mal! —exclamé de inmediato, ocultando como pude la decepción—. Creí que nos quedábamos en la calle.

—Yo también —confesó Claudia—. Esta cerradura está hecha polvo. De mañana no pasa sin que le pida a un cerrajero que me la cambie. Toma —añadió, entregándome el manojo de llaves—. Métela en el bolso.

La seguí por el vestíbulo, por un pasillo de paredes blancas, por una sala amplia y en penumbra, y llegamos a una cocina americana ante la cual se abría un gran ventanal rectangular, saturado de noche.

—¿Dónde nos sentamos? —preguntó Claudia—. ¿Dentro o fuera?

—Donde tú quieras —contesté—. Estamos en tu casa. ¿Dónde dejo el bolso?

—Ahí mismo —dijo, señalando una mesa. Apretó un interruptor, y dos focos de luz blanca barrieron de golpe la oscuridad del ventanal, iluminando una terraza espaciosa, más allá de la cual la noche era una masa compacta de sombra apenas punteada por luces ralas—. En la terraza estaremos bien. Bueno, ¿qué quieres tomar?

Dejé el bolso en la mesa y me encogí de hombros, al tiempo que hacía con la cabeza un gesto magnánimo destinado a que Claudia lo tradujese así: «Más que la bebida, lo que importa es la compañía»; como Claudia tardaba en traducir, aclaré:

—Cualquier cosa.

—Cualquier cosa no es nada —objetó mientras sus labios dibujaban una sonrisa de dientes deliciosos, que trataba generosamente de atenuar el contraste entre la sensatez de sus palabras y la simpleza de las mías—. Tengo whisky, coñac, ginebra...

La atajé:

—Whisky está bien.

Salimos cargados con una bandeja donde había dos vasos, una botella de Johnnie Walker y una cubitera mediada de hielo, y nos sentamos en un extremo de la terraza, junto a un oloroso macizo de geranios, en dos de esas típicas sillas de jardín, de hierro, de asiento circular y respaldo en forma de corazón, que escoltaban a una mesa del mismo tipo, con la superficie cubierta de diminutos azulejos de colores y las patas en forma de voluta. Claudia puso la bandeja sobre la mesa, sirvió dos whiskies, por enésima vez brindó:

—Chin, chin —dijo, levantando el vaso y mirándome a los ojos—. Por nosotros. Por nuestro encuentro.

Bebimos. Claudia cruzó las piernas y prendió un cigarrillo.

—¿Qué te parece la casa? —preguntó.

—Muy bien —dije, aunque apenas la había visto.

—A mí también me gusta —dijo ella—. Es bastante grande y eso me permite trabajar aquí, sobre todo desde que Pedro se fue... Luego te enseño el tallercito de fotografía que me he montado.

Como si quisiera reafirmar el optimismo de mi amiga, aspiré profundamente el aire de la noche, abrí los brazos en un gesto abarcador y quizás algo teatral, opiné:

—Y además está la terraza.

Apoyé mis palabras ponderando la profusión de flores que llenaba la terraza, la interrogué acerca de los cuidados y la dedicación que exigían, alabé la pureza de la brisa que llegaba del Puchet y los benéficos efectos que ejercería sobre la salud, en especial sobre la salud de un niño... Lo de que soy aprensivo debe de ser cierto, porque bastó mencionar el tema de la salud para que sintiera frío. Es verdad que había refrescado; por otra parte, ya se sabe del peligro de los últimos días del verano, cuando el cuerpo, todavía acostumbrado al calor, está desprevenido, mientras el aire, que no descansa, se ha infectado ya del frío del otoño. Nunca me ha gustado jugar con la salud, pero en aquella ocasión, y en vista de que mi amiga parecía inmune a la brisa, el orgullo pudo más que el miedo a un resfriado. Mi valiente decisión de aguantar el cambio de temperatura sin más abrigo que una ligera camisa se vio reforzada en el momento en que, con envidiable presencia de ánimo, Claudia comentó:

—Cuando hace fresco, como esta noche, aquí se está de perlas, pero un par de semanas atrás no corría una gota de aire a esta hora, y de día era un horno.

—Me lo imagino —dije, y a continuación, frotándome los brazos con alguna energía, me atreví a reflexionar—: Pero qué quieres que te diga: la verdad es que yo ahora mismo no tengo ningún calor.

—¿Quieres que te traiga un jersey? —preguntó, solícita.

—Qué va. Era sólo un comentario.

Me opuse con fuerza a que fuera a buscarlo, pero no quise sobrepasar el punto en que la insistencia se convierte en descortesía. Al rato regresó con el jersey; me lo entregó y volvió a sentarse en su silla; con naturalidad, como si de veras le interesara el tema, observó:

—No me has hablado de Luisa.

—Tampoco me lo has pedido —repliqué, intentando concentrarme en localizar el agujero del jersey por donde debía meter la cabeza—. Qué quieres que te cuente.

—¿Te ayudo? —preguntó.

—No hace falta —dije.

Hubo un silencio, durante el cual Claudia debió de reflexionar.

—No sé —dijo finalmente, con una voz rara—. ¿Le has sido infiel alguna vez?

Acabé de hacerme un lío con el jersey. Esto me permitió ganar un poco de tiempo, aunque necesitaba más. Así que, mientras exploraba con la cabeza una de las mangas del jersey y me estrujaba el cerebro intentando dar con la respuesta adecuada, contesté a la pregunta con otra pregunta:

—¿Qué quieres decir?

Reconozco que no fue una salida brillante; pero fue una salida. Porque, mientras Claudia se levantaba y me echaba una mano con el jersey, que se había enredado de una forma horrorosa, me lo desenredaba riéndose, me repetía la pregunta y regresaba a su silla, a mí me dio tiempo de optar por la estrategia que juzgué más airosa: intentar a toda costa preservar la imagen de hombre desprejuiciado que, según creía (o esperaba), de mí se habría forjado mi amiga.

—Alguna vez —mentí.

—Cuántas —insistió.

—No lo sé —dije—. Dos. Quizá tres. No me acuerdo.

—¿De verdad no te acuerdas?

—De verdad —dije—. ¿Te parece raro?

—Rarísimo —aseguró, escrutándome divertida—. Yo me acuerdo perfectamente de todos los hombres con los que me he ido a la cama.

—«Los feits d'amor no puc metre en oblit» —recité, silabeando—. «Ab qui els haguí, ne el lloc, no em cau d'esment.»

—¿De quién es eso?

—De Ausiàs March —dije—. ¿Te gusta?

—Es precioso —dijo—. Y es verdad.

—Es precioso porque es verdad —la corregí—. Por lo menos en tu caso.

—Y apuesto a que en el tuyo también —dijo y, como si quisiera premiarme por la cita, o celebrarla, me sirvió más whisky—. Sólo que eres un mentiroso.

Me reí. Luego, halagado por el éxito, contraataqué.

—¿Y tú?

—Yo ¿qué? —dijo, encendiendo otro cigarrillo y volviendo a cruzar las piernas—. ¿Que si soy una mentirosa?

—Que si engañaste a tu marido alguna vez.

—Ni una sola —dijo con énfasis, y sus labios insinuaron una sonrisa traviesa—. Siempre he sido una idiota.

—¿Por qué?

—Porque él sí me engañaba a mí —dijo—. Que yo sepa, lo hizo por lo menos un par de veces.

No dije nada, pero me di cuenta entonces de que había sido un error mentir. Por un momento pensé en rectificar, en decirle que todo había sido una broma, en reconocer la verdad: que nunca había engañado a Luisa. Pero pensé que, como suele decirse, el remedio podía ser peor que la enfermedad, y no lo hice; al contrario: en vez de desmentir mi propia mentira, traté de justificarla. Tímidamente aventuré que la fidelidad es una de las cosas que más nos separan a los hombres de las mujeres, porque a nosotros nos cuesta más trabajo mantenerla.

—Tonterías —dijo Claudia—. Ésa es una de las pocas cosas que nos unen. A los dos nos cuesta el mismo trabajo ser fieles; lo que pasa es que a muchas mujeres les da miedo dejar de serlo, mientras que a la mayoría de los hombres no.

—No veo la diferencia.

—Pues la hay.

—De todas maneras el problema es el mismo —proseguí, antes de que Claudia pudiese explicarse—. La fidelidad. ¿Por qué tiene que ser una virtud la fidelidad, cuando va contra nuestra naturaleza? A todo el mundo le gusta variar. En todo. El hombre es el animal que varía.

—Por eso es infeliz.

—Por eso es hombre. Los animales son los únicos que disfrutan repitiendo siempre las mismas cosas, en los mismos lugares. Ésos sí que son felices. Bueno, pues por mí que les aproveche. Yo, si tengo que imaginarme el infierno, me lo imagino como un sitio donde siempre se hacen las mismas cosas, de la misma forma y con la misma gente.

—Es curioso, así es como siempre me he imaginado yo el cielo, como un sitio donde uno hace siempre las mismas cosas sin cansarse de hacerlas.

—Así es como nos enseñaban a imaginarlo, ¿no? —me burlé. No sé si creía en lo que estaba diciendo, pero lo cierto es que, porque me permitía tomar el mando de la conversación y, quizá, porque tenía la secreta convicción de que agradaba a Claudia, me divertía decirlo–. A mí me parece que uno es infiel por casi todo. Quien no es feliz con su pareja, por insatisfacción, y quien es feliz, para no entregarse del todo, para rescatarse un poco.

–Y quien no es ni una cosa ni otra, para poder contarlo.

–Eso también –dije–. Aunque a lo mejor todo lo que hacemos lo hacemos para poder contarlo.

Claudia se encogió de hombros, divertida, y me sirvió más whisky. Ella también se sirvió.

–Oye, Tomás, dime una cosa –continuó, volviendo a recostarse en el respaldo de la silla, mientras con una mano se apartaba el pelo de la frente y con la otra sostenía el vaso que acababa de rellenar y el cigarrillo casi consumido–. ¿Se lo has contado alguna vez a Luisa?

–¿El qué? ¿Que me acuesto con otras mujeres?

–Sí.

–Ni hablar –dije–. ¿Por qué iba a contárselo?

–Mucha gente lo hace –alegó–. Pedro, por ejemplo.

«Así os ha ido», pensé.

–Pues yo no lo he hecho nunca, ni pienso hacerlo –dije–. No sé qué iba a ganar contándoselo.

–Decir la verdad.

–No siempre es bueno decir la verdad –objeté–. Quiero decir que lo que siempre es bueno es no mentir, pero a veces es mejor no decir la verdad sin necesidad de mentir. –Sonreí–. En fin, me parece que me he hecho un lío.

Claudia se rió.

–Lo que quiero decir –expliqué– es que, aparte de que uno nunca sabe muy bien qué es la verdad, no siempre es bueno decirla. De hecho, muchas veces la verdad es mala para la vida. Por eso las parejas que se lo cuentan todo no pueden funcionar. Se van al diablo, o se mueren de aburrimiento, que es la peor muerte que hay, porque te deja vivo. Y por eso decía no sé quién, Voltaire me parece, que contarlo todo es la forma más rápida de dejar de ser interesante.

—Pues tú vas a dejar de serlo de un momento a otro, porque calculo que a estas alturas tu arsenal de citas debe de estar agotándose.

Esta vez fui yo el que se rió.

—No te preocupes —la tranquilicé, y en ese momento noté que estaba bastante borracho; imaginé que Claudia también lo estaba—. Para casos como éste guardo siempre una reserva. De todos modos —continué—, mantengo lo dicho. No se puede contar todo. Y menos si uno está casado. Porque lo terrible del matrimonio es que todo se hace en común: se come, se duerme y hasta se hacen las necesidades en el mismo sitio y a veces juntos. Es espantoso, lo más parecido que hay a un campo de concentración, porque no hay lugar para la privacidad. Si uno no es capaz de crearse un espacio propio, desconocido e inaccesible para el otro, está perdido. Bueno, pues ese espacio es el secreto. Si la frase no sonara pedante, te diría que ese espacio es el espacio de la libertad. Por eso hay que saber guardar un secreto.

Recordé entonces una anécdota que acababa de leer. Dos amigos se encuentran en un bar; después de charlar un rato, uno le dice al otro con aire de misterio: «Te cuento un secreto si eres capaz de guardármelo»; sin ocultar su irritación, el otro contesta: «¡Pero cómo quieres que te guarde un secreto si tú eres el primero que es incapaz de guardarlo!». Claudia celebró la anécdota con una carcajada, que yo me apresuré a secundar; porque siempre satisface contribuir a la alegría de los otros (lo que quizá dice mucho en favor de las denostadas virtudes del egoísmo), o simplemente porque comprobaba con gratitud que, a diferencia de lo que ocurría durante el tiempo en que nos frecuentábamos, yo era capaz ahora de hacer reír a Claudia, me sentí feliz. Fue entonces cuando mi amiga consiguió sorprenderme de veras.

—Oye, Tomás, déjame que te haga una pregunta —dijo con un rastro de risa flotando todavía en su boca, mientras yo seguía saboreando el éxito de mi locuacidad y la fomentaba con otro trago de whisky—. Yo antes te gustaba, ¿verdad?

Me atraganté y tosí.

—Perdona, Claudia —me disculpé—. ¿Qué decías?

—Que si yo antes te gustaba.

—¿Que si me gustabas? —Sonreí sin acertar a esconder la incomodidad—. Vaya pregunta, ¿no?

Claudia dio una calada a su cigarrillo y, mientras contemplaba el ascua avivada por la brisa, expulsó por la boca y la nariz un humo desordenado y efímero. Me miró con una chispa de burla en los ojos, insistió:

—Dime la verdad: ¿te gustaba o no te gustaba?

—Pues sí, supongo que sí, no lo sé, hace tanto tiempo —balbuceé—. Me imagino que sí.

—No lo dices muy convencido.

—Es que hace un montón de años de todo eso, Claudia —protesté—. ¿Cuántos? ¿Quince, veinte? ¿Cómo quieres que esté muy convencido? De la mitad de las cosas ya ni me acuerdo.

—Yo en cambio me acuerdo de todo.

—Entonces ¿para qué me lo preguntas?

—Porque quiero oírtelo decir a ti —reconoció—. Te gustaba o no te gustaba.

—Sí, supongo que sí, ya te lo he dicho.

—Pero ¿de verdad o no?

—Hombre, de verdad...

—Quiero decir si estabas enamorado de mí.

De pronto me sobraba el jersey. No me atreví a quitármelo.

—¿Enamorado? —repetí—. No lo sé. Entonces supongo que sí lo creía, pero no lo sé...

—¿En qué quedamos?

—En que sí —dije, cediendo otra vez y, quizás intrigado por saber adónde quería ir a parar Claudia, continué—: La verdad es que sí. Durante bastante tiempo me gustaste mucho. En realidad, bueno, en realidad desde que yo recuerdo.

—¿Y ahora?

—Ahora ¿qué?

—¿Te gusto ahora?

—Claro, Claudia –dije, con toda la naturalidad que fui capaz de fingir–. Estás muy guapa.

—No seas bobo, Tomás –dijo–. No te pregunto si estoy guapa. Te pregunto si te gusto o no te gusto.

En ese momento noté que tenía una erección.

—Mucho –dije.

—¿Te irías a la cama conmigo?

—Joder, Claudia, ¿esto qué es? –dije, un poco exasperado, incapaz ya de combatir la sospecha de que mi amiga estaba intentando burlarse de mí, y tratando de mantener la distancia amistosa e irónica con la que me había protegido de su aplomo durante toda la noche–. ¿Un interrogatorio?

—Claro que no –dijo con serenidad–. Sólo quiero saber si te gustaría irte a la cama conmigo.

—¿Cuándo?

—Esta noche –dijo–. Ahora mismo. Di: sí o no.

Hubo un silencio.

—Me encantaría.

—¿De verdad?

Me pareció increíble que pudiera dudarlo. Simplemente dije:

—De verdad.

Claudia me miró a los ojos; sonrió; luego dio un último trago de whisky, apagó el cigarrillo, se levantó y me alargó la mano.

—Ven –dijo–. Vamos.

3

Lo primero que pensé al día siguiente, cuando desperté con la boca pastosa y una punzada de dolor en la garganta y las sienes, fue que el alcohol y el frío de la noche habían hecho su efecto. Claudia todavía estaba a mi lado, desnuda y ovillada entre las sábanas, un jirón de pelo manchándole la cara y los párpados cerrados con fuerza, como si quisieran proteger su sueño de la luz amarilla y suavizada por blancos visillos que entraba por los montantes de la galería, inundando la habitación de una claridad dorada. Tenía sed y ganas de orinar, así que me levanté, me puse los pantalones y fui al baño. Oriné. Luego bebí un trago de agua del grifo y, al levantar la cabeza, sorprendí mi rostro en el espejo: el desorden del pelo, la hinchazón de los párpados, la fatiga y el sueño de los ojos, la afilada delgadez de la nariz y los pómulos, la flojera de los labios, la sombra de barba que me oscurecía el mentón y la barbilla. Apacigüé un poco el pelo y me pasé una mano por la cara, y entonces reviví súbitamente, como en una ráfaga de lucidez levantada por el olor de Claudia prendido en mis dedos, la larga y estupefacta delicia de la madrugada. Con un inicio de remordimiento, que sofoqué como pude, pensé en Luisa; luego pensé en Claudia: en los muchos años a los que había sobrevivido mi deseo, en la noche que acababa de pasar con ella. No es imposible que, en el tremedal de una relación amorosa, el tiempo pueda aliarse a veces con el placer, afianzándolo; en aquel momento creí saber que nada es comparable al deslumbramiento de la primera vez. Recordé un aforismo de Oscar Wilde, según el cual «lo más profundo es la piel»; yo lo había leído y recordado muchas veces, pero sólo entonces entendí su significado. Mientras me lavaba la cara me sentí rejuvenecido, prodigiosamente limpio de culpa, casi feliz.

Fui a la cocina. Por el ventanal que daba a la terraza y a la calle entraba a raudales un sol de mediodía; corrí las cortinas y la cocina quedó en penumbra. Luego inspeccioné la nevera, abrí una botella de Coca-Cola, de dos tragos me la bebí. Saciada la sed, sentí hambre y, como la nevera estaba casi vacía, resolví salir a comprar el desayuno. En el comedor, volviendo hacia el cuarto de Claudia, tres fotografías atrajeron mi atención. Estaban en una repisa que sobresalía de la chimenea, dominando el hogar. Me acerqué a examinarlas. La primera de ellas mostraba a un niño de pocos meses: rubio, desnudo, carnoso, rosado y sonriente. En la segunda, Claudia, con expresión de risueña sorpresa, ofrecía un pecho notablemente redondo y blanco al niño, que mamaba con fruición, con los ojos entrecerrados. El niño y Claudia aparecían también en la última fotografía: el primero, algo mayor que en las dos instantáneas anteriores, arrellanado en el regazo de la madre, y ésta vestida de blanco, tocada con una pamela azul y sentada en una silla también blanca, de metal, con un fondo caluroso de verano en el que se intuían grupos de gente, la mancha verde, deshilachada y vertical de un sauce, una pista de tenis y más allá, un macizo de árboles y un pedazo de cielo azul; pero en esta fotografía, junto a Claudia, al otro extremo de una mesa de metal pintada de blanco, había otra persona: un hombre en ropa de deporte, con una raqueta de tenis cruzada sobre las rodillas y una mirada alegre, atolondrada y vacía; tenía unos cuarenta años y era de complexión sólida y de facciones duras, la frente mezquina y abombada, la nariz aguileña, el mentón pétreo y el bigote meticuloso, y exhibía una sonrisa de hombre apuesto que trataba de irradiar por toda la cara un aplomo traicionado por la inseguridad de la mirada y la rigidez de las manos, aferradas a los brazos de la silla con una tensión sin propósito. Recuerdo que me extrañó que Claudia conservara a la vista una fotografía en que aparecía junto a su antiguo marido (ni se me ocurrió que pudiera ser otra persona el individuo en traje de deporte); también, o más aún, que hubiera podido compartir varios años de su vida con aquel hombre de aspecto vagamente repulsivo.

Claudia todavía estaba durmiendo cuando entré en la habitación, pero mientras me vestía despertó. Me acerqué a la cama y me senté junto a ella; un vestigio de sueño le nublaba los ojos. Le aparté el pelo de la frente. Sonreí.

—Hola.

Sonrió.

—Hola.

La besé profundamente, y el beso me dejó en la boca un sabor de saliva y de carne tibia y dulce.

—¿Has dormido bien? —pregunté.

Asintió, desperezándose y ampliando la sonrisa.

—¿Y tú?

—Yo también. —Era mentira: quizá por la excitación de tener a Claudia a mi lado, desnuda y durmiendo bajo las sábanas, apenas había pegado ojo en toda la noche, y ahora me pesaban los párpados—. Por cierto, ¿no has oído el teléfono?

—¿Cuándo? ¿Esta noche?

—Sí —dije—. Me ha parecido que sonaba, y más de una vez.

—Lo habrás soñado.

Iba a decirle que se equivocaba, que estaba seguro de haberlo oído, pero no me dejó: me atrajo hacia sí, me revolvió el pelo, me besó. Luego se incorporó, recostó la espalda contra la pared y se frotó los ojos con el dorso de las manos.

—Qué raro —dijo entonces, bruscamente abstraída.

—¿El qué?

—Nada. Tengo la impresión de que esta noche no he sido yo misma, de que he sido otra persona.

De golpe me asaltó la ansiedad.

—¿No te lo has pasado bien?

—Claro —dijo—. Ha sido fantástico.

—Entonces no te preocupes —dije, tranquilizado—. A lo mejor es que por primera vez has sido tú misma.

Me miró con una sonrisa irónica, que desnudó sus dientes y la sacó de la abstracción.

—A lo mejor —aceptó; luego, como si acabara de advertir que yo me estaba vistiendo, inquirió—: ¿Ya te vas?

—No, a no ser que me eches. —Me levanté, acabé de vestirme, agregué—: Voy a comprar el desayuno. ¿Te apetece algo especial? —Claudia se encogió de hombros; alegremente anuncié—: En seguida vuelvo.

Fuera hacía una mañana magnífica: el sol caía a pico desde un cielo impecablemente azul, la luz deslumbraba y el aire era tan claro que parecía de cristal. Me llegué hasta República Argentina. En una panadería compré pan y cruasanes, y un paquete de café y un litro de leche y otro de zumo de naranja en un colmado cercano. No dejaba de pensar en Claudia: recuerdo que, de regreso a su casa, me pareció increíble que mi amiga estuviera esperándome; también me conmovió la idea de compartir con ella, durante unas horas, los ritos humildes de la domesticidad. A la entrada del edificio, hojeando un periódico en una portería encristalada, había un hombre blando y vestido de gris, de pelo negro, humedecido y aplastado contra el cráneo, de ojos saltones y mirada despectiva, cuyos labios no conseguían ocultar la blancura ósea de dos de sus dientes frontales, que sobresalían debajo de una nariz disneica. El portero me recordó inmediatamente a alguien, pero no supe a quién. Alzó la vista del periódico, descorrió la ventanilla de la portería y sin siquiera saludarme me preguntó adónde iba; apenas abrió la boca supe a quién me recordaba: a Jerry Lewis. A duras penas aborté la sonrisa antes de contestar.

—¿Ya ha llegado? —preguntó, receloso, refiriéndose a Claudia—. Creí que no tenía que volver hasta el martes.

—Pues ya está aquí —contesté alegremente y, señalando el panel de los timbres, pregunté—: ¿Llamo o me abre?

Como si me estuviera haciendo un favor, el portero se levantó, desapareció unos segundos tras una puerta y reapareció en el vestíbulo; me abrió. Supongo que al pasar junto a él murmuré alguna palabra de agradecimiento, y recuerdo que, mientras yo esperaba el ascensor y él regresaba a su cubil, no dejé de notar su mirada suspicaz clavada en mi hombro.

Cuando llegué al ático ya había compuesto un comentario a costa del portero, en el que jocosamente confluían su físico poco agraciado, su insolencia y su parecido con Jerry Lewis, y en cuanto Claudia me abrió la puerta (descalza, con el pelo revuelto y mojado y sólo vestida con una holgada camiseta blanca que le llegaba hasta los muslos), lo formulé en voz alta. Claudia celebró el comentario con una risa de compromiso, aseguró que el portero lo sabía todo de todos los vecinos del inmueble, me arrancó de las manos las bolsas de la compra y, mientras la seguía por el pasillo hacia la cocina, me dijo:

–Dúchate si quieres. Mientras tanto prepararé el desayuno.

Fui al cuarto de baño, me desnudé cantando entre dientes «Stairway to heaven», una canción de Led Zeppelin que me gustaba mucho por la época en que frecuentaba a Claudia, y cuando entraba en la ducha me pareció que sonaba de nuevo el teléfono, y que esta vez Claudia lo cogía. Me demoré un rato enjabonándome y canturreando, feliz bajo el chorro de agua tibia, y al cerrar el grifo oí la voz de Claudia, áspera y lejana, inconfundiblemente contrariada. «Mierda», pensé. A toda prisa salí de la ducha, me sequé y me vestí y, como no se me ocurría nada peor, pensé: «El niño». Por una vez no se confirmaron mis temores. Lo supe en seguida, apenas entré en el comedor y vi a Claudia sentada en una butaca, dándome la espalda, escuchando en tensión y como acurrucada sobre el auricular, un cigarrillo nervioso apresado entre los dedos de la mano libre. Discretamente pasé de largo, me llegué hasta la cocina y, mientras cazaba retazos incomprensibles de la irritación de Claudia, me puse a preparar el desayuno. Aún no había acabado de hacerlo cuando la oí colgar con violencia el auricular. Me faltó tiempo para precipitarme hacia el comedor y preguntar desde la puerta:

—¿Qué ha pasado?

Claudia no se volvió; seguía sentada en la butaca, en la misma postura que antes, pero miraba al teléfono como si fuera un animal dormido y amenazante, que en cualquier momento podía despertar.

—Nada —mintió después de que yo repitiera la pregunta. Es posible que yo insistiera, porque Claudia se pasó una mano por la cara y el pelo y agregó destempladamente—: Por favor, Tomás, ahora no tengo ganas de hablar.

Regresé a la cocina y, mientras ponía a calentar el café (el resto del desayuno estaba ya dispuesto sobre una mesa), me dije que, si Claudia tenía algún problema, mi deber era ayudarla. Me pregunté también de qué tipo podían ser los problemas de Claudia; después de barajar diversas posibilidades, a cual más truculenta, me prometí que no me separaría de ella sin obligarla a que me los contara. Por ridículo que ahora pueda parecer, sospecho que la idea de que iba a proteger del infortunio a una mujer indefensa y querida despertó en mi imaginación rosadas asociaciones de heroísmo; lo cierto es que consiguió devolverme el buen ánimo que la intemperancia de Claudia por un momento me había arrebatado. Animado por esta ilusión de coraje, descorrí las cortinas del ventanal para que el sol del mediodía desmintiera la penumbra de amanecer que reinaba en la cocina, y, cuando el café estuvo listo, me serví una taza y me la bebí a sorbos muy pequeños, mirando a través del ventanal y más allá de la terraza el cielo garabateado por las últimas golondrinas del verano.

—Perdona, Tomás —oí suspirar a mi espalda—. Estaba un poco nerviosa.

Me volví despacio y sonriendo.

—No tiene importancia —dije, y de un trago acabé de beberme el café. Claudia estaba recostada contra el marco de la puerta de la cocina, las manos hundidas en los bolsillos de unos vaqueros muy gastados; parecía tranquila, pero la oscuridad que le abolsaba los párpados se había vuelto más intensa, y pensé que había llorado. Señalando el ventanal con un movimiento de la cabeza, añadí–: Hace una mañana espléndida.

Claudia asintió en silencio y sacó las manos de los bolsillos.

–He preparado café –dije–. ¿Te apetece una taza?

Mientras le servía el café, Claudia se sentó en el sofá que había junto a la puerta de la terraza y, después de un largo silencio, me reveló que la persona con quien había estado discutiendo era su marido. Quién sabe las dificultades por las que yo había imaginado que estaría pasando Claudia, porque en cuanto oí esa confesión experimenté una especie de alivio.

–No es la primera vez que nos peleamos por teléfono –aclaró, después de recoger la taza que le había alargado y de repantigarse en un extremo del sofá, mientras yo me sentaba en el otro. Removiendo el café continuó–: Ni será la última, me imagino. Se ha vuelto loco. Desde hace un mes me llama a todas partes. Aquí, a casa de mis padres, a Calella…

–Entonces el que llamó esta noche…

–Era él –completó Claudia; alzó la vista de la taza y preguntó–: ¿A quién demonios se le va a ocurrir llamar a esas horas? La prueba es que no ha dejado ningún recado en el contestador. En realidad ya me lo imaginaba, claro, y por eso no me he levantado para contestar. Que es lo que debería haber hecho ahora.

Hubo un silencio, que Claudia empleó en beberse de tres sorbos espaciados y reflexivos su café y, suponiendo que no tenía intención de continuar, después de vaciar mi segunda taza pregunté:

–Bueno, ¿y qué es lo que quiere?

–Y yo qué sé –contestó, con una mueca de asco. Había puesto la taza de café en el suelo y se había sacado del bolsillo del pantalón un arrugado paquete de tabaco. Sacó un cigarrillo del paquete, lo enderezó y lo encendió, expulsando por la boca un involuntario anillo de humo que por un momento flotó sin deshacerse, blanco, denso y traspasado de luz, en el aire detenido de la cocina. Luego acompañó su sonrisa burlona con un resoplido–. Dice que quiere que volvamos a vivir juntos.

Le pedí un cigarrillo, que me entregó y me encendió, y, mientras expulsaba el humo de la primera calada, comenté:

–Creía que estabais de acuerdo en separaros.

–Y lo estábamos –aseguró, volviéndose hacia mí y dejando descansar una rodilla sobre el sofá, en un gesto que me conmovió, porque por un instante me restituyó los gestos olvidados de su adolescencia. El anillo de humo ya se había disuelto en el aire cuando Claudia agregó con un resentimiento pequeño y remoto en la voz–: Pero supongo que, en cuanto se ha dado cuenta de que es incapaz de vivir solo, ha cambiado de idea.

Aproveché la ocasión para intervenir, lamentando virtuosamente que esa debilidad no fuera infrecuente entre los hombres; también alabé la entereza de carácter de Claudia.

–No es una cuestión de entereza, Tomás –me corrigió–. Es una cuestión de orgullo. Fue Pedro y no yo quien quiso que nos separásemos cuando Max aún no había cumplido un año. Yo quería seguir viviendo con él, no veía ningún motivo para separarnos, me parecía una idiotez y una putada, imagínate, sola y con un niño y sin trabajo. –Hizo una pausa–. Bueno, pues acepté. Él había tomado su decisión y yo la acepté. Y te advierto que volvería a hacer lo mismo: comprenderás que prefiera vivir sola a vivir con un hombre que no me quiere, o que está conmigo por compasión. –Se detuvo, miró el ascua del cigarrillo, se miró las manos, finas y huesudas, y, como si quisiera apartar un pensamiento incómodo, levantó la vista y la fijó en la mesa de la cocina. Yo también lo hice y, mientras contemplaba aquella mesa donde nos esperaban pacientemente la cafetera, la fuente de cruasanes, las rebanadas de pan, el tetrabrik del zumo de naranja, varios tarros de mermelada y una pastilla de margarina, sentí una punzada de hambre, pero logré llegar a tiempo de enfrentarme otra vez a la mirada de Claudia cuando, removiéndose de nuevo en el sofá y sonriendo sin malicia, suspiró–: En fin, supongo que todo tiene una explicación, ¿no? Una amiga mía, que es psicoanalista, me dijo que lo que le pasaba a Pedro no es nada raro, según ella todo se reduce a una cuestión de celos. Del niño, me refiero: no puede soportar que le hayan robado el protagonismo. Por lo visto es muy habitual.

Mientras Claudia me ilustraba acerca del trauma que al parecer padecía su marido, una vez más medité admirado sobre la generosidad de las mujeres, que con la ayuda del psicoanalista o sin ella tienden siempre a justificarlo casi todo.

–Le entiendo, pero no le perdono –precisó Claudia, como si me hubiera leído el pensamiento–. Me imagino que pensó que podría volver conmigo en cuanto le diera la gana, porque yo le recibiría con los brazos abiertos. Pues se equivocó: de eso, ni hablar. Y menos en este plan, con presión psicológica y amenazas incluidas.

–¿Te ha amenazado?

–Últimamente lo hace cada vez que llama. –Le agrió la boca un mohín despectivo, que hizo poco creíble el comentario que siguió–: Ya casi me he acostumbrado.

Una desagradable sospecha me asaltó en ese momento.

–Oye, Claudia, ¿no le habrás contado que hemos pasado la noche juntos?

–¡Pues claro que se lo he contado! –replicó con aire vindicativo, mientras apagaba el cigarrillo en su taza de café; luego se volvió otra vez hacia mí y, con un candor que me dejó inerme, preguntó–: No te importa, ¿verdad?

–¿A mí? No, qué va –aseguré, recordando con cierta aprensión al tipo que acababa de ver en la fotografía–. Lo que pasa es que no vas a conseguir nada contándoselo, aparte de empeorar las cosas.

–¡Pues que empeoren! –contestó y, abriendo los brazos en un gesto de irónica resignación, prosiguió–: Te aseguro que no va a ser tan fácil. Está desquiciado. Es igual que un niño a quien nunca han privado de ninguno de sus caprichos y que ahora no entiende por qué se ha quedado sin su juguete favorito, y, como no sabe qué hacer para que se lo devuelvan, se dedica a gritar y amenazar como si estuviera loco... Te digo la verdad: ha llegado a darme miedo. Yo le conozco bien, cómo no voy a conocerle, y en seguida me digo que no tengo por qué asustarme, al fin y al cabo siempre ha sido un fanfarrón y un bocazas, pero no sé, a veces tengo la impresión de que esto le ha cambiado, de que es capaz de cualquier cosa. Y es que hay que ser muy vanidoso para creer que, después de todo lo que ha pasado, yo sigo queriéndole; pues lo cree: todavía no ha aceptado que yo ya no soy su mujercita, que no voy a seguir todo el día ahí, esperándole como una idiota.

Presa de una excitación que no parecía que de momento fuera a amainar, Claudia siguió despotricando contra su marido, mientras, para facilitar el fin de la diatriba y distraer el rumor de hambre con el que me acuciaba el estómago, recogí mi taza de café, me levanté y la dejé en el fregadero, apagué el cigarrillo con el chorro de agua del grifo y lo tiré empapado a la basura. Luego me recosté contra el mármol de la cocina, me crucé de brazos y, asintiendo a las palabras de Claudia con un cabeceo comprensivo, espiando de hito en hito y casi con melancolía los manjares que resplandecían en la mesa del desayuno, esperé a que Claudia acabara de desahogarse. Recuerdo que mientras lo hacía pensé que, por mucho que los protagonistas quieran engañarse afirmando lo contrario, la separación de una pareja no es casi nunca pacífica y, aunque pensé que las explicaciones de Claudia reducían sus problemas a la trivialidad de su dimensión real, privándoles del dramatismo de folletín que por un momento mi temor o mi imaginación les había prestado, me desagradó de una forma casi física que mi amiga estuviera todavía luchando por librarse de una relación cuyas heridas aún no habían cicatrizado. Por lo demás, me llenaba de asombro que Claudia pudiera seguir hablando con el estómago vacío, porque yo sentía que de un momento a otro mis piernas podían empezar a flaquear si no me sentaba en seguida a comer algo, y por eso, cuando mi amiga agotó el relato de los desafueros de su marido, lo primero que tras un silencio se me ocurrió observar fue:

—Por lo menos ha conseguido estropearnos el desayuno.

La queja le endulzó inesperadamente el rostro y, como si no estuviera dispuesta a concederle a su marido ni siquiera esa victoria insignificante, o como si el hecho de formular en voz alta su perplejidad y su rencor la hubiese limpiado de ambos, Claudia habló con una voz nueva.

—Ni hablar —dijo mientras se levantaba del sofá y se acercaba hacia mí, lenta y recortada contra el sol del ventanal—. Yo tengo hambre. ¿Y tú?

—Un poco.

—Pues entonces vamos a desayunar.

Claudia consiguió cerrarme el paso cuando yo me precipitaba ya hacia la mesa, me tomó de un brazo y, sonriendo de una forma ambigua, dijo:

—Es una pena, ¿verdad?

—¿Qué cosa? —pregunté, impaciente.

Me besó con suavidad en los labios.

—Que esto haya pasado tan tarde —dijo.

4

Una sorpresa en apariencia inocua me aguardaba cuando aquella noche llegué a mi casa después de pasar la tarde en compañía de Claudia. Acababa de ducharme y de cambiarme de ropa, y al vaciar los bolsillos del pantalón usado vi que me había quedado con las llaves del piso de mi amiga. Quizá parezca curioso que mi primera reacción fuera sonreír, pero la verdad es que, apenas tuve en la mano el llavero, me asaltó la imagen de la amiga psicoanalista de Claudia sosteniendo que mi descuido delataba el anhelo secreto de retener su afecto. No hacía falta sin embargo apelar a fantasías freudianas para dar con una explicación plausible de lo ocurrido: al fin y al cabo era lógico que la víspera, después de que Claudia consiguiera abrir la puerta de su casa y me entregase las llaves para que las devolviera a su bolso, yo me las metiera en el bolsillo sin pensarlo, llevado por la costumbre y desarbolado por la excitación de la noche. Lo cierto es que tan pronto como caí en la cuenta de mi error fui al teléfono y marqué su número.

—¡Diga! —oí.

—Ah, perdone —me apresuré a disculparme, seguro de que aquella furiosa voz de hombre no podía contestar el teléfono de Claudia—. Creo que me he equivocado.

Mientras con más cuidado marcaba otra vez el número, se me ocurrió que Claudia podía malinterpretar el hecho de que yo la llamase apenas una hora después de habernos separado, sobre todo teniendo en cuenta que la llamada era en el fondo superflua: me parecía evidente que, en cuanto advirtiese la desaparición de las llaves, mi amiga recordaría el episodio de la noche anterior y adivinaría dónde buscarlas; por eso estaba seguro de que, si lo necesitaba (si no tenía otra copia de las llaves, o no las tenía el portero, o algún vecino), ella sería la primera en llamarme. Con piadosa condescendencia razoné también que lo que más podía agradecer Claudia en aquel momento no era que yo la importunase, sino que respetase el sosiego que ella necesitaba para poner un poco de orden en sus ideas. Sin acabar de marcar el número colgué el teléfono.

Naturalmente, quien necesitaba un poco de sosiego para poner en orden sus ideas era yo. No telefoneé a Claudia esa noche; tampoco Claudia me telefoneó a mí. Pero durante las casi veinticuatro horas que transcurrieron desde que llegué a mi casa hasta que al atardecer del sábado me reuní con Luisa en el aeropuerto, ni un solo instante dejé de darle vueltas a mi encuentro con Claudia. Vívidamente reconstruí, una y otra vez, las horas que había pasado con ella y, quizá porque es imposible entender un hecho mientras lo estamos viviendo, o porque casi siempre vivimos de una forma un poco negligente, sin prestar demasiada atención a lo que nos pasa, con alguna perplejidad empecé a reconocer o a inventar una aparatosa discrepancia entre la forma en que yo había interpretado mi propio comportamiento y el de Claudia mientras estuvimos juntos, y la forma en que con la perspectiva de las horas los interpretaba.

Un ejemplo bastará para dar una idea de esa disparidad. Durante la tarde del viernes la actitud de Claudia me desconcertó por completo: aunque sin desvanecerse del todo, la espontaneidad ilusionada, burlona y cordial del día anterior se había trocado en una especie de calculada e incómoda tirantez, en una determinación de abrir de nuevo entre los dos el barranco de formalidades que la intimidad del sexo había salvado; además, Claudia proscribió de la conversación cualquier referencia a su marido, a Luisa o a la noche que acabábamos de pasar juntos y se limitó a interrogarme acerca de mi trabajo, a hablar del suyo y, sobre todo, de Max, y sólo cuando ya nos despedíamos, al atardecer, en la plaza del Sol, me recordó la conversación que habíamos mantenido la noche anterior y me obligó a prometer que no le contaría a Luisa nada de lo que había ocurrido entre nosotros. Estoy seguro de que en aquel momento pensé que el repentino desapego de mi amiga sólo podía ser la traducción de su arrepentimiento por haber cedido a la tentación de una aventura fugaz y, tal vez, una sinuosa advertencia para que yo descartara cualquier posibilidad de que algo semejante se repitiera; pero al día siguiente, sólo unas horas después de separarme de ella, empecé a pensar que me había equivocado y a interpretar cada silencio de Claudia como una amordazada confesión de afecto y cada ademán de impaciencia, cada distracción o cada frialdad como un instrumento del orgullo de su independencia trabajosamente conquistada, que le vedaba cualquier manifestación de afecto que yo pudiera percibir como un chantaje y la obligaba a obrar de tal forma que me fuera imposible sentirme comprometido por un encuentro que (al menos eso es lo que yo imaginaba que debía de imaginar Claudia) sólo podía tener para mí el significado de un postergado y saludable ajuste de cuentas con la adolescencia.

Fue así como la distancia que Claudia impuso entre nosotros durante la tarde del viernes dejó de representar a mis ojos un testimonio de la naturaleza brutalmente efímera de la felicidad (o, a lo sumo, del desconcierto afectivo en que la separación de su marido había sumido a Claudia) para convertirse en una prueba segura de que, de no ser porque yo era un hombre casado, mi amiga hubiera querido que nuestra relación no se agotase allí. En cuanto a mí, es posible que mi matrimonio no estuviera atravesando su mejor momento, y es cierto que hacía ya tiempo que había cambiado los hervores de la pasión por la regularidad de la costumbre y que nada parecía poder trastocar su discurrir agradable y vagamente anodino; no es menos cierto, sin embargo, que todos estamos siempre a la espera de encuentros maravillosos e inesperados y que, cuando una de esas raras ocasiones se presenta, a quienes no vivimos como si fuéramos a vivir para siempre desaprovecharla nos parece una frivolidad. Aunque mientras estuve con Claudia me entregué a ella con todo el fervor de que soy capaz, la verdad es que ni siquiera me pasó por la imaginación que aquella aventura pudiera poner en peligro mi matrimonio; apenas me separé de Claudia —y, sobre todo, apenas creí comprender que ella estaba deseando volver a verme—, empecé a sentir que era inevitable que lo hiciera: abrumado por una especie de nostalgia anticipada, nada me pareció más desalentador que la certidumbre de que no volvería a ver a Claudia. Quizá con la intención de evitarlo (o quizá porque lo que más me atraía en secreto era lo que más daño podía hacerme), me dije entonces que la única forma de ser fiel a Claudia era traicionándola, rompiendo la promesa de silencio que le había hecho antes de separarnos y contándoselo todo a Luisa. La idea me complació, porque pensé que delataba un instinto de honestidad. Ahora sé que no se trataba de honestidad, sino de fuerza; o, para ser más exactos, de falta de fuerza: porque, para quien no ha contraído aún el hábito de la mentira, hay pocas cosas que exijan tanta energía como guardar un secreto, y pocas que alivien tanto como contarlo, quizá porque es verdad que en el fondo todo lo que hacemos lo hacemos para poder contarlo. Por lo demás, quién sabe si en aquel momento no juzgué más arriesgado esforzarme por guardar el secreto, exponiéndome al peligro de que Luisa lo descubriera por su cuenta, que revelárselo yo mismo y apechar con las consecuencias.

Lo cierto es que para el sábado por la tarde, cuando aparqué el coche en el aeropuerto, yo ya había resuelto no ocultarle a Luisa mi encuentro con Claudia. Como aún no eran las siete y media cuando entré en la terminal, después de verificar que el vuelo de Luisa aterrizaba a las ocho, según lo previsto, me llegué hasta el bar. Me senté a una mesa y encendí un cigarrillo, que en seguida apagué, porque cada chupada me llenaba la boca de un sabor de ceniza mojada; este hecho, unido a la dificultad de tragar que notaba desde que me había despertado en casa de Claudia y que desde entonces había tratado de ignorar (como si ignorarla fuera una forma eficaz de luchar contra ella), me obligó a afrontar la desagradable evidencia de que estaba al borde de un resfriado. Mentalmente maldije las noches de verano, las terrazas y las brisas del Puchet y, por aquello de que conviene alimentar el resfriado, cuando conseguí atraer la atención de un camarero le pedí un café con leche bien caliente y un paquete de magdalenas.

Aún no había dado cuenta de las magdalenas cuando apareció Luisa acompañada por un tipo que empujaba un carrito cargado con dos maletas. Al verlos me ruboricé, menos porque me hubieran sorprendido devorando magdalenas a dos carrillos, con injustificable urgencia, que porque por un momento sentí que mi rostro delataba la noche de amor con Claudia. Logré no obstante esquivar las trampas de la mala conciencia y, forzando una sonrisa de bienvenida, precipitadamente me levanté, le di un beso a Luisa, le pregunté cómo estaba.

—Cansada —dijo. Me pareció que estaba un poco pálida. Iba a decírselo cuando, señalando a su acompañante sin mirarlo, preguntó—: ¿Os conocéis?

—No —se apresuró a contestar el otro, alargando por encima del carrito una mano nudosa. Me fijé en él. Era un hombre espigado, algo más joven que yo (y desde luego que Luisa, que me sacaba cinco años), corpulento y fibroso, de piel tostada por el sol, de pelo dorado y abundante, de pupilas oscuras y escrutadoras, que flotaban en el iris como peces en una pecera, inquietando los cristales de unas gafas de fina montura metálica; lucía una sonrisa un poco suficiente, o eso me pareció, y vestía con ese falso aire de descuido juvenil que a veces comparten los profesores de las buenas universidades norteamericanas y los pijos de Barcelona: mocasines de verano, ajustados vaqueros negros, camiseta Lacoste y jersey mostaza colgado a la espalda—. Me llamo Oriol Torres —añadió—. Hemos hablado alguna vez por teléfono, no sé si te acuerdas.

Me acordaba. Torres era profesor ayudante en el departamento de Luisa, y más de una vez había llamado a casa preguntando por ella, que invariablemente lo había descrito como un joven brillante. Le estreché la mano y, con un escalofrío de asco, noté que estaba sudada: por un momento pensé que estaba sujetando un pescado. No había tenido tiempo de soltar la mano de Torres cuando oí que éste me daba la enhorabuena. Lo miré sin entender.

—Por el embarazo, quiero decir —aclaró, señalando a Luisa.

Improvisé una frase de agradecimiento, farfullando y confundido por el hecho de haber olvidado el embarazo, y quizá también por una anomalía que entonces no acerté a identificar y que más tarde olvidé, aunque en aquel momento debí de intuir que la confianza que Luisa había depositado en Torres, al revelarle su embarazo, traicionaba la discreción que habíamos acordado guardar por el momento sobre ese asunto.

—Bueno, la verdad es que hace tan poco que lo sabemos, pueden pasar todavía tantas cosas... —Mientras divagaba en busca de una explicación que justificase la sorpresa que me había producido la felicitación de Torres, advertí que aún estaba sujetando la mano sudada de éste y, como si un calambre me recorriera de pronto el brazo, la solté—. En fin, no sé si nos hemos hecho ya a la idea.

Por el servicio de megafonía una voz femenina anunció en ese momento un vuelo. Luego hubo un silencio raro. Miré de reojo a Torres, que no miraba a Luisa ni me miraba a mí, sino, extrañamente, a mis pantalones; la extrañeza se transformó en turbación cuando me di cuenta de que estaba secándome en ellos la mano que acababa de darle. Por fortuna Luisa rompió el silencio.

—Ya tendrás tiempo de acostumbrarte. —Le agradecí que añadiera—: ¿Nos vamos?

Luisa y Torres conversaron entre ellos durante el trayecto de vuelta. No recuerdo de qué hablaban, pero sí que el tema me excluía; esto no me molestó, porque juzgué que era el precio que tenía que pagar para aplazar la incomodidad o el temor de estar a solas con Luisa. Por lo demás, me costaba atender a lo que decían. Pensaba en la forma en que le contaría a Luisa mi encuentro con Claudia. Pensaba en Claudia y, quizá por su insistencia de la tarde anterior en hablar sobre Max, supuse que, como ella misma había insinuado antes de separarnos, optaría finalmente por volver a Calella durante el resto del fin de semana, junto a su hijo y sus padres; luego la imaginé en la soledad de su piso, regando las plantas de la terraza o viendo aburrida la televisión. Esta última imagen me entristeció; también reforzó mi decisión de ser franco con Luisa.

Como si en ese momento acabara de advertir que yo también viajaba en el coche, al entrar en Barcelona Torres desvió la conversación hacia mí y, en un tono de interés que me pareció genuino, preguntó por mi trabajo, por mi situación laboral en la Autónoma y por Marcelo Cuartero, a cuyas clases al parecer había asistido cuando era estudiante. Todavía estaba contestando a sus preguntas cuando, a la altura de Vilamarí, Torres señaló una esquina y ordenó:

—Para ahí mismo.

Paré y, posándome en el hombro una mano amistosa, Torres se despidió de mí. Luego se dirigió a Luisa:

—Entonces nos vemos el martes, ¿no?

—El martes —repitió ella, volviéndose hacia Torres—. Y no olvides las fotocopias.

—En cuanto entre en casa las aparto —prometió Torres; sonriendo y mirándome por el retrovisor, añadió—: Y cuídate mucho, Luisa.

Al llegar a casa, mientras mi mujer deshacía el equipaje y se duchaba, yo estuve entreteniendo el tiempo en mi despacho, dejando resbalar la vista por el esquema del artículo sobre Azorín, fumando con ansia mientras desde la ventana miraba apagarse los últimos rescoldos del atardecer tras los edificios de enfrente, tratando de darme ánimos. Inseguro y con la conciencia sucia, incapaz de pensar en nada que no fuera la reacción de Luisa cuando le contara mi aventura con Claudia, pensaba: «Cuanto más tarde en contárselo, peor». Recuerdo que en algún momento reparé en el manojo de llaves de Claudia, que estaba ostentosamente a la vista, en una esquina de la mesa de trabajo; la sola idea de que Luisa entrara al despacho y preguntara por él me aflojó las piernas, de modo que lo escondí en la caja destinada a guardar los disquetes del ordenador. Superado el susto, hojeé mi agenda y descubrí que el martes era el día del primer examen de septiembre; el del segundo examen era el jueves, y el del último el lunes siguiente. Para distraerme conecté el ordenador y me obligué a redactar los tres exámenes. Luego los imprimí y los metí en la cartera.

Durante la cena hablamos sobre todo del embarazo de Luisa. Ella describió algunos de los desarreglos del cuerpo que había empezado a experimentar (la alteración del gusto en las comidas, las náuseas y mareos ocasionales, la hipersensibilidad del olfato) y se demoró en exaltar las ventajas que tendría el hecho de que la criatura fuera a nacer hacia final de curso. Recuerdo que, mientras la escuchaba, en algún momento pensé que Luisa estaba tan enfrascada en la ilusión del hijo inminente que aún no había mostrado el menor interés por la semana que yo había pasado solo en Barcelona. Esta mínima descortesía me extrañó y me alivió al mismo tiempo (lo primero porque no encajaba en los hábitos conyugales de mi mujer, lo segundo porque me permitía posponer la revelación que le reservaba), pero sobre todo me enfrentó a la perturbadora impresión, que quizá había estado apartando desde que había vuelto a ver a Luisa en el aeropuerto, de que la mujer que tenía delante no era mi mujer, sino alguien que usurpaba sus rasgos, sus gestos y su voz. Procuré no dejarme dominar por esta idea de pesadilla y, tal vez con la intención de alejarla (o porque en el fondo la discusión sobre el embarazo me incomodaba), me las arreglé para interrumpir el monólogo de Luisa y desviar la conversación hacia el congreso de Amsterdam. La añagaza funcionó, pero a costa de que tuviera que padecer la retahíla de elogios que Luisa dedicó a Torres, en la que no faltaron encarecimientos de la audacia de sus ideas, la solidez y amplitud de sus conocimientos y el rigor de sus argumentaciones, y cuando por fin, después de haber intercalado en el panegírico de mi mujer un par de sarcasmos o impertinencias, mencioné el hecho de que a Torres le sudaban las manos, Luisa parpadeó varias veces, confusa, y tardó todavía unos segundos en reconvenirme. Pero en seguida, como si acabara de descifrar sin quererlo un enigma trivial, una mezcla de asombro y regocijo sustituyó en su rostro a la contrariedad. Preguntó:

—No irás a estar celoso, ¿verdad?

Ahora tal vez atribuiría la pregunta de Luisa al hecho de que recorremos la vida solos, de que para nadie existen demasiado los otros, salvo como engorros con los que no queda más remedio que lidiar; en aquel momento la cargué en la cuenta del abismo que la irrupción de Claudia había abierto entre Luisa y yo, o de la carcoma que roía mi matrimonio, cuyo trabajo hasta entonces inadvertido sólo el encuentro con Claudia había acertado a revelar. Lo cierto es que me pareció increíble que Luisa hubiera podido concebir semejante sospecha, y que fue precisamente entonces, quizá porque ya me pesaba demasiado el secreto, cuando, después de ridiculizar la conjetura de mi mujer, junté coraje suficiente para anunciar:

—Tenemos que hablar de un asunto cuanto antes, Luisa.

La frase restalló en el salón como la cuerda de un violín al romperse. Un silencio angustioso la siguió, durante el cual se evaporó el valor que había acumulado, y me sentí sin fuerzas para afrontar una discusión. Por fortuna las de Luisa tampoco alcanzaban para iniciarla, pero eso sólo lo supe después de que su réplica me obligara a superar un viacrucis de tres sensaciones dispares: pánico primero; después, perplejidad; finalmente alivio.

—Ya lo sé, Tomás —dijo con una mezcla de fatiga y disgusto, como si asombrosamente hubiera estado esperando mis palabras—. Pero ahora no me apetece hablar de eso. Además —añadió tras una pausa, sin ninguna lógica inteligible–, le prometí que mañana iríamos a comer a su casa.

Apenas me oí a mí mismo cuando con un hilo de voz pregunté:

–¿A casa de quién?
–De mi madre. ¿De quién va a ser?

Porque las horas pasadas con Claudia lo habían borrado todo, o porque todo se olvida, yo había olvidado que, el miércoles, Luisa me había telefoneado desde Amsterdam para confirmar el día y la hora de su regreso, y que yo había aprovechado la ocasión para contarle, en ese tono de pesadumbre que tan bien disfraza el placer de infligir una crueldad gratuita, que su madre había perdido trescientas mil pesetas en un casino y que, como había ocurrido otras veces, había apelado a mí para obtener un préstamo que le permitiera llegar a fin de mes, siempre que no mediase otra infausta noche de juego.

–Mañana es su cumpleaños –prosiguió Luisa–. Creí que te lo había dicho. –En tono de disculpa añadió–: Le prometí que lo celebraríamos en su casa.

En aquel momento pocas perspectivas podían ser más ingratas para mí que la de una celebración familiar. Quizá debí haberme opuesto a ella, y hasta es posible que estuviera tentado de hacerlo, pero lo cierto es que, tal vez porque el susto involuntario que acababa de darme Luisa me había dejado esa secuela de gratitud que gana al cuerpo cuando se disipa una amenaza, nada objeté al compromiso.

Luisa se fue casi en seguida a la cama. Por mi parte, después de fregar los platos me serví un poco de whisky y me senté frente al televisor. Recuerdo que por un canal retransmitían un partido de fútbol; durante un rato lo seguí: distraídamente. En algún momento tomé la decisión de telefonear a Claudia (me apetecía comentar con ella el descuido de las llaves, ardía en deseos de explicarle la decisión que había tomado, pensaba decirle que la quería) y, cuando calculé que Luisa se había dormido, haciendo un esfuerzo por dominar los nervios marqué su número de teléfono. Al cabo de unos segundos de espera saltó el contestador y una voz masculina y metálica inició un anuncio, que no le permití acabar, porque pensé que me había equivocado de número. «Qué raro —pensé—. Con ésta van dos veces.» Colgué y, con más cuidado, marqué de nuevo. Volví a esperar, volvió a saltar el contestador, volví a oír la voz metálica, que por un momento me pareció familiar. Quizá por ello, esta vez la dejé acabar: con amabilidad a un tiempo meliflua e impersonal invitaba a grabar un recado. Colgué sin grabarlo.

Resignado a no poder hablar con Claudia, fui a la cocina, me serví otro whisky y volví al comedor. El partido de fútbol había concluido. Recortado contra el verde intenso del césped y el hormiguero semivacío de las gradas, un periodista calvo interrogaba a un jugador jadeante y con la camiseta pegada por el sudor al pecho. Cambié de canal. Un individuo de mejillas gordas y sonrosadas contaba chistes sentado en un taburete. En otro canal ponían un anuncio de cerveza. Robert Taylor, en otro canal, conducía en blanco y negro una caravana de carretas bajo el sol polvoriento del desierto. En otro canal los componentes de una banda de rock agradecían con desganadas reverencias los aplausos de un público entregado. En otro canal una fila de chicas enfundadas en bañadores relucientes posaba contra un fondo azul de agua para un concurso de belleza. Me quedé en el concurso de belleza. Mientras desfilaban por la pantalla las sonrisas esforzadas de las mises, reflexioné que la voz masculina del contestador automático sólo podía ser la voz del marido de Claudia, cosa que no me extrañó tanto como el hecho de que una fotografía del mismo individuo presidiera aún el comedor de mi amiga. También pensé que mis sospechas se confirmaban: Claudia no había contestado al teléfono porque había decidido regresar a la playa, con su hijo y sus padres. Por lo demás, no tardé en convertir la ausencia de Claudia, que tanto me había contrariado poco antes, en una nueva manifestación de la buena estrella que en los tres últimos días parecía guiar mis pasos, pues creí comprender que hubiera cometido un error hablando con ella sin haberlo hecho antes con Luisa. El anuncio de un banco había sustituido en la pantalla al concurso de mises. Cambié varias veces de canal, hasta que me detuve en la película de Robert Taylor, que en aquel momento conversaba con John McIntyre junto a un fuego nocturno. Encendí un cigarrillo y poco después lo apagué, porque al tragar el humo me dolía la garganta. Pasado un rato apagué también el televisor, fui al cuarto de baño y con un resto de whisky empujé un par de aspirinas. Entré a oscuras en el dormitorio, me desnudé a oscuras, a oscuras me metí en la cama. En cuanto lo hice comprendí que iba a tardar en dormir. Así fue.

5

Fue una mañana de principios de marzo, hace ahora ya casi siete años. Recuerdo que en la calle soplaba un viento de invierno y que aún no eran las nueve cuando entré en la estación de Sants y subí al Talgo que estaba a punto de salir en dirección a Madrid. Mi madre acababa de morir y yo volvía a Zaragoza con la intención de atar algunos cabos legales que su muerte había dejado sueltos, y apenas me hube acomodado en mi asiento, casi al mismo tiempo que los altavoces anunciaban la partida del tren, se sentó frente a mí una mujer. Era alta, de rasgos suaves y redondeados, de piel fina, de pelo oscuro; rondaba los treinta años y vestía con impecable circunspección: traje de chaqueta azul, camisa blanca, medias color carne, zapatos de charol y gabardina gris; pero lo que más llamaba la atención en ella era la férrea voluntad de gobernarse a sí misma que irradiaba cada uno de sus gestos. Llevaba un maletín de cuero, de cierre automático, y una bolsa de lona. Colocó la bolsa en la bandeja destinada al equipaje, se quitó la gabardina, la plegó en el asiento de al lado, se sentó, me obsequió con una sonrisa neutra y abrió el maletín.

En todo el trayecto no cruzamos palabra. La mujer se sumergió desde el principio en la lectura de la edición inglesa de un libro de Hobsbawm, que de vez en cuando subrayaba con un lápiz cuidadosamente afilado, y yo me puse a leer una revista después de asistir a la fuga urgente de fábricas, arrabales y descampados en los cristales del compartimento. La mujer bajó del tren en Lérida; dos horas más tarde, cuando iba a hacerlo yo en Zaragoza, advertí que se había dejado la bolsa de lona en la bandeja. Por un instante dudé. Porque supuse que dentro de la bolsa encontraría la dirección de la propietaria y podría enviársela, al final decidí añadirla a mi equipaje. En la casa de los parientes donde me alojé durante los dos días que permanecí en Zaragoza me di cuenta de que sólo había acertado a medias: en la bolsa no había ni rastro de la dirección de la propietaria, pero sí de su nombre, que figuraba en una esquina de la primera página de los cuatro libros que contenía (también había una libreta de tapas rojas, con apuntes). Luisa Genover. Me dije que, una vez de vuelta en Barcelona, no me sería difícil localizar el nombre en la guía de teléfonos y devolverle la bolsa.

Pero no hizo falta registrar la guía de teléfonos, porque al día siguiente de mi regreso a Barcelona volví a ver a Luisa. Fue en la lectura de la tesis doctoral de Carlos Renau, que versaba sobre el carlismo de Valle-Inclán. Marcelo Cuartero era el director de la tesis y Luisa uno de los miembros del tribunal que la juzgaba. Al concluir el acto me acerqué a ellos. Marcelo nos presentó y, mientras estrechaba la mano de Luisa con una sonrisa que era casi una disculpa, comenté: «Bueno, en realidad ya nos conocemos. No sé si te acuerdas». No se acordaba, de modo que tuve que refrescarle la memoria. Por fin me identificó; o, para ser más exacto, dijo identificarme, porque lo cierto es que sólo cuando mencioné la bolsa que había olvidado en el vagón desapareció la sombra de embarazo que durante un instante le había confundido los ojos. La noticia la hizo visiblemente feliz, sobre todo porque (dijo) en la libreta de tapas rojas tenía escrito el borrador de una conferencia; Marcelo aprovechó para bromear acerca de nuestro encuentro y propuso que los acompañara a comer; Luisa se sumó en seguida a la propuesta, así que acepté.

Regresamos juntos al centro de la ciudad después de la comida. Durante el viaje hablamos de Marcelo, de la tesis de Renau, de nuestro encuentro en el tren. Luisa me contó que daba clase en la Universidad de Barcelona y en el Colegio Universitario de Lérida, que por entonces dependía de aquélla; también me confesó que estaba cansada de viajar a Lérida dos veces por semana. Luego quiso saber en qué trabajaba, y yo adorné como pude el oficio de corrector a destajo de pruebas de imprenta con el que malvivía a costa de un editor negrero. Recuerdo que en algún momento Luisa me preguntó si estaba interesado en dar clase en la universidad; recuerdo que mentí: prolijamente enumeré las servidumbres innobles que debía acatar quien aspiraba a trabajar en la universidad, antes de sentenciar que nunca estaría dispuesto a someterme a ellas. Al entrar en Barcelona Luisa sugirió la posibilidad de acompañarme a casa para recoger la bolsa, pero, como me avergonzaba el piso en que vivía –un apartamento mínimo, oscuro y lleno de cochambre–, pretexté un compromiso en el centro y me ofrecí a llevársela otro día a su casa.

El sábado por la tarde me presenté en su casa con la bolsa. Luisa me recibió radiante; bebimos un trago, charlamos y salimos a comer algo a un restaurante cercano. Al despedirnos quedamos vagamente en que volveríamos a vernos, pero a la semana siguiente Luisa me llamó por teléfono y ese mismo viernes cenamos en el Bilbao. Después de cenar fuimos a bailar a Bikini, y cuando muy tarde ya en la noche, ebrios de música, de alcohol y de deseo, salimos de nuevo a la calle en busca de un taxi, el presentimiento de la primavera que perfumaba el aire de la madrugada terminó de disolver mi timidez. No sabría decir de qué habíamos estado hablando, aunque me recuerdo haciendo juegos de palabras con el texto de una pintada y tambaleándome un poco para fingirme más borracho de lo que estaba mientras recitaba riéndome un poema goliárdico; el caso es que en algún momento Luisa me preguntó si conocía las cuatro fases del amor según los latinos. Le dije que no. «Visus», empezó a enumerar, y me miró abriendo mucho los ojos. «Alloquium», siguió, y con dos dedos se rozó los labios. «Contactus», dijo, y me tocó la cara. «Basia», dijo, y me besó. Cuando se separó de mí tenía los ojos brillantes; sonreía. Tras un silencio pregunté: «¿Y cuál es la quinta?».

Durante aquella primavera dormí muchas veces en casa de Luisa. En mayo Marcelo me llamó para animarme a firmar una plaza de ayudante que el departamento sacaba a concurso y, dado que el anuncio equivalía a una tácita señal de que yo contaba con el apoyo de Marcelo y el del departamento, interpreté esta llamada como una promesa segura de trabajo en la universidad. No me equivoqué. A principios de julio se celebró el concurso, que gané sin problemas, y en septiembre, después de mandar al diablo al editor, firmé un contrato de ayudante y empecé a dar clase. No fui el único que estuvo de suerte: Luisa consiguió a principio de curso concentrar toda su docencia en Barcelona y dejar de ir a Lérida dos veces por semana. Para esa época llevábamos ya más de un mes compartiendo su piso de la calle Industria.

En junio nos casamos. Sólo entonces conocí a la familia de Luisa. La madre, que se llamaba igual que ella, procedía de una aguerrida estirpe de vascos que durante el siglo anterior había amasado una fortuna espectacular comerciando con azúcar y armas en la isla de Cuba. Uno de los vástagos de ese clan, Ramón Eceiza, se había instalado en el último tercio de siglo en Barcelona, dejando a su muerte un imperio que fue poco a poco esquilmado por la desidia de sus descendientes y la avidez sin escrúpulos de los sucesivos administradores. En cuanto a la madre de Luisa, después de haberse enamorado en multitud de ocasiones y de haber rechazado a multitud de pretendientes −convencida como estaba de que ninguno era digno de ella o de que siempre estaría a tiempo de aceptarlos−, pasada la guerra civil se casó con el primero que se lo propuso: un hombre algo más joven que ella, silencioso, atrabiliario, devoto y superficial, que incubó durante años un feroz resentimiento contra sí mismo por no haber podido acabar la carrera de medicina, vedándose así el acceso a la posición social que creía merecer, lo que acabó emponzoñando para siempre su vida, la de su propia familia y la de la familia de mi suegra, cuyos numerosos hermanos, encastillados en su arrogancia de rentistas y en su vanidad de hombres apuestos, lo humillaban sin piedad por su condición de empleado a sueldo y por su estatura ridícula. Con ese matrimonio sin amor, inducido por las penalidades de la guerra, por el asombro de comprobar que ya no era joven y por el pánico a la soltería, mi suegra cambió el desenfreno de una juventud transcurrida entre una feliz profusión de criadas con cofia, de largas estancias junto al mar y largos viajes familiares, de interminables fiestas a la luz de la luna y de dinero gastado a manos llenas, por las costumbres morigeradas que la mentalidad mesocrática de su marido atribuía a una esposa ejemplar. Sin embargo, una vez viuda y liberada de la tiranía del matrimonio, la madre de Luisa sintió de golpe todo el espanto de la vejez y el rencor del tiempo malgastado y, propulsada por su menguante energía y por el dinero que aún devengaba el desmedrado patrimonio familiar, avariciosamente se lanzó a rebañar lo que le quedaba de vida.

Fue entonces cuando yo la conocí. Acababa de cumplir setenta y un años, pero en su porte de gran señora, en la delicadeza de sus facciones de mujer orgullosa de su abolengo de bandoleros y rentistas, en sus manos largas, blancas y limpias de las manchas de la vejez, en la transparencia de sus ojos verdes y desafiantes y en la precaria lisura de su cutis estirado por las manos de los masajistas, perduraba todavía un rastro remoto de la juventud. Vivía en un viejo y destartalado piso que abarcaba una planta entera de un edificio de la familia situado en Vía Layetana, muy cerca ya del mar, en una soledad sólo rota por el bullicio marchito de las amigas, por el afecto ocasional, esforzado, problemático y sin convicción de sus dos hijos y por la presencia tácita de Concha, una anciana vasca, malhumorada e impaga, que ocultaba la calva de su cabeza con una peluca pelirroja, y que era el último vestigio vivo que mi suegra conservaba de una infancia saturada de sirvientes. Es verdad que la convicción de fanática que ponía en su rechazo a acatar la realidad de sus más de setenta años hacían de ella una mujer simpática y de trato inicialmente agradable, pero no es menos verdad que la vitalidad agónica, hiperactiva y sin propósito y el parloteo torrencial con que intentaba persuadir a su interlocutor −y sobre todo a sí misma− del milagro de su juventud eterna aturdían con facilidad a cualquiera y acababan socavando su propia salud. A partir del momento en que la conocí, la realidad testaruda de su decrepitud la vencía con infalible regularidad y cada vez mayor frecuencia, hundiéndola por temporadas en un abatimiento sin confines que le devolvía multiplicadas las crueldades de su verdadera edad. Pero, pasado ese período de postración, mi suegra emergía poseída otra vez de un ímpetu intacto, que parecía haber estado amasando en secreto para lanzarse, con las energías de una falsa joven, a un combate que en el fondo sabía perdido de antemano. El fervor religioso que había fingido profesar durante su matrimonio había acabado por contagiarla de una devoción tardía y ornamental que la muerte de su marido redujo a una costumbre de consuelo en sus horas bajas y a una necesidad inaplazable de ensuciarse la conciencia. Esto último era vital para ella, pues le permitía, aun en los momentos de mayor inactividad, mantener el espejismo de su juventud, entregándose a las torturadas delicias de la expiación. El vicio del juego −que imparcialmente alimentaba frecuentando bingos, casinos, máquinas tragaperras y garitos de variado pelaje− acaso era sólo el más eficaz de sus instrumentos autopunitivos, y desde luego una mera derivación de la pasión crematística que la poseía, una pasión abrasadora pero también paradójica, en la medida en que la viudedad la había retrocedido a la virginal relación con el dinero de sus veinte años, cuando ignoraba tanto su valor como el modo de manejarlo, aunque no el de despilfarrarlo en objetos que sólo poseían verdadero interés para ella si demostraban su falta absoluta de utilidad práctica.

Otra pasión protagonizaba, además de la del dinero, el declive renuente de mi suegra: los hombres. Al poco de morir su padre, Luisa acogió con una mezcla de melancolía y alborozo el hecho de que su madre no se enclaustrase en su tristeza de viuda, sino que saliese de vez en cuando con amigos nuevos y antiguos, pero esa satisfacción inicial se trocó primero en perplejidad y más tarde en desasosiego cuando los corteses caballeros dignamente otoñales que la frecuentaban cedieron su lugar a dudosos cuarentones e incluso a muchachos con cazadora de cuero y melena de chica, que la arrastraron a la ingrata certidumbre de que su madre invertía parte de sus ingresos en procurarse los amantes que su carne avejentada ya no era capaz de convocar. Con todo, los problemas que esta afición a la compañía masculina causaba no provenían del resignado malestar que suscitaba en Luisa (quien, luego de intentar en vano ahorrarse el lujo de detalles íntimos con que la obsequiaba su madre, acabó por aceptarlo con una mezcla de incredulidad y repugnancia), sino de la reacción iracunda que aquélla encendía en su hermano Juan Luis.

Juan Luis había heredado de su madre la energía sin sosiego de los Eceiza, su incapacidad de invertirla con fundamento y su instinto autodestructivo. De su padre había heredado casi todo lo demás: una inteligencia torpe, un cuerpo sucinto y escuálido, una hermosa cabeza romana y una invencible propensión tiránica que refrenaba con dolor en todas partes salvo en el seno atemorizado de su familia; sin duda pertenecían también al padre el porte sereno y una lenta y postiza gravedad de ademanes que intentaba pasar por distinción, una distinción que, en todo caso, era incapaz de sobrevivir a su sonrisa de conejo ni a la ansiedad reprimida que agarrotaba sus gestos ni, sobre todo, a la humillación de un labio leporino que en vano trataba de ocultar con un bigote lacio y despoblado. A diferencia de Luisa, a quien sacaba seis años, Juan Luis había pasado la mayor parte de su infancia en el hogar de la abuela Eceiza, y los privilegios que le procuró su condición de primer nieto en una casa huérfana de niños y numerosa de solteros, que se resistía a abandonar la exuberancia de sus mejores años, le inculcaron la costumbre de atribuirse un destino de ocio y de gran mundo. Cuando la realidad desmintió esta quimera, toda la devoción que había reservado para la familia de su madre se agrió en un resentimiento absoluto contra quienes consideraba responsables de haber malbaratado con su incuria el futuro de hombre de fortuna que ellos mismos le habían inducido a concebir. El común rencor contra los Eceiza no acercó, sin embargo, a Juan Luis y a su padre. Mediante una operación de transferencia muy frecuente, éste había confiado a su hijo la tarea de resarcirlo de sus fracasos y, cuando Juan Luis demostró tanta ineptitud como él para encaramarse a una posición social relevante, descargó sobre su hijo la amargura de la ilusión defraudada y el encono que durante años había saboreado en secreto. El desengaño no sólo envenenó la relación entre el padre y el hijo, sino también la convivencia de la familia, y ni siquiera la fulgurante carrera académica de Luisa –que su padre siguió con desinterés, su madre con un asombro no exento de suspicacia y Juan Luis con creciente irritación, hasta que comprendió que los triunfos de su hermana no iban a arrebatarle el monopolio de la atención de sus progenitores– consiguió distraer el resquemor del padre. No es raro que a la muerte de éste Juan Luis intentara sin éxito sustituirlo en el gobierno de la familia, ni siquiera que una vez, armado sólo con sus conocimientos de contabilidad de modesto empleado de banca, se empeñara en poner orden en el caos centenario del patrimonio de los Eceiza con la secreta esperanza de rehacerlo, empresa imposible de la que no sacó en limpio otra cosa que el encarnizamiento de su odio por la familia y una depresión descomunal que lo tumbó en una cama durante seis meses. Más insólito parecerá a simple vista que, con el tiempo, se convirtiera en un celoso guardián de la memoria del padre muerto, pero así fue, y no sólo porque físicamente se pareciera cada vez más a él o porque lo imitara en su forma de vestir y hasta de cortarse el pelo, sino sobre todo porque no podía tolerar la idea de ver a su madre acompañada de otros hombres y, menos tal vez porque temiese que alguno de ellos fuera a poner en peligro su herencia que porque los consideraba póstumos e indignos rivales de su padre, cada vez que llegaba a sus oídos la noticia de una nueva hazaña galante de la madre montaba en una cólera helada y amenazaba con incapacitarla legalmente, en razón de su prodigalidad, y con encerrarla para el resto de sus días en una residencia de ancianos. No obstante, los buenos oficios de Luisa habían conseguido mal que bien aislar a mi suegra de estas explosiones de ira, interponiendo entre los dos una barrera formada por ella misma y por la mujer de Juan Luis, un ama de casa endurecida por las ingratitudes del matrimonio y envejecida en el oficio de suavizar las intemperancias de su marido y de desbravar a sus cuatro hijos, cuya desbocada fiereza de alimañas sólo el pavor del padre conseguía amansar. Era una mujer gruesa y de escasa estatura, de ojos bovinos y párpados humildes, de manos de monja, de gestos de persona acostumbrada a la realidad. Se llamaba Montse.

6

El domingo desperté muy tarde, y aún no se habían disipado los efluvios del último sueño cuando me asaltó el recuerdo de Claudia. Me dije que era verdad, que había vuelto a encontrarla y había dormido con ella, y tuve la certidumbre inapelable de que Claudia me quería, de que estaba deseando volver a verme. Me pareció un milagro. Pensé: «No me cambio por nadie»; también pensé que, para no malograr ese milagro, tenía que aclarar cuanto antes las cosas con Luisa. «Cuanto antes», subrayé mentalmente, intentando darme ánimos. Como si esta mezcla de temor y determinación la convocase, Luisa irrumpió en ese momento en el cuarto y me urgió a que me levantara y me arreglara: no quería llegar tarde a casa de su madre. Al sentarme en la cama noté que tenía la cabeza espesa y la nariz tapada, y que me costaba tragar; como conozco el funcionamiento de mi organismo, me resigné a convivir con un resfriado durante algunos días, alentado por la esperanza de que no degenerara en algo peor.

En la calle el aire pesaba, hacía un calor de bochorno y una lámina de nubes plomizas oscurecía el cielo; la atmósfera estaba saturada de humedad. Mientras bajábamos en coche hacia el centro Luisa vaticinó que iba a llover.

—Ojalá —dije.

Mi suegra nos recibió exultante, pero ni siquiera nos dejó felicitarla por su cumpleaños, porque mientras nos estampaba dos besos en la cara y nos retenía en el vestíbulo emprendió un relato minucioso, caótico y excitado de la noche aciaga en que había perdido trescientas mil pesetas y, entre apelaciones recriminatorias a una suerte tenazmente contraria, concluyó sin decidirse a abandonar su tono contrito, un tono que traducía la certeza de haber vivido una aventura extraordinaria y culpable y la voluntad de hacérsela perdonar:

—En fin, una mala suerte espantosa, chicos. —Me cogió del brazo y me miró a los ojos, deshecha de gratitud, y, echando a andar pasillo adelante, con un gesto de complicidad se volvió hacia Luisa, que la miraba comida de impaciencia; añadió—: Menos mal que Tomás me ha echado una mano, porque me había quedado sin un duro. —Me palmeó tranquilizadoramente el hombro—. En cuanto cobre la semana que viene, te devuelvo el dinero.

—Por mí no se preocupe —le aseguré—. No tengo ninguna prisa.

—No sabes la que te ha tocado, Luisa —se rió mi suegra—: este hombre es una joya. —Se detuvo a la puerta del salón, resplandeciente de alegría. Vestía un blusón rosa con grandes botones de nácar, pantalones de popelina gris y zapatos grises; el pelo, que había sido distribuido por el cráneo con estratégica habilidad para ocultar los claros que había abierto en él la vejez, estaba teñido de color champán, los labios pintados de un rojo brillante y las cejas dibujadas con un lápiz marrón; de los lóbulos de las orejas le colgaban pesadamente dos pendientes dorados—. Bueno, y todavía no os he contado lo mejor.

Luisa y yo acogimos con alivio la aparición de Concha, sobre todo porque abortó el inminente relato de mi suegra, cuya imaginación tremebunda era capaz de dotar de una dimensión novelera o escandalosa a las mayores trivialidades de su monótona vida de anciana. Después de saludarnos, Concha se interesó por el embarazo de Luisa.

—Ay, hija —suspiró contrariada mi suegra—. Cómo tengo la cabeza. Con tantas emociones se me ha olvidado preguntártelo. Bueno, a ver, cuenta, cuenta.

Luisa habló de su embarazo. Al rato la interrumpió un timbre.

—Es de abajo —dijo mi suegra—. Voy yo.
Y salió disparada hacia la puerta.
Entramos en el salón. Luisa y Concha siguieron hablando del embarazo hasta que volvió mi suegra, radiante y sosteniendo en los brazos un ramo de rosas rojas envuelto en papel de celofán. No venía sola. La acompañaba un anciano caedizo que avanzó hacia nosotros con una sonrisa amarillenta y averiada y un andar decrépito, que sin embargo conseguía mantenerlo extrañamente erguido, igual que un muñeco gobernado por un mecanismo interior que impidiera derrumbarse el armazón senil de sus huesos. Aunque, según supe más tarde, era más joven que mi suegra, su aspecto sugería un mayor deterioro físico: tenía las manos acartonadas por la artrosis y recorridas de gruesas venas, el pelo escaso y entreverado de ceniza, la piel floja y resquebrajada, la boca chica y sumida, los pómulos salientes y las mejillas cóncavas y, bajo las cejas de nieve, unas gafas de pesada montura rectangular combatían en vano el estrabismo de unos ojos desorientados. Por lo demás, su indumentaria apenas le alcanzaba para imitar el máximo grado de elegancia a que puede aspirar lo que suele llamarse una pobreza decente: vestía unos viejos zapatos marrones, de rejilla, pantalón de color crema, camisa celeste con los puños recosidos y blazer azul marino provisto de esos dorados botones metálicos, con un ancla diminuta grabada en el centro, que alguna vez estuvieron de moda entre los hombres de familia acomodada.

—Vicente: mi hija y mi yerno —anunció mi suegra, elevando mucho la voz—. A Concha ya la conoces. —Se volvió hacia nosotros y, como si quisiera imitar el tono de picardía con que una adolescente de hace cincuenta años presentaría al hombre de sus sueños a la envidia de las amigas, volvió a anunciar—: Éste es Vicente Mateos, chicos. —Hizo una pausa que trató de llenar de sobreentendidos; agregó—: Un amigo.

—Encantado —dijo Mateos, alargando una mano temblona—. Luisa me ha hablado mucho de ustedes.

Mientras le estrechaba la mano y le devolvía el saludo, advertí con extrañeza que Mateos rehuía mis ojos, fijando los suyos en algún punto situado encima de mi hombro izquierdo. Mateos estrechó después la mano de Luisa, que fue incapaz de suavizar con una sola palabra el malestar que delataba su silencio.

–¡Mirad qué ramo de rosas me ha regalado Vicente! –exclamó mi suegra, levantando las flores para que las contempláramos y, rozando una de ellas con la punta empolvada de la nariz y aspirando profundamente su aroma, añadió mirándonos a Luisa y a mí con coquetería–: Son preciosas, ¿verdad? –Volvió hacia Mateos el brillo de muchacha de sus ojos provectos y, soltando una risa fresca e incrédula, como si lo viera por primera vez se precipitó hacia él y le besó con fuerza en su boca arrugada. Mateos se ruborizó; Luisa, creo, también–. ¡Qué loco eres, Vicente! –continuó mi suegra y, separándose de Mateos, explicó–: En nuestra época se hacían estas cosas, los enamorados se regalaban flores y todo era muy romántico y muy bonito. A mí eso me gustaba mucho, pero ahora todo es distinto, ¿verdad? Ni mejor ni peor, sólo distinto, en realidad en muchas cosas es mejor. La gente ya no pierde el tiempo con bobadas, tiene más prisa y además los curas pintan bien poco, así que es mucho más fácil meterse en la cama, ¿no? –Se rió y volvió a aspirar el perfume de las rosas–. Total, que esto de las flores está como un poco anticuado, pero qué queréis, a mí sigue gustándome mucho, ya ni siquiera me acuerdo de cuánto hace que no me regalaban un ramo… Aunque claro –suspiró con fingida melancolía–, a mi edad… En fin, supongo que, cuando una ya ha pasado de los setenta, debería renunciar a celebrar su cumpleaños.

Mateos y yo levantamos un coro de obligadas protestas, al que no se sumaron ni Concha ni Luisa. Ésta, en vez de hacerlo, sacó de su bolso un cilindro de papel verjurado y se lo ofreció a mi suegra.

–Es para ti, mamá –dijo, con una sonrisa indecisa–. Felicidades.

Mi suegra desenrolló el cilindro sin soltar el ramo de rosas, que crujía ruidosamente cuando ella se movía abrazándolo. Era una litografía del puerto de Amsterdam en el siglo XVII.

—¡Qué bonito! —exclamó sin convicción, recorriéndola de un rápido vistazo y entregándosela a Concha—. Toma, la haremos enmarcar.

Le dio las gracias a Luisa y a mí me guiñó un ojo cómplice.

—Tú ya me hiciste el regalo, Tomás —dijo; y abarcando el salón con un ademán de la mano que tenía libre, añadió—: Bueno, sentaos de una vez, que Concha y yo vamos a preparar el aperitivo. A ver, ¿qué os apetece beber?

Vicente Mateos pidió vino y, pensando que me ayudaría a combatir el resfriado, yo pedí un whisky. En cuanto a Luisa, con la excusa de ayudar con el aperitivo se escabulló a toda prisa hacia la cocina. Mi suegra y Concha la siguieron y quedamos los dos hombres a solas. Nos sentamos. Mateos habló del tiempo y, cuando agotó el tema, me ofreció un cigarrillo, que acepté, no porque me apeteciera (tenía la garganta dolorida, y la primera calada me dejó en la boca un sabor sucio), sino por ocupar con algo las manos y, quizá, por ver si el tabaco obraba los prodigios de sociabilidad que sus defensores suelen atribuirle. No los obró, por supuesto, y, para evadirme de la incomodidad del silencio y de la ingrata presencia del viejo, pensé en Claudia: la imaginé tomando el sol en la playa, nadando en el agua, jugando en la arena con su hijo. Pensé: «Querer a alguien es estar en dos sitios a la vez». Una sensación aún más incómoda que el silencio me arrancó entonces de mi ensimismamiento, y era que Mateos, que parecía haber renunciado a entablar conversación conmigo y aguardaba la llegada del aperitivo con las manos cruzadas sobre los muslos y la boca torcida en una sonrisa hueca, tenía clavados en los míos unos ojos duros e inmóviles. En el apremio por librarme de ellos sólo acerté a aventurar una hipótesis que era también una pregunta.

—Así que hace poco tiempo que se conocen, usted y mi suegra —dije.

Nadie había mencionado el asunto, desde luego, pero por algún sitio había que empezar. Transcurrieron segundos interminables, durante los cuales Mateos no dijo nada; lo único que hizo fue apartar sus ojos de los míos y volver a fijarlos en algún punto situado por encima de mi hombro izquierdo; luego, increíblemente, sonrió. Comprendí entonces que la vista defectuosa de Mateos me había confundido; también comprendí que estaba sordo. Tranquilizado, repetí en voz más alta la pregunta.

–No, no, qué va, hace muchos años –respondió, tal vez menos feliz porque me interesara por su vida que porque me hubiera resuelto a romper el silencio–. En realidad desde que éramos chicos. Lo que pasa es que, bueno, hágase cargo, eso fue antes de la guerra.

La entrada en el salón de Luisa y mi suegra, precedidas por Concha, que cargaba con la bandeja del aperitivo, interrumpió la explicación de Mateos.

–Fíjate, Luisa, ya se han hecho amigos –comentó con alegría mi suegra, poniendo sobre el mármol de un aparador el jarrón en el que había metido el ramo de rosas–. A ver: ¿de qué estabais hablando?

Mi suegra se sentó al lado de Mateos, le cogió del brazo y le repitió al oído la pregunta.

–Le estaba hablando a Tomás de los años que hace que nos conocemos –dijo Mateos.

–¡Si sólo hiciera años! –exclamó mi suegra, entrecerrando unos párpados apesadumbrados y sonriendo con una suerte de piadosa ironía, mientras soltaba el brazo de Mateos y tomaba con sus manos de uñas pintadas de rosa un vaso de vino blanco. Concha se retiró a la cocina, y Luisa, tensa y correcta, permaneció de pie, con un vaso de cerveza en una mano y un inquieto cigarrillo enredado entre los dedos de la otra–. ¡Siglos hace, siglos! Pero lo que son las cosas: quién nos iba a decir que después de tanto tiempo volveríamos a vernos, ¿verdad, Vicente?

Mi suegra contó que había conocido a Mateos durante los remotos veraneos de su juventud en Caldetes. Según ella, Mateos, cuyo padre poseía una tienda de comestibles que ella solía frecuentar en el centro del pueblo, era por aquella época un muchacho entorpecido por todas las timideces de la adolescencia. Este hecho, pero sobre todo el de que su condición de hijo de una familia humilde le excluyera de la adinerada colonia de veraneantes de la que formaba parte mi suegra, privó a Mateos de ingresar en el círculo privilegiado de jóvenes que invertían los interminables veraneos de entonces en cortejarla, pero no de concebir por ella una pasión abrasadora y sin esperanza, silenciosa, deslumbrada, distante y fiel. Las escaseces de la guerra le ofrecieron una oportunidad, que no desaprovechó, de salir del anonimato y hacer méritos ante ella, distrayendo alimentos de la tienda de su padre y haciéndoselos llegar personalmente a la familia Eceiza, hambrienta y recluida por el miedo en su finca de las afueras del pueblo. Mateos nunca había sido al parecer más feliz que en aquellos días atroces, cuando a la hora de la siesta salía a escondidas de su casa cargado con cestas de comida, pero sobre todo cuando al anochecer regresaba de vacío acompañado hasta la entrada de la finca por la muchacha inaccesible que desde siempre se había resignado a codiciar en silencio. Al acabar la guerra el padre de Mateos fue represaliado y su familia obligada a iniciar una nueva vida en Barcelona, y cuando mi suegra regresó a Caldetes, después de vencer la tuberculosis que durante cuatro años la encerró en un sanatorio de la sierra de Collserola, se habían evaporado juntamente la tienda de comestibles, el muchacho enamorado en secreto, su juventud asediada de pretendientes y la opulenta irrealidad en la que su familia había flotado hasta entonces, enterrada para siempre bajo el orden de la posguerra por la diligencia expoliadora de los vencedores.

Durante casi cincuenta años no volvieron a verse. Al igual que mi suegra, Mateos se había casado, había tenido hijos, había enviudado, pero ni la erosión del tiempo ni sus otros amores habían conseguido borrar de su imaginación el recuerdo de mi suegra, y el domingo anterior, exactamente una semana antes de que ella cumpliera setenta y seis años, con un vértigo de incredulidad y gratitud había reconocido sin posibilidad de error, bajo las formas desbaratadas de aquella anciana rutilante y transfigurada por la excitación del juego, los esplendores de la muchacha que inflamó su adolescencia. Con el corazón palpitándole en la garganta la abordó y le dijo quién era, y dos horas más tarde y más de cincuenta años después de haberlo concebido le declaró su amor.

—¡Cómo iba a negarme! —exclamó mi suegra con la voz anegada de ternura; devolvió a la mesa el vaso de vino, en cuyo borde habían dejado sus labios una mancha colorada de carmín, y se pasó un dedo cuidadoso y efectista por el rabillo de los ojos agrandados por el rímel—. Bueno, y aquí estamos —concluyó, cogiendo entre las suyas una mano de Mateos y palmeándole el dorso—. Como dos tortolitos, ¿verdad, Vicente?

No recuerdo qué es lo que contestó Mateos después de hacerse repetir la pregunta, pero sí que mientras mi suegra contaba la historia de su postergado amor otoñal yo era consciente de que su sentimentalismo senil la estaba adornando con invenciones románticas que Mateos no pudo o no quiso desmentir. También recuerdo que me sentí humillado. (La verdad es que entonces no entendí del todo el motivo de esta humillación, que ahora me parece transparente. La idea de que nuestro destino no es único, de que lo que nos pasa les ha pasado también a otros, de que no hacemos sino repetir una y otra vez una aventura idéntica y ajada, nos resulta intolerable. Por eso en aquel momento padecí como un ultraje —y tal vez también como un anuncio de decadencia, como un negro heraldo— el hecho de que un hombre ruinoso, estrábico y sordo y una mujer devastada por la agonía de su lucha contra la vejez estuvieran viviendo una historia que entonces se me apareció como un avatar crepuscular de la que yo estaba viviendo con Claudia.) Por su parte, Luisa aprovechó la primera pausa que le brindó la conversación para arrastrar de nuevo a su madre a la cocina y abandonarnos otra vez a Mateos y a mí trabados en un silencio embarazoso y multiplicado por el bullicio reciente de mi suegra. Mateos vació de un trago su copa y, poniéndola sobre la mesa, recuperó la actitud modesta y expectante y la sonrisa extraviada por encima de mi hombro que habían precedido a la irrupción de las mujeres. «Acabarás como él», pensé, inopinadamente. La idea me sorprendió tanto que por un momento pensé que no había sido yo quien la había formulado, sino que me había sido dictada por alguien y, como impulsado por un resorte, me levanté, forcé una sonrisa tibia y, con la excusa de rellenar las copas vacías, salí del salón.

Luisa y mi suegra discutían en la cocina mientras Concha se ocupaba con indiferente diligencia de la comida. Está claro que llegué en el momento menos adecuado, porque a mi suegra le faltó tiempo para refugiarse en mí.

–Haz el favor de escuchar un momento, Tomás –me pidió, cerrándome el camino de la nevera y asiéndome de un hombro.

Más que una petición era una orden. Por miedo a romper las copas levanté instintivamente los brazos.

–Mamá, déjale en paz –imploró Luisa–. Tomás no tiene nada que ver con esto.

–Claro que tiene que ver. Él también es de la familia, ¿no?
–«Quién sabe por cuánto tiempo», pensé. Luisa asintió con un gesto de cansancio–. ¿Sabes lo que me está pidiendo Luisa? –No había que ser un genio para adivinarlo, pero no dije nada–. Que eche de casa a Vicente.

–Te he pedido que dejemos la comida para otro día. No que le eches.

–Pues a eso yo le llamo echarle –porfió mi suegra–. Le he invitado a comer y de aquí no se va en ayunas. Sólo faltaría. Además, quiero que conozca a mis hijos.

–¿Para qué?

–¿Cómo que para qué? Para que los conozca. Porque son mis hijos. Y si me apuras para que vea que os revienta que vuestra madre intente ser feliz los últimos días de su vida.

–Mamá, por favor, no te pongas melodramática.

—Me pongo como me da la gana. Y además es verdad: os revienta. —Se volvió hacia mí con el rostro fruncido por la irritación, buscándome los ojos—. A ellos lo que les gustaría es que me pasara el día encerrada en casa, cosiendo y viendo la tele como una idiota, o rodeada de vejestorios que están todo el día quejándose. Para viejas bastante tenemos con nosotras, ¿verdad, Concha?

Concha estaba limpiando una lechuga bajo el chorro del grifo del fregadero; moviendo apenas la cabeza preguntó:

—¿Cómo dice, señorita?

—Ay, hija, te estás quedando sorda.

—Perdóneme que le diga —replicó, cerrando de golpe el grifo y volviéndose para encarar a mi suegra—, pero aquí el único sordo que hay es su novio.

—No seas celosa, Concha, que no está bien. Además —se acercó a ella, le hizo un gesto de complicidad, la cogió de un brazo—, ya verás qué pronto vas a encontrar tú también a alguien.

Concha se encogió de hombros, nos dio de nuevo la espalda y, abriendo otra vez el grifo del fregadero, aseguró:

—Si es como el novio de la señora, prefiero quedarme como estoy, la verdad.

—Pues no sé qué tiene de malo Vicente —replicó mi suegra, invulnerable a la displicencia de su criada—. Es un hombre bueno, amable y cariñoso. Y está enamorado de mí. Eso se nota en seguida, ¿verdad? —Nadie contestó—. Mirad, os voy a contar una cosa que no pensaba contaros —anunció como si acabara de ceder por fin a una presión agobiante, y acto seguido intentó mantener suspendida la atención de su auditorio mediante un silencio como el que fabrican los abogados en los juicios de las películas antes de desvelar la sorpresa que terminará de probar la inocencia de su cliente. Articulando con cuidado las palabras, explicó—: Me ha pedido que me case con él.

Luisa abrió unos ojos de pasmo y sonrió sin separar los labios, como si estuviera sujetando con los dientes un temblor imperceptible.

—Te ha pedido... ¿Qué te ha pedido?

—Que me case con él.

—Mamá, por favor —se desesperó Luisa—. ¡Pero si sólo hace una semana que os conocéis!

—De una semana nada, rica: cincuenta años, ya te lo he contado —precisó mi suegra—. Pero aunque hiciera una semana. ¡A ver si no voy a tener derecho a rehacer mi vida con quien me plazca!

—Claro que tienes derecho, mamá, pero...

—¡Pues entonces! —zanjó mi suegra, y de nuevo me buscó los ojos—. Y conste que todavía no le he dado una respuesta a Vicente. Él es muy apasionado y dice que tenemos que recuperar todo el tiempo que hemos perdido. Y tiene razón. Pero yo quiero pensármelo tranquilamente, figúrate, no es una decisión que se pueda tomar a la ligera, ¿no te parece?

Asentí.

—Bueno, mamá, haz lo que quieras —dijo Luisa en tono conciliador—. Tú sabrás lo que te conviene. Lo único que te pido es que no compliques las cosas más de lo que ya lo están. Si quieres casarte con ese señor, cásate con él.

—Yo no he dicho que quiera casarme con él —la corrigió mi suegra—. He dicho que me lo estoy pensando.

—Es lo mismo —continuó Luisa—. Pero ¿no te das cuenta de la que se va a armar cuando llegue Juan Luis y le vea? En cambio, si aplazas la comida tendremos tiempo de hablar con él y de prepararle... Si quieres le llamo ahora mismo y me invento una excusa.

—Ni hablar —la atajó mi suegra—. Eso sí que le pondría furioso. Y con razón. Mira, Luisa, te voy a decir la verdad: me parece mal que desconfíes de Juan Luis; él tiene sus cosas, como todo el mundo, pero en el fondo es un trozo de pan. ¿Quién va a conocer a un hijo mejor que su madre? Además —añadió, bajando la voz—, ¿le dije yo algo cuando trajo a casa a la pánfila de Montse...? Pues entonces. Tú no te preocupes: al principio a lo mejor está un poco incómodo, es natural, quería tanto a su padre que le parecerá raro verme con otro hombre. ¿Por qué te crees que no le he presentado nunca a mis amigos? Pero ya verás qué buenas migas hace en seguida con Vicente. —En ese momento sonó el timbre—. Mira, ahí está.

Mi suegra fue a abrir la puerta mientras Luisa apoyaba su desaliento en el mármol de la cocina y suspiraba, antes de que Concha la apartara para abrir la nevera. Yo bajé los brazos, que habían empezado a dolerme porque incomprensiblemente los había mantenido en vilo durante toda la discusión, llené la copa de Mateos, añadí a la mía un chorro de whisky y un par de trozos de hielo y, como quien se dispone a asistir a la representación de una obra de teatro, fui al salón y me acomodé frente a Mateos, en lo que calculé que iba a ser un asiento de privilegio.

Lo fue. Y mentiría si dijera que la función defraudó mis expectativas. Sentí que el telón se levantaba cuando, alertado por el rumor del pasillo, Mateos alzó de la butaca su frágil armazón de huesos, mientras en el salón irrumpían con estrépito y empujones los cuatro hijos de Juan Luis, impecablemente vestidos y peinados de domingo; detrás de ellos, escoltándolos, apareció Montse, con el pelo fosilizado por la permanente y el cuerpo ceñido por el verde esmeralda de un vestido de una pieza, con volantes. Montse no tuvo tiempo de saludar a Mateos, porque cuando iba a hacerlo apareció Juan Luis acompañado por su madre en la puerta del salón. No la traspasó: se quedó allí, bajo el dintel, perforando a Mateos con una mirada fija, paralizado por la incredulidad, la sonrisa convertida en una mueca de estupor agriada por el labio leporino. Luego levantó un índice contra Mateos y, con voz temblorosa de ira, preguntó:

—¿Se puede saber quién es éste?

Señalando a Mateos por encima del hombro de Juan Luis, mi suegra explicó:

—Es Vicente Mateos, hijo. Un amigo de mamá.

Entonces tronó Juan Luis:

—¡Pues o se larga ahora mismo o me largo yo!

Giró en redondo con todo el ímpetu de su cólera y se perdió airadamente por el pasillo. Luisa y mi suegra salieron tras él, mientras Mateos, de pie todavía en medio del salón, como si buscara una explicación o un refugio volvió hacia mí una sonrisa atónita y desvalida. El primer acto de la representación debió de entretenerme bastante, porque consiguió borrar de mis preocupaciones no sólo la amenaza del incipiente resfriado, sino también la de la difícil conversación que tenía pendiente con Luisa; unido al hecho de que el segundo whisky estaba empezando a ejercer su efecto euforizante y a la conciencia agridulce y confusa de estar asistiendo quizá por última vez a un altercado de mi familia política, esto tal vez pueda en parte explicar que no se me ocurriera otra cosa, como respuesta a la petición de auxilio de Mateos, que levantar el vaso de whisky y echar un trago con un ademán que sólo podía significar: «Ánimo, compañero. Esto es sólo el principio». Sin embargo, para compensar este gesto ladino o para limpiar mi conciencia, intenté alertar discretamente a Mateos sobre un peligro en el que su ignorancia no le había permitido reparar. Y es que, justo antes de que Juan Luis lo amenazara con su baladronada de botarate, el viejo había dado un par de tímidos pasos hacia él con la ilusa intención de saludarlo, y este gesto inocente le había colocado al alcance de la cuádruple amenaza de los niños, cuyo disciplinado silencio de acecho nada bueno auguraba. Montse también debió de intuir el peligro y, adelantándose a él, trató de atenuar la tensión del momento.

–Vamos, niños –instó a sus hijos–. Saludad a este señor, que es un amigo de la abuelita.

Para mi sorpresa, Mateos pareció entender a la primera las palabras conciliadoras de Montse y, lleno de visible gratitud por el respiro que le concedían, se inclinó hacia los niños con su mejor sonrisa. Bastó sin embargo una mirada disuasoria del mayor de ellos –un mocoso de nueve años y de nombre Ramón, en el que convivían la mala leche del padre y la obligada astucia de mujer sometida de la madre– para que el amigo de mi suegra admitiera la conveniencia de cambiar el beso previsto por una reticente caricia en el pelo de los niños, que obedeciendo a Montse lo saludaron con displicencia. Con la misma falta de entusiasmo me saludaron a mí, y a continuación rompieron filas y se reagruparon por parejas en un extremo del salón, donde se enfrascaron por turnos en dos Game Boy. Mientras Concha cruzaba una y otra vez ante la puerta del salón, cargada de platos, cubiertos, vasos y servilletas, en dirección al comedor, y se oía el rumor crispado y cercano de la reyerta que Juan Luis, mi suegra y Luisa mantenían en la cocina, Mateos y Montse se pusieron a conversar a gritos sobre el verano, sobre las vacaciones y sobre los niños, cuyas Game Boy llenaban el salón de una musiquita de feria.

Así concluyó el entreacto y, tan pronto como volvió a levantarse el telón, los hijos de Juan Luis decidieron sumarse al rifirrafe que había iniciado su padre y pulverizar la calma saturada de malos presagios que por un momento había reinado en el escenario. Aún no debían de haber transcurrido diez minutos desde la entrada triunfal de Juan Luis cuando advertí que uno de los niños —en realidad la única niña, Aurelia se llamaba— salía corriendo del salón perseguida por su hermano Juan Luis, que mascullaba entre dientes amenazas y confusos insultos, de lo que deduje que Aurelia se había cansado de esperar su turno y le había arrebatado la Game Boy a su compañero de juego. Pese a que su instinto fogueado en mil emboscadas le había impedido bajar la guardia mientras conversaba con Mateos, Montse no pudo reaccionar a tiempo, y apenas había salido del salón a la caza de los niños cuando nos llegó desde el comedor un estropicio inconfundible de vajilla trizada. Ni siquiera este estruendo de guerra consiguió apagar la discusión de la cocina, pero sí obligó a Concha, que justo en ese momento cruzaba ante la puerta del salón con una bandeja erizada de copas de champán, a dar media vuelta para al rato volver a cruzar la puerta armada de una escoba, un recogedor y el blindaje de paciente fatalismo con que la habían acorazado sus muchos años de servicio en la familia. Para entonces sonaba ya en el comedor un llanto doble, rabioso y sincrónico, que era sin duda (pensé) fruto de los modernos métodos pedagógicos que Montse empleaba para domesticar a sus hijos. Recuerdo que en ese momento Mateos se volvió hacia mí con una mezcla de alarma y desconcierto, y estoy seguro de que iba a preguntarme qué pasaba cuando el mayor de los niños, que había permanecido en el salón esperando su turno con la Game Boy, decidió cambiar la paciencia por la astucia, se acercó a Mateos y con aire seráfico y voz de plata le pidió que le permitiese observar de cerca sus gafas. Antes de que yo alcanzara a gritarle que no lo hiciese, el infeliz accedió a la petición, seguramente deseoso de congraciarse con una parte decisiva de su futura familia. Las consecuencias previsibles de esta temeridad no se hicieron esperar, pero al menos la desnudez de sus ojos deteriorados le ahorró al pobre viejo la imagen del niño regresando junto a su hermano para ofrecerle las gafas a cambio de la Game Boy. El hermano, que se llamaba Daniel y era el menor y el más candoroso de los cuatro, se avino de momento al trueque, pero en cuanto examinó las gafas del derecho y del revés comprendió el error del intercambio y la sagacidad de estafador de su hermano, y las arrojó contra el suelo con una violencia de adulto. Por fortuna, el regreso de Montse con los dos gimoteantes responsables del destrozo de la vajilla impidió o aplazó la represalia del hermano engañado, que se limitó a sentarse junto al timador en actitud de serena expectativa, y, tal vez porque me sentía en parte responsable de la tribulación del viejo, yo intenté aprovechar la tregua para recoger del suelo lo que quedaba de las gafas, pero apenas me levanté de la butaca vi aparecer a Juan Luis por la puerta del salón con aire de querer ponerle al segundo y último acto un final digno de las pirotecnias del resto de la obra. Demudado por la derrota que (comprendí) le había infligido la testarudez de su madre, ordenó:

—Montse, coge ahora mismo a esos niños. Que nos vamos.

Montse lo miró con su habitual mansedumbre e inició una protesta.

—No te excites, Juan Luis —le pidió—. Que es el cumpleaños de tu madre y luego vas a arrepentirte.
—Me da lo mismo: he dicho que nos vamos y nos vamos.
—Pero, Juan Luis, por favor, cómo podría convencerte...
Su marido se cruzó de brazos y la cortó en seco:
—No puedes.
Dando un hondo suspiro de resignación, Montse pastoreó a los niños, petrificados por el pánico del padre, y los sacó del salón después de obligarlos a despedirse de mí y de Mateos, quien apenas sintió la proximidad de Juan Luis se puso de pie y, con gesto de disculpa o de ruego, le dirigió (a Juan Luis o al bulto borroso que para él debía de ser Juan Luis) una sonrisa muda y deslumbrada por la ausencia de las gafas. Una vez que desfilaron ante él su mujer y sus hijos, Juan Luis descruzó los brazos, clavó una mirada interrogativa en mí —por toda respuesta yo entorné los párpados y me encogí de hombros— y otra despectiva o indescifrable en Mateos, y por fin, sin una sola palabra y sin mudar la desencajada expresión que le agarrotaba el semblante, partió.

Entonces me levanté y recogí del suelo las gafas de Mateos, que de milagro estaban intactas. Se las devolví. El viejo se las puso, me miró ansiosamente y, como yo no reaccionaba, con una sonrisa de perplejidad preguntó:
—Algo va mal, ¿no?
Le contestó un portazo, que tal vez no oyó.

7

La sobremesa fue breve. Poco después de las cuatro pretextamos un compromiso y nos despedimos de mi suegra, de Concha y de Vicente Mateos.

Durante la comida un chaparrón había lavado la atmósfera y limpiado las calles de ese sedimento de suciedad que siempre deja el bochorno, y al salir a Vía Layetana advertí que un inmenso pedazo de cielo diáfano había rasgado la grisura uniforme de las nubes; el aire era fino y ligero, y la luz infundía tal intensidad a los colores que todas las cosas parecían recién pintadas. Encerrada en un silencio caviloso, Luisa conducía con atención, serpenteando por calles sumidas en el sopor de la siesta.

Al llegar a casa preparó café, y mientras lo tomábamos despotricó contra su madre, contra la familia de su madre, contra Juan Luis, contra Vicente Mateos.

—Después de todo es mejor que se hayan marchado —dijo cuando se hubo desahogado, refiriéndose a Juan Luis, a Montse y a los niños—. Por lo menos hemos podido comer en paz.

Era verdad: comparada con la riqueza de aventura del aperitivo, la comida había resultado casi aburrida. Y lo hubiera sido del todo de no ser porque la vocación de felicidad y el vitalismo imbatible de mi suegra consiguieron sobreponerla en seguida a la desazón ocasionada por la intransigencia de Juan Luis y lanzarla de nuevo a un parloteo burbujeante que acabó por disipar la confusión de Mateos y por convertir el nerviosismo de Luisa en una especie de fatiga resignada que no le impidió celebrar con franqueza los alegres despropósitos de juventud evocados por su madre. En cuanto a mí, el regreso al aburrimiento familiar de una celebración sin sobresaltos me privó del grato papel de espectador que hasta entonces me había reservado, e intenté resarcirme de esta pérdida, que de inmediato me devolvió una molesta conciencia de mí mismo, entregándome con ahínco al Fefiñanes y a la merluza que Concha había cocinado. Por lo demás, es curioso que de todo lo que se habló durante aquella comida sólo recuerde con claridad el relato entrecortado que hizo Mateos de su pasado reciente; un relato que no me desagradó tanto por la serie de sucesos dramáticos que registraba –la pérdida del negocio de corretaje de vinos con el que se ganaba la vida y la del piso en el que habían nacido sus hijos, la obligación de acogerse a la generosidad de una hermana también viuda con quien compartía casa y comida– como por el tono de burla humilde con que se atribuía la responsabilidad de sus errores, casi como si tuvieran que parecernos divertidos y no trágicos o simplemente lamentables, y, sobre todo, por la impresión que en algún momento tuve, y que descarté en seguida, de que estaba inventando esos infortunios para atraer la compasión de quienes se los oíamos contar, y en especial de mi suegra, que aunque sin duda ya los conocía no dejó de escucharlos con un aire de virtuosa indignación que traducía su antiguo desprecio por la realidad.

—En fin –suspiró Luisa, sirviéndose otra taza, y, como si el paréntesis de paz de la comida y el reposo del café le hubieran devuelto el ánimo belicoso que la discusión con su madre y con Juan Luis le había arrebatado, me reprochó–: De todas maneras, tú también podías haberme avisado de lo de ese hombre, ¿no?

Igual que si acabara de despertar de un sueño, pregunté:

—¿Qué hombre?

—¿Qué hombre va a ser? Mateos. Podías haberme dicho que venía a comer. Por lo menos hubiera podido prepararme.
—Yo no sabía que iba a venir a comer.
Luisa me miró con interés.
—Entonces ¿de qué querías hablarme anoche? Dijiste que era importante, ¿no?

Aunque apenas había dejado de pensar en ello, lo cierto es que en todo el día no había tenido tiempo ni ocasión de ordenar mis ideas, de fijar el momento y la forma en que debía abordar el asunto, y hasta es posible que íntimamente hubiera decidido diferirlo, pero en aquel momento sentí con la claridad de una evidencia que no volvería a presentarse una ocasión tan propicia como aquélla. Esta certeza hizo aflorar de nuevo todos los síntomas del resfriado: la turbiedad de la cabeza, el entumecimiento casi doloroso de los músculos, la dificultad de tragar.

—¿Importante? Bueno, no sé, relativamente... —atiné a decir. Me levanté del sofá y me llegué hasta una estantería, de donde saqué una novela de Patricia Highsmith, que hojeé distraídamente—. De todos modos no tiene nada que ver con eso. Con Mateos, quiero decir, ni con tu madre.
—¿Con qué tiene que ver entonces?
—¿Cómo dices?
—Que de qué querías hablarme.

Antes de contestar coloqué otra vez en su sitio la novela, saqué un cigarrillo del paquete que había sobre la mesita del sofá, lo encendí, le di un par de chupadas y, para infundirme valor, mientras expulsaba el humo me dije aquello de que el valiente sólo muere una vez, mientras que el cobarde muere cien veces, pero lo hice sin convicción, porque no olvidaba que yo me había sentido capaz de morir las veces que hiciera falta con tal de esquivar situaciones menos comprometidas que aquélla. Sin embargo, algún efecto debió de surtir la frase, porque, dibujando con el cigarrillo un brusco gesto circular, y balbuceando un poco, me oí explicar sin apartar la vista del sol limpio y sin fuerza que entraba por la ventana:

—Bueno, no sé… Es que estos días, en fin, he estado pensando.

Busqué el efecto de mi frase en el rostro de Luisa, y apenas distinguí una punta de ironía afilando el interés que brillaba en sus ojos antes de que preguntara:

—¿Sobre?

—Sobre muchas cosas —dije, encogiéndome de hombros, y sentí que una espuma fría me llenaba el estómago cuando añadí—: Sobre nosotros, sobre la vida que llevamos.

—Ya —dijo con frialdad, inclinándose para alcanzar el paquete de tabaco que yo había dejado sobre la mesa. Con la boca fruncida en un gesto pensativo sacó un cigarrillo, lo encendió y chupó un par de veces con fuerza y, mientras dejaba escapar el humo por la nariz, por un momento sujetó con los dientes el labio inferior, como si lo saboreara; luego inquirió—: ¿Y has llegado a alguna conclusión?

—No, a ninguna —aseguré con rapidez—. Es sólo que, bueno, a veces me da la impresión de que hace tiempo que las cosas no funcionan como debieran.

—¿Te refieres a ti y a mí?

—Sí, sí, exacto —corroboré, nervioso y envalentonado y sin mirarla—. A eso me refiero. No me digas que no has tenido la misma impresión.

—No lo sé.

—No, claro, yo tampoco —convine absurdamente—. Quiero decir que, bueno, supongo que todas las parejas pasan por momentos malos, ¿no?

—Supongo que sí. Pero lo que no entiendo es por qué ahora.

—¿Por qué ahora qué?

—Por qué lo dices ahora, si hace tiempo que has notado que las cosas no funcionan.

—En algún momento hay que hacerlo, ¿no? Además, ya te he dicho que he estado pensando.

—Sí, pero no me has dicho a qué conclusión has llegado.

—A ninguna —insistí—. Ya te lo he dicho.

—¿Estás seguro?

—Claro. Lo que he pensado es, bueno, lo normal. Que hay que intentar arreglarlo y todo eso. El problema es encontrar la forma, ¿verdad?

Luisa cabeceó ligeramente, en un gesto que no supe cómo interpretar. Yo había estado caminando por el salón a pasos breves, con la vista clavada en el piso de baldosas romboidales; de repente me detuve junto al televisor, levanté la vista y miré a mi mujer. Se había incorporado un poco en el sofá, tenía los codos apoyados en las piernas y observaba con fijeza las estanterías del fondo, sosteniendo encima del cenicero que había sobre la mesa el cigarrillo humeante, cuyo filtro golpeaba sin pausa con el pulgar, como empeñada en mantener la brasa limpia de ceniza.

—Claro, ése es el problema —proseguí, espoleado por la actitud expectante y reflexiva de Luisa—. Y qué sé yo, a lo mejor, no lo sé, a lo mejor hasta es bueno que nos separemos por un tiempo, ¿no? Nada definitivo, claro, sólo por un tiempo —me apresuré a aclarar, quizá asustado por mis propias palabras—. Quiero decir que a lo mejor una temporada solos nos haría recapacitar, ver las cosas de otro modo, no sé, quizá nos sentaría bien.

—No digo que no —dijo Luisa después de un silencio que se me hizo interminable, durante el cual regresé a las estanterías y saqué otra novela, ésta de Ruth Rendell, creo. La frase me produjo alivio y desazón. Lo primero es quizá razonable; no así lo segundo, que sólo me alcanzo a explicar porque al niño incorregiblemente vanidoso que todo hombre lleva dentro le desagradaba en el fondo que Luisa no opusiera resistencia a mi tímida propuesta—. Y te voy a ser sincera, Tomás: yo también lo he pensado más de una vez.

Me quedé perplejo. Aparté la vista del libro y miré a Luisa, que estaba apagando el cigarrillo en el cenicero. Pregunté:

—¿Que nos convendría separarnos?

—Sí.

—¿Cuándo lo pensaste?

—El cuándo no importa —explicó con serenidad—. Lo que importa es que lo pensé. Que lo pensé y que acabé descartándolo. Creí que podíamos salir adelante, que valía la pena intentarlo. Y a mí me parece que tenía razón. Después de todo no nos ha ido tan mal, ¿no?

—Yo no digo que nos haya ido mal —precisé—. Lo que digo es que podría habernos ido mejor. Sobre todo últimamente.

—En eso tienes razón. —Sonrió, recostándose de nuevo en el respaldo del sofá y sosteniendo sin esfuerzo mi mirada—. Apenas hacemos el amor.

No pude evitar ruborizarme.

—Eso no tiene nada que ver —contesté, abriendo por una página cualquiera, exageradamente, la novela que tenía entre las manos, cuyas costuras emitieron un gemido apagado.

—Claro que tiene que ver —dijo Luisa—. Si es casi un milagro que me haya quedado embarazada. Y hablando del embarazo —añadió, en un tono de ligereza que sólo consiguió aumentar mi irritación—, la verdad, Tomás, no me parece éste el mejor momento para proponer una separación. Ni siquiera una separación temporal.

Mientras me acercaba a la mesita para apagar el cigarrillo medité mi respuesta; apagué el cigarrillo, volví junto a la estantería, me recosté en ella y, abriendo de nuevo la novela y encogiéndome de hombros, respondí:

—Tampoco era el mejor momento para que te quedases embarazada.

—Pero el hecho es que lo estoy, ¿no? Además, eso ya lo hemos discutido. Fue una casualidad, puede pasarle a cualquiera. El diafragma no es infalible.

—¿Estás segura?

Tan pronto como la hube formulado me arrepentí de la pregunta. Luisa contestó con otra pregunta:

—¿Qué quieres decir?

Cerré la novela de Ruth Rendell, la devolví a la estantería con un chasquido de la lengua y un gesto de abatimiento, hundí las manos en los bolsillos del pantalón y fijé de nuevo la vista en los rombos del suelo.

—Nada —dije.

—¿Cómo que nada? Habrás querido decir algo, ¿no? ¿Qué es eso de si estoy segura? Claro que estoy segura.

Con un gesto intenté borrar el comentario.

—No quise decir eso.

—Entonces ¿qué es lo que quisiste decir? —me apremió—. No estarás insinuando que no me puse el diafragma a propósito, ¿verdad? ¡No serás capaz de una cosa así!

—Joder, Luisa, yo no insinúo nada —repliqué, echando de nuevo a andar—. Y además tienes razón: todo esto ya lo hemos discutido, no sé por qué tenemos que volver otra vez a lo mismo.

—Te recuerdo que has sido tú el que ha empezado.

—Lo único que he dicho es que éste no me parece el momento más apropiado para tener un hijo.

—El momento apropiado no existe, Tomás —dijo, y pensé que eso ya se lo había oído decir muchas veces—. Siempre hay algún inconveniente.

—Pues más a mi favor. —Me detuve junto a la ventana y miré a la calle, pero no vi otra cosa que mis propios pensamientos. Volviéndome hacia mi mujer continué—: Mira, Luisa, tú ya sabías cuál era mi opinión sobre este asunto, ya sabías que me parecía precipitado tener un hijo, dentro de un tiempo sería otra cosa.

—Dentro de un tiempo sería imposible —contestó—. Por lo menos para mí.

—Eso no es verdad. Antes lo era, pero ya no. Hay mujeres que tienen hijos después de los cuarenta años sin correr el menor riesgo. Y además, no sé —añadí—, yo ni siquiera estoy seguro de querer tener un hijo. ¿Para qué? ¿Para lo que lo quiere la gente? Por lo menos no me negarás que hay que pensárselo dos veces antes de traer más víctimas al mundo, y todo por puro capricho o para halagar la vanidad de…

—Tomás, por favor —me interrumpió Luisa—, ¡no irás a salirme ahora con argumentos intelectualoides!

—No, claro, mis argumentos son siempre intelectualoides —repliqué—. En cambio por tu boca habla siempre la sabiduría,

¿verdad? ¿Nunca se te ha ocurrido pensar en lo aburrido que es que todo el día te estén dando lecciones?

—Yo nunca he querido darte lecciones de nada.

—No, claro, abiertamente no, eso sería indigno de ti —proseguí, arrastrado por una agresividad que no dominaba—. La modestia es lo primero, la modestia de los selectos que no condescienden nunca al lugar común, como los demás mortales. ¿Cuántas veces te han dicho lo lista que eres, Luisa? ¿Cuántas veces? Hasta yo hubiera acabado creyéndomelo, coño. —Ahora no la dejé interrumpirme—. No, no: las lecciones tienen que ser más sutiles, una pequeña corrección por aquí, un comentario despectivo por allá, una insinuación más allá, todo en dosis muy bien calculadas, todo para que el pobre chico no se ofenda, porque al fin y al cabo es un mediocre y no da para más, ¿verdad? Y por eso es lógico que todas las decisiones las tomes tú, hay que ir sobre seguro, total qué más da, si yo ya ni me acuerdo de lo que se siente cuando uno se equivoca o acierta por su cuenta.

—Tomás, por favor, no digas tonterías.

—Digo lo que me da la gana. Y además es la verdad, joder. Si ni siquiera puedo mover de sitio una silla en mi propia casa sin tener remordimientos. —Enardecido por mis propias palabras, concluí—: Estoy harto de meterme cada noche en la cama con una mujer que se pasa el día recordándome que es superior a mí.

Un silencio sólo roto por la sirena cercana y urgente de una ambulancia siguió a estas palabras y, para engañar a la sensación casi física de culpa que sentía crecer en mi garganta, caminé hacia las estanterías del otro extremo del salón. Desde allí miré a Luisa: seguía sentada en el sofá, erguida y con un cigarrillo recién encendido en los dedos, con la vista fija en la pantalla apagada de la televisión; sus dientes mordían el labio inferior, que temblaba ligeramente. Obedeciendo un impulso que de entrada no entendí, fui a sentarme en el sofá, junto a Luisa, pero, antes de que yo pudiera retractarme de mis palabras, ella aplastó el cigarrillo en el cenicero y me miró a los ojos con una dureza que nunca había visto en ellos.

—¿Sabes lo que te digo, Tomás? —preguntó con exagerada lentitud, como dándose tiempo para degustar las palabras. En realidad no era una pregunta: era una afirmación secundada por la rabia que le encendía los ojos—. Vete a la mierda.

Luisa se levantó y salió del comedor sin darme tiempo a reaccionar. A punto estuve de seguirla, pero no lo hice. «Peor imposible», pensé. Intenté tranquilizarme. Me serví otra taza de café enfriado, le añadí un chorrito de coñac, me la bebí; luego encendí un cigarrillo. Me sentía extrañamente aliviado; también perplejo: no me resolvía a aceptar que había sido yo quien había descargado aquellos reproches sobre Luisa; sentía que, aunque no creía haber sido injusto, había sido cruel con ella; por alguna razón sentía miedo. Me sorprendí tratando de organizar mentalmente una disculpa. «No sé cómo se las arregla —pensé entonces—. Siempre consigue que sea yo quien acabe sintiéndome culpable.» Todavía estaba dividido entre el rencor y el arrepentimiento cuando volvió Luisa.

—Dime una cosa, Tomás.

—Luisa, perdona —la interrumpí, doblegado por el peso de la culpa—. No quise decir eso.

—Pero lo has dicho. —Se había quedado de pie en el umbral del salón, la cabeza un poco ladeada, la mano izquierda aferrada al marco de la puerta y la derecha rígida y colgante, como si no supiera qué hacer con ella. Recuerdo que en aquel momento tuve la impresión de que sus ojos, graves, fríos y diáfanos, me miraban por primera vez; también recuerdo que la sonrisa que le bailaba en los labios era demasiado sutil para ser realmente dulce—. Dime una cosa, Tomás —repitió—. ¿Has conocido a alguien?

—¿Qué quieres decir? —pregunté, sabiendo muy bien lo que quería decir.

—Que si has conocido a alguna mujer.

—¿A alguna mujer? ¿Por qué...? ¿Por qué iba a conocer a alguna mujer? —balbuceé—. ¿Qué tiene eso que ver con lo que estábamos hablando?

—Tiene que ver —contestó—. Dime la verdad: ¿la has conocido o no?

Ahora me parece evidente que lo más sensato en ese momento hubiera sido negarlo todo, tratar de apaciguar a Luisa y posponer la discusión para otro día, prometiendo retomarla con menos precipitación y con las ideas más claras. No obstante, tal vez porque me avergonzó traicionar los propósitos de veracidad que me había hecho el día anterior, o porque sobrestimé mi capacidad para calmar la irritación de Luisa, quién sabe si espoleado en secreto por la curiosidad de presenciar su respuesta a mi confesión, opté por decir la verdad.

Fue un error. Uno siempre acaba por creer que conoce sin fisuras a la mujer con quien comparte su vida; basta sin embargo darle una oportunidad para que ella le saque a uno de la equivocación. Luisa, por lo menos, no desaprovechó la suya y, en menos tiempo del que yo empleé en confesar mi falta, me demostró que la conocía tan poco como me conocía a mí mismo. Es verdad que mis cinco años de matrimonio me habían preparado para muchas cosas; no, desde luego, para aquélla. Apenas empecé a hablarle de Claudia, Luisa escupió un chorro de sapos y culebras, que aguanté a pie firme con la esperanza de que amainara y, cuando por fin pareció que podía agotarse su repertorio de maldiciones, reproches y amenazas, salió del salón propulsada por una indignación furibunda. Al rato, alertado por el escándalo de armarios y puertas y por los jirones de insultos que llegaban desde el otro lado de la casa, me levanté del sofá y fui a buscar a Luisa. La encontré en su despacho, metiendo en un desorden de estampida libros y papeles en una maleta donde también había ropa; tratando de que mi voz expresara un asombro que yo no sentía, pregunté:

—Pero ¿qué estás haciendo?

—¿Eres idiota o qué? ¿No lo ves?

—¿Adónde vas?

—Me voy.

Recurrí a todos los argumentos: varias veces le pedí perdón; quité importancia a mi aventura con Claudia; apelé a los años que habíamos pasado juntos y al hijo que íbamos a tener; le supliqué que recapacitara, que no se marchara de esa forma. Fue como darse de cabezazos contra una pared. Lo curioso, de todos modos, es que mientras yo iba y venía de su despacho al comedor y de la cocina al ropero, fumando y dando sorbitos de coñac y estrujándome el cerebro en busca de razones capaces de frenar su ira, no podía evitar de vez en cuando una sensación agridulce, como si una parte de mí mismo, íntima y ajena a la vez, me insinuara confusamente que en el fondo había conseguido lo que buscaba. «Tarde o temprano se le pasará el cabreo —reflexioné en algún momento—. Mientras tanto nada me impide estar con Claudia.» Fue todo uno formular esta idea y rogarle de nuevo a Luisa que no se marchara.

—Esto se ha acabado, Tomás —me dijo entonces, con algún cansancio en la voz, pero no en los ojos, que conservaban intacta la furia del principio—. Y los dos lo sabemos.

Poco después se marchó.

SEGUNDA PARTE

EL VIENTRE DE LA BALLENA

1

El lunes por la mañana me despertó la ansiedad. Me incorporé y miré el reloj: marcaba las siete y media. Recuerdo que me pareció increíble haber dormido casi nueve horas, quizá porque el resfriado, unido a los sobresaltos del día anterior, a la mala noche y a la resaca de coñac, me tenía el cuerpo baldado, lo que yo instintivamente atribuí a la falta de sueño. No me encontraba bien: los párpados me pesaban como si fueran de plomo, un alfilerazo de dolor me atravesaba la cabeza y los músculos, me costaba respirar.

Ya había admitido que no volvería a conciliar el sueño cuando sonó el teléfono. De cuatro zancadas me llegué al comedor, y antes de descolgar pensé: «Todavía estoy soñando». Jadeando exigí:

—Diga.

—¿Tomás?

Creí reconocer la voz.

—Ah, Claudia —exclamé, eufórico, sin que el pulso se me hubiera sosegado—. Te he estado llamando todo el fin de semana. ¿Dónde te habías metido?

Se hizo un silencio, y pensé que la comunicación se había cortado.

—¿Me oyes, Claudia?

—Claro que te oigo —contestó una voz que ya no pude confundir con la de Claudia—. Pero de Claudia nada, tú. Soy Alicia.

Alicia era la secretaria de mi departamento. De mi departamento en la universidad, quiero decir. Tenía treinta y cuatro años y un rostro duro y rectangular, de grandes ojos oscuros, de labios abundantes y dientes blanquísimos e iguales; también tenía el pelo negro, las manos masculinas, el busto generoso y las caderas de potranca, y un perfil escarpado y unas piernas largas y caudalosas que se afinaban en unos tobillos de bailarina. Era imperiosa, servicial, entrometida y, como todos los sentimentales, intolerante. Estaba casada en segundas nupcias con un norteamericano negro que jugaba de alero en un equipo de baloncesto catalán. Se llamaba Morris Brotherton. A Morris y Alicia les unía desde el primer año de su matrimonio una pasión descabellada que no les había permitido convivir bajo el mismo techo durante más de seis meses seguidos, pues al cabo de ese período de tiempo se separaban entre insultos, amenazas, fragores de cataclismo y agresiones físicas que, a pesar de su ferocidad, no les impedían reconciliarse unos meses después, invariablemente. Estas alternativas conyugales, que hubieran pulverizado la estabilidad emocional de cualquiera, apenas dejaban secuelas apreciables en la solidez de cemento del carácter de Alicia. Ni siquiera su rendimiento en el trabajo se resentía durante las breves reyertas matrimoniales; menos aún, durante sus largas soledades de separada. Porque era precisamente en el curso de éstas cuando Alicia se entregaba con mayor empeño a las necesidades del departamento. La mejor prueba de ello es que, desde la tarde remota en que un tribunal compuesto por Marcelo Cuartero e Ignacio Arices —con un tino que durante años fue objeto de elogios unánimes entre sus colegas— le concedió a Alicia el puesto de secretaria sin necesidad de recibir a los demás candidatos al concurso, quedaban pocos profesores en el departamento que no conocieran las dulzuras de su cama de hembra temporalmente sola; una cama que, por lo demás, era abandonada en un desorden de pánico en cuanto corría la voz de que alguien había vislumbrado alguno de los síntomas que anunciaban el retorno de Morris, a quien después de su primer e imprevisto regreso se le empezó a conocer como el Alero Intermitente.

Que yo sepa, sin embargo, había por lo menos dos profesores en el departamento que se hallaban a salvo de los sobresaltos provocados por la concurrida intimidad de Alicia y su matrimonio desatinado: uno era Enrique Llorens, homosexual secreto y notorio fonólogo, que por esa época ejercía el cargo de jefe del departamento y formaba parte del Comité de Apelaciones de la universidad (que él, con su risita de roedor, solía llamar Comité de Felaciones); el otro era yo. No voy a discutir ahora los motivos que me impulsaron durante años a preservar esta anomalía, que algunos no dudaron en achacar al principio a unas inclinaciones sexuales similares a las de Llorens y unos pocos en utilizarla para denigrarme, atribuyéndola a un escrúpulo de distinción; tampoco recordaré otra vez mi larga fidelidad a Luisa, que ahora creo que sólo mantuve, mientras la mantuve, por pereza, por cobardía o, alguna vez, por exceso de imaginación. Lo único que diré es que la feminidad promiscua y violenta de Alicia, que elevaba a mis compañeros a la cima de un gozo comentado, unánime y macho, a mí en cambio me sumía en un abismo de inhibición en el que sólo conseguían sepultarme aún más sus insinuaciones, unas insinuaciones que, aunque al principio eran solo veladas o ambiguas, pronto se convirtieron en abiertamente procaces, quizás a causa de mis amedrentadas negativas —y tal vez también de ese instinto que nos obliga a desear con más intensidad lo que más se nos resiste—. Añadiré que el hecho de que Alicia fuese la secretaria del departamento, lejos de constituir una fuente de querellas internas, significó durante años una garantía de concordia.

Y es que en los largos meses de soledad en que desembocaban sus trifulcas con Morris, la voracidad imparcial de Alicia instauraba entre el personal masculino del departamento —el mayoritario y el más poderoso— un clima de camaradería que anulaba de golpe todos los encones, resquemores, rivalidades y envidias que durante el resto del año envenenaban a sus miembros y los obligaban a invertir lo mejor de sus energías en tratar de hacerle la vida imposible al colega y en evitar que el colega se la hiciera a ellos; nadie explicaba mejor que Ignacio Arices la razón de este milagro de fraternidad que periódicamente se operaba entre los profesores: «Es que esto de acostarse con la misma mujer une mucho, chico», decía con la mezcla de pesadumbre y orgullo que le producía su parte de responsabilidad en la elección de Alicia. Ésta, como es natural, también tenía detractores, aunque por la cuenta que les traía permanecían casi siempre en silencio. Según ellos, la generosidad de Alicia era cualquier cosa menos desinteresada, porque siempre acababa cobrándose carísimo sus favores de amor. Además de injusto, el reproche es idiota, y no sólo porque toda generosidad sea por definición interesada, sino también porque a ella le debía el departamento otra de las ventajas prácticas derivadas del hecho de contar con Alicia. Pues fue efectivamente su juicioso egoísmo, sumado a su inteligencia natural, a su vitalidad sin resquicios y, sobre todo, al placer inmaculado que le procuraba el ejercicio del poder, lo que apenas dos años después de que la contrataran acabó abandonando en sus manos el gobierno del departamento, ante la incredulidad perezosa o impotente de unos pocos y el consentimiento alborozado de los demás, felices de verse aliviados de las ingratitudes de la gestión académica. A partir de entonces Alicia manejó los resortes del poder del departamento bajo la tácita dirección del jefe de turno, con tanta naturalidad como determinación y con un talante férreo que no excluía el trato afectuoso con las mujeres ni con los hombres un autoritarismo solícito de madre incestuosa que quienes conocían su lecho no se cansaban de acatar.

—Ah, Alicia —dije aquella mañana al teléfono, sin conseguir ocultar mi decepción porque no fuera Claudia—. Perdona, te he confundido con otra persona.

—Ya me he dado cuenta —aseguró Alicia, suspicaz—. Claudia, ¿no?

—Sí, pero no la conoces —contesté, molesto conmigo mismo por acceder a excusarme. Sin dificultad mentí—: Es una colega de Granada.

—Ya —suspiró—. Bueno, ¿y qué tal las vacaciones?

«Y a ti qué te importa», pensé; por fortuna no lo dije. Lo que dije fue:

—Muy bien, gracias. —Luego contraataqué amablemente—: Pero, oye, Alicia, supongo que no me habrás sacado de la cama para que hablemos de las vacaciones, ¿verdad? —Con lentitud pregunté—: ¿Sabes qué hora es?

—Ni idea —reconoció—. Me he dejado el reloj en casa. Espera un momento que ahora lo pregunto.

—No, Alicia —grité—. Espera... ¿Alicia?

Al otro lado de la línea ya no había nadie.

—¿Tomás? —preguntó al volver a coger el teléfono—. Son las ocho menos cuarto.

—Ya lo sé, Alicia —dije, armándome de paciencia.

—Entonces ¿por qué me lo preguntas?

—Joder, porque es muy pronto.

—Ya lo sé: ¿no te he dicho que acabo de preguntar la hora?

—Alicia, por favor —supliqué, sintiendo que de un momento a otro iba a estallarme la cabeza—. ¿Podrías decirme para qué me has llamado?

—¡Claro, en cuanto dejes de hacerme preguntas inútiles!

Aspiré profundamente el aire encerrado del salón mientras me pasaba por los pómulos una mano crispada. Tras un silencio dijo:

—Era para recordarte que mañana tienes el primer examen de septiembre. No se te habrá olvidado, ¿verdad? —La dejé continuar—. Los otros dos son... a ver, espera un momento.

—El jueves y el lunes —le apunté.

—Exacto —dijo—. Aquí está.

—Oye, Alicia, ¿quién te ha pedido que me llames?

—¿Quién va a ser? El cretino de Llorens —dijo—. Bueno, Marcelo también me pidió que te lo recordase. Es natural: no querrán que se repita lo de junio. Sobre todo el pobre Marcelo, que ya debe de estar harto de hacer de bombero.

Por un incomprensible descuido, en junio yo había olvidado acudir a uno de los exámenes finales, y sólo la intervención de

Marcelo logró aplacar la irritación de la decana y las protestas de los estudiantes, que únicamente después de largas y complicadas negociaciones accedieron a fijar otro día para el examen.

—Ya, ya, claro —concedí con mansedumbre—. Bueno, ya ves que no se me ha olvidado. —Imaginando los sarcasmos de Marcelo al pedirle a Alicia que me telefoneara, en otro tono añadí—: De todos modos, dale las gracias a Marcelo de mi parte.

—¡Ni hablar! —Se indignó—. ¿Qué te crees, que le voy a despertar a estas horas?

—No hace falta que le llames ahora, Alicia —razoné, haciendo un esfuerzo considerable por mantener la serenidad—. Se las das cuando le veas. Ah, y recuérdale de paso que mañana tenemos que hablar.

—¿Sobre qué?

No sin alguna aprensión me atreví a contrariarla.

—Perdona, Alicia, pero eso no es cosa tuya.

—Y si Marcelo no se acuerda, ¿qué?

—Es sobre una cosa que estoy escribiendo —cedí—. Él ya sabe de qué se trata.

—Se lo diré —prometió—. Y me alegro de oírtelo decir, porque ya va siendo hora de que publiques alguna cosa.

En ese momento recordé.

—Oye, ¿se sabe algo de las oposiciones?

—Nada. Pero al mediodía se reúne la comisión. Si quieres te llamo en cuanto sepa algo.

—No hace falta. Ya me enteraré mañana. —Para agradarla, porque sabía que despreciaba a aquellos profesores que sólo se preocupaban por las cosas del departamento cuando afectaban directamente a sus intereses inmediatos, inquirí—: ¿Hay alguna otra novedad?

—Que yo sepa, ninguna —contestó—. La decana está histérica porque ni una sola matrícula de junio se hizo bien. Por lo visto no hay manera de encontrar a alguien que tenga alguna idea sobre cómo funciona el nuevo plan de estudios. Yo ya advertí que con ese plan no se iba a ninguna parte, pero bueno. Para variar Llorens no quiere saber nada: dice que él no estaba en la comisión, que lo que hay que hacer es hablar con Ignacio, que era el presidente. Pero Ignacio no vuelve hasta el miércoles. Y además, hay que ser idiota para pensar que Ignacio sabe alguna cosa del plan de estudios. ¿Qué va a saber él? Total, que la matrícula de septiembre también va a ser entretenida. Y no te quiero contar cuando empiece el curso. A Marcelo lo vi el viernes, pero no sé si él me vio a mí, porque como no eran las once todavía andaba medio dormido. Los demás aún no han pasado por aquí. Supongo que irán apareciendo esta semana. En fin —concluyó—: todo está igual que siempre. —Tras una pausa añadió—: Bueno, la única novedad es que parece que los estudiantes van a armarla.

—¿Y eso?

—Dicen que el gobierno va a subir el precio de las matrículas.

—Lo que faltaba —me quejé hipócritamente, previendo un maravilloso semestre de ocio y huelgas—. La gente aprovecha la mínima para no pegar golpe.

—Hace bien —dijo, y endulzó la voz para añadir—: Bueno, entonces mañana nos vemos, ¿no?

—Claro. —Porque temí que Alicia demorase la despedida acorralándome entre insinuaciones e ironías, me apresuré a mentir—: Perdona, Alicia, acaban de llamar a la puerta. Tengo que colgar.

—Bueno. —Suspiró—. Hasta mañana entonces, chato.

Colgué y fui al cuarto de baño y, mientras orinaba, mastiqué un par de aspirinas. Cuando acabé de orinar empujé con un vaso de agua la pasta espesa que me llenaba la boca. Luego regresé al salón y marqué el número de teléfono de Claudia, sintiendo todavía en la lengua el ácido sabor a enfermedad de la aspirina. No me contestó Claudia, sino la misma voz masculina y metálica que había oído cuando telefoneé el sábado por la noche y el domingo por la tarde, después de que Luisa se marchara de casa. Entonces no me había atrevido a grabar ningún recado en el contestador; iba a hacerlo ahora cuando recordé que aún no eran las ocho de la mañana. Colgué.

Como pensé que me haría bien descansar otro rato, sin esperanza de dormir volví a la cama. Cuando desperté eran las diez. Volví a marcar el número de teléfono de Claudia, volví a oír la voz del contestador invitándome a grabar un mensaje; mientras meditaba lo que iba a decir me aclaré la garganta y, en cuanto calló la voz y sonó el anuncio de que podía empezar a hablar, hablé: «Claudia, soy Tomás. Son las diez de la mañana del lunes. Te he llamado varias veces, pero no te he encontrado. Me imagino que estarás en Calella. Llámame en cuanto llegues: tengo buenas noticias». Iba a colgar cuando se me ocurrió que el mensaje era frío; improvisé: «Te echo de menos».

Apenas hube colgado pensé dos cosas. Primero, que había olvidado decirle a Claudia que me había quedado por descuido con las llaves de su casa. Segundo, que la última frase del mensaje era demasiado efusiva; escuchada en el contestador, pensé, resultaría casi cursi. Pensé en telefonear otra vez, en grabar otro recado, pero no lo hice, porque reflexioné que lo de las llaves no tenía importancia y que el énfasis de la última frase sería interpretado por Claudia como un indicio de las buenas noticias que le anunciaba. Por lo demás, y por extraño que parezca, lo cierto es que a estas alturas el silencio de mi amiga aún no había empezado a alarmarme. Yo recordaba que Claudia me había dicho que hasta el martes no tenía que volver al trabajo, y me pareció natural que aprovechara el último día de vacaciones para disfrutar de la playa, con su hijo y sus padres. También me pareció natural que no me telefoneara desde Calella: al fin y al cabo yo era un hombre casado y su llamada podía ponerme en un compromiso; su silencio necesariamente obedecía, deduje, a la misma lógica que le había aconsejado enfriar nuestra relación el viernes e impedir de ese modo que yo sintiera alguna obligación respecto a ella. En cuanto a su marido, es probable que el contraste tranquilizador entre las desmesuras de tragedia que mi imaginación había atribuido de entrada a los problemas de Claudia y la mediocre dimensión conyugal que ella misma se había esforzado en otorgarles después hubiera facilitado que yo lo olvidase por completo, incapaz de dar crédito a unas amenazas que sólo varios días más tarde dejaron de parecerme los coletazos agónicos e irrisorios de una relación casi muerta. En definitiva, estaba seguro de que, tanto si era yo quien conseguía localizarla en su casa como si era ella la que, después de oír mi recado, me llamaba a mí, no podía tardar mucho tiempo en hablar con Claudia.

Confortado por esa esperanza, desayuné y me duché; aún estaba afeitándome cuando volvió a sonar el teléfono. «Ahí está», pensé, convencido de que mi conjetura estaba a punto de confirmarse. Dominando la impaciencia, me sequé sin prisa las manos y todavía permití que el timbre sonara un par de veces más antes de ordenar:

–Diga.

Una voz clara, de hombre, interrogó:

–¿Es el restaurante Bombay?

–No –dije, conteniendo la irritación–. Se equivoca.

–¿No he llamado al 3443542?

–Sí. Pero aquí no hay ningún restaurante Bombay.

–¿Está seguro?

A punto estuve de colgar.

–Oiga, ¿es usted idiota o qué? Le he dicho que aquí no hay ningún restaurante Bombay. Esto es una casa particular.

–Bueno, hombre, bueno, no se ponga usted así –intentó tranquilizarme el hombre–. Será que me han dado un número equivocado. Le ruego que me perdone.

No pude excusarme, porque de inmediato colgaron. Sintiéndome un poco culpable regresé al cuarto de baño y me miré en el espejo: tenía una mejilla limpia de barba y el resto de la cara blanqueado de espuma. Mientras enjuagaba la cuchilla para acabar de afeitarme pensé: «Tranquilo, joder. Ya llamará». En ese momento noté otra vez en la boca el sabor de la aspirina.

2

Ese mediodía comí en Las Rías y, después de dormir una larga siesta de la que desperté entumecido y con dolor de cabeza, pasé la tarde en casa haraganeando entre periódicos y carajillos de coñac, leyendo una novela de Michael Innes, incubando el resfriado y aguardando vagamente la llamada de Claudia. Por la noche la telefoneé dos veces, pero no la encontré, y, como no quería resultar pesado, no añadí ningún otro mensaje al que ya había grabado por la mañana en su contestador.

Sobre las once me metí en la cama, fatigado sin motivo y un poco borracho, sin haber cenado apenas y, cuando a la mañana siguiente bajé al aparcamiento de mi casa, advertí que mi coche había desaparecido. No me alarmé: tras un instante de desconcierto comprendí que Luisa se lo habría llevado el domingo. Este hecho, que al principio me contrarió, en seguida me pareció un buen augurio, porque compensaba mínimamente a Luisa por el disgusto que yo le había infligido y me regalaba la ilusión de estar empezando a expiarlo. Algo aliviado, y sin prisa (me había levantado muy temprano porque quería llegar a la Autónoma con tiempo suficiente para hacer fotocopias del examen y poner en orden mi despacho con vistas al nuevo curso), tomé el metro en Verdaguer, hice transbordo en Diagonal y antes de las diez llegué a la estación del campus. Casi arrastrado por la muchedumbre de estudiantes que vomitaron los vagones, bajé unas escaleras de cemento y, envuelto en un rumor multitudinario de pasos apresurados, fragmentos de saludos y conversaciones entrecortadas, con ánimo ligero eché a andar por un paseo ancho y flanqueado por una doble hilera de pinos que lo bañaban en una sombra fresca. Hacía una mañana espléndida: el sol aún no brillaba con toda su fuerza, pero en el aire limpio, fino y oloroso a campo había ya un anticipo del calor quemante del mediodía, y el cielo era de un azul perfecto. El paseo de los pinos se agotó en seguida: doblé a la izquierda por una explanada de cemento y luego crucé una rampa de piso de madera y armazón metálica que desembocaba frente a la facultad de Derecho. Allí, sobre un césped recién segado y todavía brillante de la levísima humedad de la noche o del agua madrugadora de los aspersores, se arracimaban grupos perezosos de estudiantes, tumbados o en cuclillas, que conversaban, hojeaban sin interés algún libro o contemplaban, con una indiferencia casi filosófica y unos ojos adormecidos por la nostalgia del verano, la rampa poblada de compañeros diligentes. Crucé junto al bar de Derecho, y al pie de las escaleras de Letras me llamó la atención una enorme pancarta que, desde la fachada de la facultad, proclamaba: «No a la nueva ley universitaria. No al aumento del precio de las matrículas. No a una universidad elitista».

Subí las escaleras que conducen al departamento, y al llegar, exhausto por la caminata, antes de ir a mi despacho entré en secretaría para hacer fotocopias y recoger la correspondencia. No estaba Alicia, pero sí Renau y Bulnes, que conversaban delante del casillero, cuyas celdillas rebosaban de las cartas y paquetes acumulados durante el verano. Tan pronto como advirtieron mi presencia se callaron, y por un momento pensé que estaban hablando de mí. Esta incómoda sospecha no se desvaneció cuando, después de saludarlos y de comentar brevemente las vacaciones, Bulnes explicó:

—Hablábamos de lo de las matrículas. ¿Has visto las pancartas?

Bulnes mencionó la subida de las matrículas que proyectaba el gobierno. La consideró insuficiente y mal planteada, porque no obligaba a pagar más a quien más podía pagar. Luego acusó a los estudiantes de reaccionarios y al gobierno de cobarde, y se lanzó a una comparación entre los estudiantes de ahora y los de su época, de la que éstos salían abiertamente favorecidos. Mientras Renau lo escuchaba sin demasiada atención, abriendo la correspondencia y leyéndola de reojo, yo asentía con enfáticos cabeceos.

Bulnes era alto, grueso, fornido, y fomentaba una barba perdularia que le emboscaba la mitad de un rostro grande, carnoso y difícil; vestía unos vaqueros gastados y demasiado anchos, una camisa azul a cuadros y unas sandalias, y hablaba con esa especie de urgencia que acucia a las personas a quienes gusta mucho hablar pero carecen de la vanidad suficiente para que les guste ser escuchados. Al lado de las abundancias de cachalote de Bulnes, Renau parecía aún más insignificante de lo que era: tenía el pecho hundido, el tronco escuálido, los hombros blandos, las piernas cortas y flacas y la piel blanquísima, pero los ojos grandes, azules y perspicaces, que monopolizaban un rostro de nariz afilada y mandíbula débil, ponían en su aspecto una prestancia que el resto de su cuerpo le negaba y que la melancolía de sus trajes de funcionario sin ambiciones tampoco contribuía a realzar. Bulnes era o había sido durante muchos años militante comunista, y gozaba en el departamento de una temible reputación de hombre de principios inquebrantables que desde hacía tiempo él se había empeñado inútilmente en desmentir exhibiendo una simpatía ruidosa y desmesurada de la que nadie se fiaba demasiado; tenía nueve o diez años más que yo, y aunque yo sabía que dudaba tanto de mi capacidad intelectual como de mis conocimientos, con el tiempo había acabado por aceptar, más resignado que convencido, la decisión de Marcelo de que yo me incorporase al departamento. En cuanto a Renau, había estudiado la carrera conmigo, y desde entonces nos unía una de esas amistades que, tal vez por la secreta y despectiva conciencia de superioridad de uno de los amigos (Renau en este caso), raramente se resuelven a franquear el umbral de la intimidad, congelándose en un vacío intercambio de cortesías que el tiempo aboca a la indiferencia. Los dos eran, como yo, discípulos de Marcelo, y los dos enseñaban como yo literatura moderna; pero, mientras que yo era un simple ayudante, hacía ya años que ellos ejercían como profesores titulares.

Aún no había concluido Bulnes su discurso cuando la entrada de Alicia lo interrumpió. Los tres nos volvimos hacia ella, que al pasar junto a nosotros de camino hacia su mesa nos saludó y, al tiempo que nos preguntaba por las vacaciones, añadió al saludo una triple caricia de rutina. Nadie se había decidido aún a contestar la pregunta cuando, dejando encima de la mesa el mazo de impresos que sostenía en la mano, me señaló con un índice admonitorio.

—Antes de que se me olvide —dijo con voz de mando. En ese momento me pareció notar que Alicia tenía algo raro en la cara, pero no acerté a precisar qué era—. Las oposiciones están al salir. Me lo dijo ayer Llorens. También me pidió que diéramos el perfil de la plaza. Por lo visto hay que enviarlo arriba en seguida.

Instantáneamente se desvaneció el bienestar que el aire limpio y el sol de la caminata me habían infundido; sentí una brusca flojera en las piernas; por algún motivo pensé en Luisa.

—¡Enhorabuena! —exclamó Bulnes, palmeándome la espalda con demasiada fuerza—. Ya iba siendo hora, ¿no? Parecía que no se iban a acabar de decidir nunca.

—Es verdad. —Sonreí. Y, dando muestras de una inesperada presencia de ánimo, ensayé una ironía—: Más vale una operación a tiempo que una enfermedad para toda la vida.

Bulnes soltó una carcajada mientras los labios de Renau se alargaban en una sonrisa incierta. Alicia me miró con frialdad y, como quien se encoge de hombros, se sentó a su mesa y se puso a hojear los impresos.

—Nada, nada, la afición está contigo. —Volvió a palmearme la espalda Bulnes, después de hacer una crítica sucinta y encarnizada del sistema de oposiciones que ilustró con alguna anécdota personal; más por su tono de voz que por sus palabras, comprendí que la aducía no tanto para denunciar los defectos de ese sistema como para exaltar las virtudes de quienes, como él mismo había hecho, conseguían sobreponerse a sus arbitrariedades–. Si necesitas alguna cosa, cuenta conmigo.

Estornudé.

–Muchas gracias, Bulnes.

–De nada, compañero. Para eso estamos. –Recogiendo su cartera del suelo, añadió–: Y cuídate ese resfriado.

Aproveché el silencio que abrió la partida de Bulnes para cambiar de tema.

–Bueno –dije como si hablara solo, sacando de la cartera la hoja del examen que iba a poner–. Voy a ver si hago fotocopias.

–La fotocopiadora está estropeada –me informó Alicia.

–¿Otra vez?

–Otra vez. ¿Cuántas copias necesitas?

Se lo dije. Me arrebató la hoja del examen, se levantó y dijo:

–Ahora vuelvo.

Es curioso: creo que me molestó que Alicia se ofreciera a hacerme las fotocopias, tal vez porque, más que a su habitual solicitud, lo atribuí a su voluntad de compensarme por el pánico que había visto pintarse en mi cara cuando me dio la noticia de la oposición; una noticia que yo sabía que en cualquier momento podía producirse, pero, aunque en público me había cansado de proclamar mi deseo de recibirla cuanto antes, en privado anhelaba con todas mis fuerzas que los arcanos de la burocracia académica la postergaran de manera indefinida. Es posible que, como a Alicia, a Renau también le pudiera la piedad, porque apenas quedamos a solas salió de su silencio para intentar tranquilizarme: me ofreció los materiales que había usado en su oposición y se ofreció como miembro del tribunal, asegurándome que me defendería; luego recordó las ventajas de que goza el candidato de la universidad respecto a posibles competidores externos, como mal menor exaltó la endogamia universitaria, me exhortó a publicar todo lo que pudiera hasta el momento del concurso. Yo no ignoraba ninguno de los argumentos expuestos por Renau, y tampoco tenía motivos para dudar de la sinceridad de sus promesas. Su discurso, sin embargo, me irritó. Iba a agradecérselo con una frase mentirosa cuando me dio con el codo.

—Por cierto —dijo, arqueando las cejas y ladeando un poco la cabeza, con una lucecita maligna brillándole en los ojos—, ¿te has fijado?

Me sobresalté: no sé si por la absoluta ambigüedad de la pregunta o por el inicio de intimidad que delataban el tono en que había sido formulada y los gestos que la acompañaron.

—¿En qué?

—¿En qué va a ser? —Se señaló con un dedo la mejilla—. En la cara de Alicia. —Sonrió francamente—. Volvemos a las andadas.

En ese momento Alicia volvió con las fotocopias.

—¿Qué? —preguntó—. ¿Todavía estáis conspirando?

—Todavía —dijo Renau. Metió la correspondencia en su cartera, señaló a Alicia con un ademán subrepticio, me guiñó un ojo y se despidió—: Bueno, tengo que irme —dijo—. Hasta luego.

Porque no acertaba a reconocer a Renau en sus gestos, pensé: «Qué raro». Entonces me fijé en Alicia, que estaba ordenando las fotocopias del examen sobre su mesa. Vestía un traje veraniego de color amarillo, breve y muy ajustado, ceñido por un cinturón azul; llevaba el pelo recogido en una coleta, y una generosa capa de maquillaje le cubría la cara, pugnando por disimular una excoriación colorada que le llegaba desde la sien hasta el nacimiento del pómulo izquierdo.

—Toma —dijo Alicia, alargándome el fajo de fotocopias y mirándome a los ojos. Algo raro debió de advertir en ellos, porque preguntó—: ¿Qué pasa?

—Nada —dije, recogiendo las fotocopias y desviando la vista.

—¿Cómo que nada? —preguntó, entre irónica y retadora—. Te has dado cuenta, ¿no?

—¿De qué?

—No te hagas el sueco, Tomás. —Como quien muestra un trofeo se señaló la sien lastimada. Enfáticamente concretó—: De esto.

La miré con interés.

—Ah, eso —dije, igual que si acabara de verlo—. Te has hecho daño, ¿no?

—Y una mierda —dijo—. Fue el cabrón de Morris.

El silencio que siguió era una tácita invitación a que dijera algo, así que dije que lamentaba que se hubieran peleado otra vez.

—Pues yo no, fíjate tú. —Explicó—: Te digo la verdad: estoy hasta el chocho de ese negro de mierda.

Carraspeé y tragué saliva.

—Claro, claro, te entiendo. —De nuevo intenté cambiar de conversación—: Por cierto: ¿sabes si Marcelo está en su despacho?

Alicia ignoró la pregunta.

—Qué vas a entender tú —dijo, con un desprecio cuyo destinatario no era yo—. Si yo te contara...

Me contó. Mientras lo hacía tuve la certeza de que ya le había oído contar varias veces la misma historia. Recuerdo que pensé: «Es imposible que esta vez haya sido idéntica a las anteriores; quién sabe si Alicia no se habrá acostumbrado a contarlas todas del mismo modo y ya ni quiere ni puede cambiar de forma de hacerlo». Mientras ella seguía hablando noté algo que me desagradó, y era que íntimamente me alegraba la desgracia de Alicia. El descubrimiento me dejó perplejo: pese a las incomodidades de nuestra relación, ni mucho menos detestaba yo a Alicia, y no me costaba ningún trabajo reconocer sus virtudes. Entonces no entendí el motivo de mi alegría, pero con el tiempo he llegado a pensar que, por mucho que creamos apreciar a los otros, casi siempre nos alegramos en secreto de sus desgracias, porque en el fondo su mera existencia nos parece un estorbo.

—Total: a la mierda con Morris —concluyó Alicia—. Se acabó. Y esta vez va en serio. Tendría que haberlo hecho hace tiempo, pero, bueno, más vale tarde que nunca. —En otro tono agregó—: Además, ya va siendo hora de que alguien se dedique en serio al departamento, ¿no te parece?

Desoí la insinuación.

—Claro, claro —convine otra vez—. Bueno, Alicia, tengo que irme. —Volví a preguntar—: ¿Sabes si Marcelo está en su despacho?

—Me parece que está en el bar —contestó.

Recogí la correspondencia, y ya me disponía a salir cuando Alicia me aconsejó:

—No te olvides del perfil, ¿eh, Tomás?

—Tranquila —dije—. No se me olvida.

—Por cierto: ¿cómo está Luisa?

Es increíble, pero a punto estuve de responder: «Muy bien. Está embarazada, ¿sabes?»; me contuve a tiempo. Yo sabía que la noticia de la huida de Luisa aún no había podido llegar al departamento; sin embargo, como la ofuscación o el remordimiento me impedían pensar de forma razonable, por un momento temí que Alicia lo supiera. Antes de escabullirme atiné a responder, con toda la despreocupación que fui capaz de fingir:

—¿Luisa? Muy bien. Como siempre.

3

Me sumé a la cola del self-service y, mientras progresaba, me pareció divisar a Marcelo en el extremo más alejado de la barra, medio oculto entre la caja registradora y una puerta de batientes blancos horadada por un ojo de buey, cavilosamente derribado sobre el primer café de la mañana. Protegiendo como pude mi cortado, vadeé la plétora de gente que se agolpaba contra la barra, y al llegar junto a Marcelo advertí que su actitud no era de abatimiento, sino de concentración: estaba abismado en la lectura de un periódico deportivo, ajeno al clamoreo matinal del bar. Porque casi hacía un mes que no nos veíamos, nos saludamos efusivamente. En la efusión debió de invertir Marcelo todo el vigor de que a esa hora disponía, de modo que le dejé volver a la lectura, consciente de que sólo el segundo café de la mañana conseguiría reponerle de los desvelos de la noche. Tratando de no pensar en nada salvo en el cortado que a breves sorbos me quemaba la lengua, paseé una mirada distraída por el bar, una enorme sala rectangular iluminada por amplios ventanales y por varias hileras de fluorescentes dubitativos que pendían de un techo bajo. En el centro del local había una segunda barra y una mampara de madera, y más allá se veían, a través de los ventanales del fondo, enturbiados por la atmósfera multitudinaria y humosa del bar, grandes extensiones verdes, terraplenes sucios de cascotes y escombros y esqueletos de edificios a medio construir. En las mesas la gente conversaba con una animación inusitada, y en la barra se pugnaba para atraer la atención de los escasos camareros de apariencia desgreñada que entraban y salían de la puerta de batientes blancos. Junto a mí, Marcelo tenía el aspecto un poco sonámbulo de quien se acaba de levantar de la cama: legañoso y sin peinar, vestía, con mal gusto inveterado, una camisa de color crema arada de arrugas y unos pantalones de tergal, grises y sujetos a la altura del ombligo por un cinturón de cuero negro que, más que los pantalones, parecía sostener la prominencia de la barriga; llevaba unos gastados zapatos de cordones, y una sombra de barba, bajo el mentón, delataba la torpeza del afeitado.

Según lo previsto, el segundo café reconcilió a Marcelo con la realidad. Después de darle un par de sorbos encendió un cigarrillo, se pasó una mano por el pelo, apartó el periódico y, como si acabara de reparar en mi presencia, o como si regresara de un sueño, me palmeó la espalda.

−Bueno, ¿qué tal? −dijo−. ¿Cómo anda la cosa?

Estornudé y me soné la nariz con un kleenex. Marcelo me preguntó por el resfriado, al que yo resté importancia; después habló de la pretemporada del Barça y, después, de Morella, su ciudad natal: de los cursos de verano de Morella, de las fiestas de Morella, de un pintoresco escultor morellano a quien conocía desde la infancia y a quien al parecer también había conocido mi padre. Luego comentamos por encima la posibilidad de que los estudiantes fueran a la huelga, que Marcelo consideró remota, y los problemas que había con las matrículas; también hablamos de la separación de Alicia. Por mi parte aproveché el comentario para observar:

−Por cierto, me ha dicho que las oposiciones están al salir.

−¿Quién?

−Alicia −aclaré−. El decanato debe de haberlas concedido.

−¡Joder! −exclamó, alargando mucho la *o* y abriendo de par en par unos ojos de sobresalto. Como si hablara consigo mismo dijo−: No creí yo que la cosa fuera a precipitarse tanto.

−Bueno, ya iba siendo hora, ¿no? −dije, tratando de contrarrestar con buen ánimo el ominoso comentario de Marcelo−: ¿Te parece demasiado pronto?

—No, no, en absoluto —se apresuró a tranquilizarme—. Cuanto antes mejor. Hoy mismo intentaré hablar con la decana. —Con la frente fruncida en una mueca reflexiva acabó de beberse el café y, después de darle una última chupada, dejó caer al suelo el cigarrillo y lo pisó—. De todos modos, yo creo que... —Se interrumpió: aclaró de golpe el ceño, sonrió con toda la cara, levantó los brazos, exclamó—: ¡Hablando del rey de Roma!

La decana era una mujer morena y vivaz, con la piel rosada, los labios delicadamente dibujados, los ojos verdes y brillantes y la sonrisa pronta; tenía un cuerpo flexible y menudo, cuyas formas redondeadas solía ocultar bajo holgados vestidos de colores estridentes con los que parecía querer compensar la evidencia de una timidez que sólo se evaporaba cuando se sentía protegida o justificada por las certidumbres de su trabajo, en el ejercicio del cual exhibía una determinación y una entereza proporcionales al grado de debilidad que debía vencer para llevarlo a cabo. Era profesora de Historia, pero durante años había asistido a las clases de Marcelo, a quien le unía una antigua amistad que no sólo derivaba de la admiración y el afecto que profesaba por él, sino también de las correrías políticas que los dos habían compartido en su juventud. Fue el propio Marcelo quien mucho más tarde me hizo notar que, de su remota militancia en un partido de la izquierda radical, había sobrevivido en la decana una notoria dificultad para la ironía, una nostalgia de las grandes empresas, una costumbre de interés por la política y sobre todo un puritanismo que acababa por convertirla en una de esas personas que, porque las cosas están como están y no parece que vayan a mejorar, tienen una tendencia irreprimible a avergonzarse de su propia felicidad. Estaba más cerca de los cincuenta años que de los cuarenta, pero ni la edad ni la reciente viudez, muy comentada en la facultad por su carácter prematuro y su índole dramática, habían conseguido borrar del todo de su rostro las huellas de la juventud. Probablemente fue también la viudez lo que, desde hacía dos años, la había llevado a volcar en la dirección de la facultad su energía de mujer quebrantada por la soledad, pero todavía entera. La decana no venía sola; la acompañaba un profesor joven a quien, como a ella, por entonces yo sólo conocía de vista: un tipo de estatura mediana, enteco, de gafas redondas y traje de franela gris, cuyo aire de placidez parecía provenir menos de un estado de ánimo transitorio que de una forma de ser permanente.

Abrazados y entre risas, Marcelo y la decana celebraron su encuentro como si estuvieran a solas, vigilados por la doble sonrisa de compromiso que componíamos el tipo de las gafas y yo. Por fin las efusiones amainaron y los dos recién llegados empezaron a beberse el café. La decana comentó:

—Así que estabais hablando de mí.

—Efectivamente —confirmó Marcelo—. Mal, por supuesto.

Todos rieron. Yo también, pero en ese momento temí lo peor.

—Tomás acaba de decirme que por fin habéis aprobado las plazas —continuó Marcelo. La decana me miró por primera vez, enfocándome con su mejor sonrisa: una blanquísima hilera de dientes disciplinados, que pareció iluminarle el rostro—. Ah, pero supongo que os conocéis, ¿no?

No nos conocíamos, así que Marcelo tuvo que presentarnos, y tan pronto como pronunció mi nombre, acompañado de un comentario del tipo: «¡Pero, mujer, si ya te he hablado de Tomás: está casado con Luisa Genover, de la Central!», la sonrisa de la decana se apagó, desplazada por una mueca donde primero dominó el estupor, luego la incredulidad y finalmente el desagrado. Creí que esto era lo peor, pero la realidad no tardó en desengañarme. Mientras yo estrechaba la mano remisa de la decana, el tipo de las gafas me miró con un punto de insolencia y, con una sonrisa casi imperceptible bailándole en los labios, declaró que había conocido a Luisa la semana anterior, en Amsterdam, sin un propósito preciso mencionó a Oriol Torres y a continuación recitó un ditirambo de la ponencia que mi mujer había leído en el congreso. Luego aprovechó el silencio aprobador de Marcelo y la confusión de la decana para regresar al tema de las oposiciones. Afirmó que el decanato había autorizado la provisión de una plaza de titular de Historia y que, aunque no estaba seguro de contar con el apoyo de la totalidad del departamento, había decidido presentarse a ella y competir en igualdad de condiciones con los demás candidatos. «Hipócrita de mierda –pensé mientras le oía hablar, pomposo y autosatisfecho–. Qué bien aprendida te tienes la lección.» Intentando beneficiarme del efecto que las mentiras calculadas del historiador ejercerían sobre la ingenuidad de la decana, tímidamente anuncié que yo también pensaba presentarme a la plaza que iba a sacar el departamento, y ya me disponía a desviar la conversación por otros derroteros cuando intervino Marcelo.

–Sí –dijo, orientando hacia la decana una sonrisa, y, con el fin de aclarar la diferencia que había entre el caso del historiador y el mío, explicó–: Pero Tomás es el candidato de la casa.

Si hubiera podido me habría llevado las manos a la cabeza; estoy seguro de que también lo hubiera hecho Marcelo, a quien la expresión inconfundible de la decana reveló de inmediato su error. De forma embarullada intentó paliarlo; la decana, sin embargo, no se lo permitió. En un tono de voz bruscamente investido de la dignidad de su cargo, casi acusador, mirando a Marcelo aunque de hecho dirigiéndose a mí, la decana explicó que, en efecto, la facultad iba a solicitar una serie de plazas, entre las que se encontraba la que nuestro departamento había pedido, que con toda probabilidad serían concedidas por el rectorado; anunció que esa misma semana los jefes de los departamentos le remitirían los perfiles definitivos de cada una de ellas; aseguró que el rectorado estaba interesado en que salieran a concurso durante el mes de octubre; enfáticamente explicó que el decanato velaría por que tanto los perfiles de las plazas como la composición de los tribunales respondieran a las necesidades de cada departamento, y no a las de individuos concretos, y también por que los departamentos concedieran tanta importancia a la docencia como a la investigación en la elección de sus candidatos; en tono de advertencia concluyó:

—Espero que sepáis escoger a los vuestros.

No pude evitar ruborizarme. Mientras el tipo de las gafas asentía con cabeceos silenciosos y convencidos, Marcelo entornó los ojos y compuso un gesto conciliador. «Tranquila —parecía decir—. Si es por eso, no tienes que preocuparte.» Lo que dijo fue:

—Mujer, por la cuenta que nos trae. —Echó un vistazo al reloj y, sin duda para impedir que la decana prosiguiera su discurso, con una voz que se esforzaba por devolvernos la cordialidad del principio declaró—: Hablando de calidad de la docencia: voy a llegar tarde al examen. —Añadió—: Bueno, Marieta, si quieres paso después por tu despacho y charlamos un rato.

No sin antes oponer alguna resistencia, la decana accedió a la propuesta. Nos despedimos.

—Maldita sea —rezongó Marcelo mientras regresábamos al departamento—. Mira que no acordarme del follón de junio. A esto se le llama meter la pata hasta la ingle.

Yo no estaba en la mejor disposición de consolar a nadie, pero, quizá porque pensé que el error de Marcelo haría que se sintiera en deuda conmigo, traté de quitarle hierro al incidente.

—En fin, ya veremos —reflexionó—. Marieta es una mujer maravillosa, pero tiene un carácter que arredra a cualquiera. De joven parecía una heroína de Stendhal. —Sonrió sin malicia—. Sólo que Stendhal no las dejaba crecer.

El comentario me pareció francamente inoportuno; puedo asegurar que no contribuyó a tranquilizarme.

Ya íbamos a despedirnos cuando tuve la impresión de que olvidaba algo importante; me acordé del artículo sobre Azorín, se lo mencioné a Marcelo, le recordé que habíamos quedado en comentarlo, propuse hacerlo esa misma tarde.

—Claro —dijo, escarbando con una llave en la cerradura de su despacho—. Si quieres comemos juntos. Para entonces ya habré hablado con Marieta.

—Perfecto.

—Entonces a las tres en El Mesón. No, maldita sea —recordó—. Es martes. —Dudó un momento—. Quedamos en el Casablanca.

—En el Casablanca —repetí, casi con gratitud, como si pronunciar ese nombre, que era también el del cine donde había vuelto a encontrar a Claudia, fuera una forma de convocar su presencia, quizá porque es verdad que no sabemos lo que hay en un nombre, o porque al hombre enamorado todo le recuerda su amor.

Estaba abriendo la puerta de mi despacho cuando yo también recordé. Desanduve el pasillo y me asomé al despacho de Marcelo. Dije:

—Mejor quedamos aquí.

Marcelo me miró sin entender.

—He venido en tren —expliqué.

—¿Y eso?

—Te lo cuento comiendo.

4

Conocí a Marcelo Cuartero muchos años antes de que empezara a asistir a sus clases en la universidad. Mi padre y él coincidieron en el verano de 1958 en Cerro Muriano, Córdoba, adonde ambos habían sido enviados a cumplir el servicio militar, y a partir de entonces les unió una tenue amistad epistolar que se afianzó hasta volverse íntima cuando mi padre vino a trabajar a un periódico de Barcelona, y que durante años les llevó a frecuentarse con asiduidad e incluso a pasar algún verano juntos. Aunque sé que nos veíamos mucho, mis recuerdos del Marcelo de esa época son escasos, porque yo era muy pequeño y porque, en cuanto tuve uso de razón, mi padre y mi madre se separaron, con lo que sólo volví a verlo de tarde en tarde, sobre todo en los pocos domingos en que mi padre me llevaba al fútbol con la hinchada intelectual de fanáticos del Barça que aglutinaba Marcelo. Después de que mi padre se matara en un accidente de tráfico cuando yo aún no había cumplido once años, dejé de ver a Marcelo, pero, en cuanto tuvo noticia de que me había matriculado en la Autónoma e iba a ser alumno suyo, se apresuró a acogerme bajo su protección y a prometerme sin palabras su ayuda. Cumplió su promesa y, cuando cinco años después acabé la carrera, me buscó trabajo en una editorial y más tarde me apoyó para que entrara a dar clase en la universidad. Desde entonces mi relación con él había sido muy estrecha; y también (al menos para mí) muy fructífera: por un lado, porque el poder de un catedrático prestigioso constituía una protección inmejorable para un recién llegado a la universidad como yo, y por otro porque su locuacidad de tertuliano incontinente permitió que mi tesis doctoral fuera escrita mano a mano con él durante largas tardes de whisky y café en el despacho de su casa.

La verdad es que Marcelo es un hombre singular. Por esta época acababa de cumplir cincuenta y tres años y, aunque su cuerpo avejentado por el alcohol y los insomnios y su asmática respiración de fumador salvaje casi nunca le permitían aparentar menos de sesenta, a ratos aún era capaz de exhibir una prestancia resultona de cuarentón. Lucía un pelo graso, rojizo y abundante, dividido en dos crenchas por una raya indeleble; la frente era despejada y bajo las cejas, altas, circunflejas y velludas, acechaban unos ojos sarcásticos que a menudo intimidaban, difundiendo por todo su cuerpo una irradiación de animal agresivo que su fama de hombre afectuoso y llano nunca ha conseguido eliminar del todo. Marcelo tiene una cara grande de tortuga triste, de mejillas carnosas y dientes desvencijados y podridos por el tabaco, unas manos minúsculas, torpes y vagamente infantiles, y, pese a sus piernas de patizambo y a su fenomenal barriga de buda, alimentada por años de fidelidad a la vida sedentaria, al whisky y a la buena mesa, conserva de su juventud de bailarín de barrio un desparpajo en el andar que contrasta con su aire casi permanente de anciano prematuro. En cuanto a su forma de vestir, antes he hablado del mal gusto inveterado de Marcelo; más exacto sería hablar de su dejadez. En todo caso, no es raro que, en los cócteles literarios o las recepciones de los congresos, más de un joven bisoño haya confundido a Marcelo con uno de esos fontaneros o electricistas cachazudos que, después de cumplir con su trabajo en el local, aprovechan la confusión democrática de la fiesta para sumarse al jolgorio de las copas y los canapés.

Pero la singularidad de Marcelo no sólo atañe a su físico. Era hijo único de un vehemente abogado azañista que el 14 de abril de 1931, horas antes de que el gobierno provisional proclamara la Segunda República en Madrid, a la cabeza del Comité de Salud Pública de Morella hizo lo mismo desde el balcón del ayuntamiento de la ciudad, que acogió la algarada con una parranda que se prolongó durante tres días con sus noches, y cuyos rescoldos aún no se habían apagado ocho años después, cuando las tropas victoriosas de Franco tomaron la ciudad en medio de un silencio de cementerio. Durante el interregno republicano el padre de Marcelo fue varias veces concejal por Acción Republicana, participó en actividades políticas de signo diverso y se casó con una muchacha que era la oveja negra de una familia poderosa y pudiente, y dos meses después de que estallara la guerra civil, impacientado por las indecisiones y timideces del gobierno de la República y exaltado por las noticias que llegaban de Barcelona, reclutó una partida de voluntarios al mando de la cual partió hacia Zaragoza con la intención de unirse a la columna Durruti, que en los primeros días de la contienda intentaba recuperar para la República la ciudad conquistada por los sublevados. Fue un viaje demente, pero, después de abandonar por el camino los seis camiones que requisó en Morella y de fracasar en su intento de tomar al asalto un tren de mercancías en marcha, tras largas y extenuantes caminatas bajo un sol de fuego y noches fugaces pasadas al raso bajo la luna fresca y desmesurada de agosto, consiguió sumarse con su centenar de desharrapados a las milicias anarquistas en el pueblo de Pina, aunque en la primera refriega en que se batió con sus hombres, a las puertas de Bujaraloz, un balazo le atravesó de parte a parte la cadera, convirtiéndosela en un puñado de astillas y obligándole a guardar cama en un hospital militar durante más de un año. Esa herida le dejó como secuela una cojera de hombre derrotado que le acompañaría para siempre; también le salvó la vida. Porque sólo los casi tres años de absoluta inactividad obligada por la convalecencia consiguieron que, al acabar la guerra, la insistencia de la familia de su mujer ante las autoridades del nuevo régimen hiciera olvidar en parte las antiguas exaltaciones políticas y militares del abogado, quien después de semanas de encierro e incertidumbre en la cárcel de Castellón de la Plana conoció la noticia de que la pena de muerte a que había sido condenado por un tribunal militar le había sido conmutada por otra de cadena perpetua.

No la cumplió, o al menos no la cumplió del todo, pero durante casi quince años permaneció encerrado, primero en la cárcel Modelo de Barcelona y más tarde en el penal de Ocaña. Por eso fue en Barcelona donde, el mismo año en que acabó la guerra, en un piso minúsculo de la calle León, esquina con Tigre, nació Marcelo. «Así que yo no nací en Barcelona —decía siempre Marcelo, contrahaciendo a uno de sus autores preferidos, cuando contaba la historia de su padre—. Me nacieron aquí.» Marcelo conoció a su padre en la sala de visitas de la Modelo, adonde acudió cada domingo por la tarde durante más de tres años; lo acompañaba su madre, que se negó a atender los ruegos de la familia para que regresara a Morella y siguió viviendo en Barcelona de su sueldo de costurera, un sueldo que, al ser trasladado de cárcel el padre a mitad de condena, alcanzó para que la madre y el hijo se costearan cada primer domingo de mes un viaje al penal de Ocaña en interminables trenes de insomnio. El resto de los días de su infancia de huérfano con el padre vivo los empleó Marcelo en jugar a los maquis con los niños del barrio y en devorar los varios miles de libros castellanos, catalanes y franceses que, como un testimonio del hombre próspero, valiente e ilustrado que había sido su marido, la fidelidad de su madre había conseguido preservar del cataclismo de la guerra. De su madre heredó tal vez Marcelo su tenacidad feroz de mujer empeñada en sobreponerse a la adversidad sin la ayuda de nadie, pero su padre, que murió de un aneurisma al poco de salir de la cárcel, no le legó la amargura de la derrota ni el encono de los años de cautiverio, sino una permanente gratitud por el hecho de estar vivo, un respeto reverencial por la letra impresa y una pasión por la aventura unida a una inmensa melancolía por la imposibilidad de la aventura, de la que Marcelo intentó en vano curarse entregándose con encarnizamiento a lo que él (que había escrito sobre Borges cuando casi nadie en España lo conocía y fingía haberse cansado de él cuando demasiada gente decía apreciarlo) muy borgianamente llamaba «las rigurosas aventuras del orden»: pensar, leer y escribir. Por eso tal vez pueda decirse que Marcelo también heredó de su padre (o mejor: de la dilatada ausencia de su padre) el rasgo que con más exactitud lo define.

Quienes ignoran la realidad de la vida académica imaginan que en todo profesor de literatura se esconde un apasionado de la literatura; cualquiera que la conozca de cerca puede desmentir este espejismo. Pocas pasiones sobreviven a la profesionalización de quien las experimenta, y la de la literatura no es ninguna excepción. Entendámonos: no niego que se pueda atravesar el cenagal de una carrera académica preservando intacto el placer de la literatura; afirmo que Marcelo es una de las pocas personas que lo ha conseguido. Es posible que esta anomalía tenga su origen en otra anomalía. Porque en la relación de Marcelo con la literatura uno tiene a menudo la impresión de que perviven rastros de la adolescencia, esa época en que no se lee por placer, por curiosidad o por obligación, sino por una urgencia inaplazable de conocer el mundo y conocerse a uno mismo, pero también, paradójicamente, por la urgencia contraria: la de negar el mundo y negarse a uno mismo, no tanto con el propósito de vivir vicariamente todos los vértigos y deslumbramientos que una realidad empobrecida y previsible no permite vivir, cuanto con la voluntad de vengarse de ella: de sus insuficiencias, de sus ingratitudes y asperezas, de sus humillaciones, de sus fracasos (y tal vez por ello a Marcelo le gusta tanto repetir una frase famosa de Cesare Pavese, según la cual la literatura es una defensa contra las ofensas de la vida). Tal vez por ello, también, la experiencia de la lectura consiste para Marcelo en un doble y contradictorio movimiento de afirmación y negación del mundo y de la propia identidad que convierte al lector en un viajero inmóvil que huye de la realidad y de sí mismo para entenderla y entenderse mejor. Quizás esta idea explique el hecho de que, de todos los géneros literarios, Marcelo prefiera la novela y, de todos los géneros de ficción, el cine: al fin y al cabo, ambos son los géneros que mayor aislamiento de la realidad alientan o exigen. Es verdad que Marcelo detesta a ese tipo de intelectual que cultiva por sistema el estrépito de la provocación, porque según él lo hace para ocultar la inanidad de sus ideas bajo una pirotecnia más o menos vistosa; pero también es verdad que muchas de las opiniones que hace veinte años vertía en sus clases resultaban por lo menos chocantes, aunque luego algunas de ellas se hayan repetido hasta la saciedad y convertido con el tiempo en moneda corriente. Marcelo afirmaba, por ejemplo, que D'Artagnan, David Copperfield, Fabrizio del Dongo, Emma Bovary, Pierre Bezujov, Fortunata, Nostromo, el teniente Drogo o el coronel Aureliano Buendía eran para él personajes más reales que el noventa por ciento de las personas que había conocido en su vida; también aseguraba que *Los tres mosqueteros* era la única novela que de verdad le hubiera gustado escribir y que Dumas era superior a Balzac y, aunque había escrito varios libros sobre Clarín, bastaba que alguien aventurara su predilección por *La Regenta* frente a *Fortunata y Jacinta* para que fuera arrojado al infierno donde confinaba a las personas de gusto literario incurablemente depravado, y para que, también de una forma automática, perdiera todo interés personal por él; despreciaba casi en bloque la novela del siglo XX, porque consideraba que se había consagrado a tres tareas tan agotadoras como inútiles: extirpar de su seno las cualidades de la épica, desterrar de sus dominios al lector común y pulverizar el modelo de la novela decimonónica. Una curiosa duplicidad aquejaba, por otra parte, sus opiniones sobre determinados asuntos. Marcelo era por ejemplo un lector devoto, asiduo y secreto de Azorín, a quien siempre llamaba por su nombre real, José Martínez Ruiz, y no por el seudónimo que había popularizado; sin embargo, por algún motivo (quizá porque le tenía por una persona cobarde e hipócrita), no toleraba que se le elogiase en público, y nunca desaprovechaba una oportunidad de parodiarlo sangrientamente, convirtiendo su estilo seco y transparente en la máscara perfecta del *rigor mortis* y la inanidad. Aseguraba que en el fondo *La educación sentimental* era una obra fallida, pero los ojos se le llenaban de lágrimas cada vez que tenía que leer en clase el final de la novela. En público le gustaba decir que todo novelista es un filólogo deficiente o frustrado, cuyo único mérito consiste en ignorar la tradición, porque si la conociera sin falta su peso abrumador le agobiaría hasta impedirle escribir, «o, lo que es peor –decía–, le convertiría en un imitador de Joyce, un pelmazo que escribía como si la gente hubiera venido a este mundo con la misión de consagrar su vida a leer sus libros»; pero en privado profesaba por los escritores un respeto sin mácula, afirmaba que la filología no es sino un triste sucedáneo de la literatura y con toda seriedad aseguraba que, de haber escrito un solo endecasílabo memorable, se hubiera sentido justificado para siempre.

Intemperancias, contradicciones y juicios como los que acabo de consignar eran, es cierto, poco más que anecdóticos, pero sumados al desparpajo de la inteligencia de Marcelo, a la vitalidad de sus ideas, al descomunal armazón de lecturas que las sostenían y a su festiva tenacidad de agitador político acabaron por rodearle desde muy pronto de un aura de catedrático iconoclasta que, aunque le ganaba el fervor de los estudiantes y el odio temeroso y velado de los colegas de profesión –que así respondían al desprecio que profesaba por la mayoría de ellos–, él trataba de disipar por una especie de pudor, y que en todo caso no consiguió frenar el curso fulminante de una carrera que, no sin alguna dosis de coquetería, Marcelo aseguraba no haber querido nunca emprender: antes de cumplir veinticinco años había publicado un grueso volumen sobre la colaboración entre Alexandre Dumas y Auguste Macquet y un estudio y vindicación de la narrativa de Clarín que todavía hoy son indispensables, a los veintiséis era catedrático de la Universidad Central y con poco más de treinta y cinco muchos le consideraban uno de los tres o cuatro estudiosos que mejor conocían la novela decimonónica europea. Ningún especialista ignora sus trabajos sobre Dumas, Clarín, Flaubert o Eça de Queiroz, pero lo que quizá ya no sabe tanta gente es que la energía de leñador que se esconde bajo su carne sedentaria y la desmesurada capacidad de trabajo que desplegó durante años le han permitido a su curiosidad abarcar dominios tan pintorescos como la historia de Morella, el cine de Hollywood, las tribus primitivas de Norteamérica, las intrincadas sutilezas del fútbol o los avatares del movimiento obrero, cuya secreta historia golfa siempre lo sedujo mucho más que sus piadosos esplendores de heroísmo (lo que le ocasionó más de un contratiempo con sedicentes intelectuales de izquierda reñidos con el sentido del humor, cuya juventud les permitía ignorar que, a causa de su vieja militancia política, durante los años sesenta Marcelo fue un asiduo visitante de la comisaría de Vía Layetana y llegó a pasar una temporada en la cárcel, sobre la que sin embargo observa un cerrado mutismo).

Pero mucho más insólita que la prematura erudición de Marcelo es su tardía vocación ágrafa. Porque, aunque antes de los treinta y cinco años había publicado ya diversos estudios capitales para el conocimiento de la novela decimonónica, a partir de los cuarenta y cinco dejó de publicar por completo, si se exceptúan un par de breves artículos sobre la historia de Morella firmados con seudónimo. Los motivos de este silencio de casi diez años han sido objeto de multitud de conjeturas. Los enemigos de Marcelo se apresuraron hace tiempo a zanjar la cuestión sentenciando con falsa pesadumbre que su mudez no era sino el síntoma más visible del irrevocable deterioro de una inteligencia superior. Sus amigos, por su parte, sostienen que ese silencio es la altiva expresión de su rechazo a la proliferación sofocante de hojarasca académica, y alguno de los que mejor le conoce aduce con mala intención fraternal el ejemplo de Azorín, de la decadencia en el fondo aristocrática del personaje de Azorín, y no se priva del placer de diagnosticarle el «asco de la greña jacobina» que a Azorín le diagnosticó un poeta célebre. Ni siquiera han faltado los colegas y discípulos que han propalado la especie dudosa de que Marcelo conserva en su casa decenas de libretas llenas de textos inéditos. En cuanto a mí, el único hecho que me parece irrebatible es que Marcelo ha acabado por derivar una satisfacción infinitamente superior a la de publicar –que en su fuero interno acaso considera una vulgaridad propia de advenedizos o escaladores– de la excluyente inversión de sus conocimientos en clases y conversaciones de café. Quizá no deba dejar de añadir, por lo demás, que en los últimos años Marcelo se ha ganado una involuntaria notoriedad apareciendo, apenas enmascarado bajo nombres transparentes, en novelas de antiguos correligionarios políticos convertidos ahora en escritores de éxito, que acaso quieren hacerse perdonar así (y tal vez también atribuyéndole a Marcelo frases como ésta: «A veces hay que traicionar el pasado para poder ser fiel al presente») unos cambios personales y políticos que han acabado por dotar a Marcelo, que fue el más moderado y prudente de sus amigos de juventud, de una injusta reputación de intelectual radical, intempestivo y excéntrico que le resulta cómoda y que nunca se ha preocupado por desmentir.

5

—Bueno, ya está —dijo Marcelo—. Todo arreglado.

—¿Tú crees? —pregunté, sólo porque necesitaba que siguiera tranquilizándome.

—Claro —accedió, dejando colgar de la comisura de los labios un cigarrillo, mientras con los ojos entornados por la molestia del humo examinaba el funcionamiento del Zippo plateado con el que acababa de encenderlo—. Ya te dije que Marieta no es lo que aparenta. A veces saca su carácter de sargento, pero es natural: si no lo saca, se la comen. —Sonrió, cerró el Zippo y lo dejó sobre el mantel, se quitó el cigarrillo de los labios—. O nos la comemos. Lo que es seguro es que hará lo que le pidamos desde el departamento, que al fin y al cabo es lo lógico, ¿no? —Hizo una pausa y, alzando las cejas, me miró con una diáfana admonición en los ojos—. Ahora sólo falta que tú cumplas tu parte del trato.

En el patio del restaurante Casablanca hacía calor. Ya eran más de las cuatro, y sobre el mantel sucio de migas sólo quedaban los platos del postre, tres tazas de café vacías, un cenicero con colillas y dos vasos largos y mediados de whisky; arriba, por encima de nuestras cabezas, una enramada cuya sombra lamía el filo de la mesa nos defendía apenas del asedio del sol, que calentaba la gravilla y ponía en el aire espeso del patio una trémula incertidumbre de espejismo.

La decana acababa de marcharse. Marcelo, que había hablado con ella al mediodía, en su despacho, la había convencido de que viniera a comer con nosotros. Fue una buena idea, porque la comida resultó un éxito. Marcelo y la decana hablaron sin tregua, se rieron y evocaron episodios de su juventud con un humor casi desprovisto de melancolía, cuidándose visiblemente de sortear las trampas que a cada paso les tendía la nostalgia. La decana no parecía la misma persona que yo había conocido por la mañana: se interesó por mí, se mostró alegre y afectuosa, procuró no excluirme de la conversación; por mi parte, no me importó sacar a relucir el fondo de fantoche que llevo dentro, para congraciarme con ella. Apenas hablamos de la universidad, por lo demás, y todos evitamos mencionar las oposiciones, pero desde que nos sentamos a la mesa deduje de la actitud de la decana que la animadversión que había concebido hacia mí a raíz del estropicio de junio había sido enterrada, y que se hallaba en la mejor disposición de ofrecerme su apoyo en las oposiciones, si el departamento lo juzgaba oportuno. Creo que sólo me sentí incómodo un momento. Fue hacia el final de la comida, cuando la decana, con un impudor que me dejó atónito y que (pensé) ni siquiera justificaba su antigua intimidad con Marcelo, refirió con patetismo los últimos instantes que su marido había pasado con vida. Lo hizo de una forma tan precisa y ordenada que pensé: «Seguro que no es la primera vez que lo cuenta». También pensé: «Quizá ya no cuenta lo que recuerda, sino lo que recuerda que ha contado otras veces». Me faltó compasión para entender la verdad: por entonces yo creía que la gente cuenta sus desgracias porque no conoce una forma mejor de atraer el interés o la piedad de los otros; ahora sé que lo hace porque quiere librarse de ellas.

—¿Qué trato? —pregunté.

—¿Qué trato va a ser? —se impacientó Marcelo—. Las oposiciones. Todavía no las has ganado. Que la decana no vaya a ponerte palos en las ruedas no significa que las hayas ganado. Si las envían ahora se publicarán en diciembre o enero. Antes del verano será difícil que pueda celebrarse el concurso y, entre unas cosas y otras, seguro que podemos posponerlo hasta diciembre del año que viene. Lo cual significa que tienes tiempo más que suficiente para prepararlas. Y también, dicho sea de paso, para que publiques un par de cosillas, que buena falta te va a hacer. A ver, ¿cómo va lo de Martínez Ruiz?

—Bien —dije, cogiendo la cartera del suelo—. Ya he recogido todo el material, pero aún no he empezado a redactar.

—¿Cuándo tienes que entregarlo?

—En noviembre.

—¡Pues déjate ahora de redactar, coño! Si lo entregas en enero, lo entregas en enero. Y no pasa nada. Lo importante es que no sea una porquería, y para eso lo que hay que hacer es trabajar sin prisa. *Festina lente*!, joven. *Festina lente*! ¿Has traído un esquema?

Lo saqué de la cartera y se lo entregué. Marcelo dio un largo trago de whisky y, fijando la vista en el papel, masculló:

—Vamos a ver las tonterías que has escrito.

Mientras Marcelo examinaba el esquema encendí un cigarrillo y dejé que mi vista errara por el patio. Un rato antes todas las mesas estaban ocupadas; ahora, aparte de la nuestra, sólo lo estaban dos. Cerca de nosotros, acogido también al reparo de la enramada, un grupo de profesores de biología —uno de los cuales, alto, de aire lánguido y con la mano izquierda vendada, se había acercado a saludar a Marcelo al entrar— conversaba sin prisa en el letargo de la sobremesa. Más allá, junto a la barda de cañas que cerraba el recinto, acababan de sentarse un hombre y una mujer: la mujer era joven, muy rubia, muy guapa, de grandes ojos claros y pestañas espectaculares; el hombre me resultó de inmediato familiar, sobre todo su cara: era grande y ósea y estaba dominada por un bigote escrupuloso y una insegura sonrisa de seductor que apenas conseguía suavizar la dureza de las facciones. Como en el Casablanca comen a menudo actores que trabajan en los estudios de televisión de Sant Cugat, pensé que el tipo del bigote sería uno de ellos. Todavía estaba intentando identificarlo cuando me interrumpió Marcelo.

—Tonterías, en efecto —dictaminó sin levantar la vista del esquema del artículo y, sin soltar el cigarrillo, con una torpe mano de niño buscó a tientas el vaso de whisky, a punto estuvo de tirarlo, finalmente lo asió; al llevárselo a los labios, un jirón de sol filtrado a través de la enramada traspasó el líquido: fue como si dentro del vaso se hubiera prendido un incendio en miniatura, efímero y rubio–. Mira, Tomás –me reconvino Marcelo, agitando el esquema–. Martínez Ruiz no es un gran novelista. Te pongas como te pongas. No digo que no sea un buen escritor: lo es; pero no es un buen novelista. Baroja sí es un buen novelista, pero no es un buen escritor. Como Dumas. Son dos cosas distintas, y no hay nada que hacerle; acuérdate de lo que decía Hemingway sobre Dostoievski: no escribe como un artista, pero todo lo que escribe está vivo. A Martínez Ruiz le pasa lo contrario: escribe como un artista, pero casi todo lo que escribe está muerto. Un escritor es un artesano; un novelista es un inventor. Encontrar un buen artesano es muy difícil; casi tanto como encontrar un buen inventor. Pero que los dos se den en la misma persona es casi un milagro. Flaubert es casi un milagro; Hemingway, a su modo, también, aunque menos. Pero no Martínez Ruiz, por Dios. Y conste que *La voluntad* no me parece una mala novela; en todo caso es la mejor que escribió. Más vale de todos modos que te olvides de los análisis formales, que eso ya lo hizo mi paisano Beser hace treinta años.

–Entonces ¿qué hago?

Marcelo volvió a fijar la vista en el esquema y por un momento pareció reflexionar, pero en seguida alzó una mirada de éxtasis zumbón que después de resbalar por mi rostro se perdió más allá del verde de la enramada y, con un gesto declamatorio de la mano que sostenía el whisky, abarcó el patio del Casablanca.

–«La genealogía de Antonio Azorín» –proclamó, engolando burlonamente la voz–. ¿Qué te parece el título?

Sonriendo sin fuerza, me encogí de hombros.

–No, hablo en serio, Tomás –subrayó Marcelo–. Por ahí es por donde tienes que meterte, entre otras cosas porque nadie se ha preocupado de hacerlo. Pero además es interesante. Quiero decir: sabemos que Antonio Azorín, el protagonista de *La voluntad*, es un intelectual tocado por el *mal du siècle*; sabemos en qué consiste la enfermedad: en un exceso de intelectualismo que conduce a la abulia, a la incapacidad de actuar; conocemos incluso a los propagandistas teóricos de la enfermedad: Nordau en Francia, Altamira y Gener en España… Muy bien. Pero no sabemos casi nada de los antecedentes del personaje, de los progenitores de Antonio Azorín, por así decir, y es imposible conocer de verdad a alguien sin conocer a sus padres. Lo cual, dicho sea de paso, vale tanto para la literatura como para la vida. En todo caso Martínez Ruiz no inventa nada; no es un inventor, recuérdalo: es un artesano. Todo el mundo habla del Pío Cid de Ganivet. Y es verdad. Pero ¿qué me dices del Antonio Reyes y el Narciso Arroyo de Clarín, o de los protagonistas de las novelas de Altamira, sobre todo el Guillermo Moreno de *Fatalidad*? Por no hablar de los que, más que padres, son hermanos de Antonio Azorín. Y naturalmente habría que ver otras cosas: algunos cuentos de Silverio Lanza o de Emilio Bobadilla, alguna novela de Tomás Carretero o de Francisco Acebal… Qué sé yo. A fines de siglo hay montones de relatos protagonizados por intelectuales desorientados o indecisos. Es la moda. Y la moda, ya se sabe, viene siempre (o venía) de París.

–Charles Demailly –conseguí apuntar, aprovechando que Marcelo se quedaba atascado en una tos pedregosa, que le hizo expulsar a trompicones el humo que acababa de inhalar.

–Sí, pero no sólo Charles Demailly –replicó, apagando el cigarrillo con una mueca de disgusto, después de aclararse la voz–. Mucho más cerca de Antonio Azorín está el Guillermo Eindhart de Nordau, o el Choulotte de Anatole France, o el Robert Greslou de Bourget, o el protagonista de *Snob*, de Paul Garault, ahora no recuerdo cómo se llama… Hasta en el gran Des Esseintes hay algo de esto. Es toda una tradición, una línea narrativa bastante bien definida. Lo que hay que hacer es estudiar qué es lo que Martínez Ruiz toma de ella y cómo lo aprovecha. No es difícil: trabajando bien, en tres meses lo hemos liquidado. ¿Qué te parece?

—Bien, bien, pero...

—Incluso podríamos atrevernos a ir más allá —me interrumpió Marcelo. Me resigné a seguir escuchándole: vacié el whisky que quedaba en mi vaso y apagué el cigarrillo; mientras lo hacía miré hacia el fondo del patio y, a través del reverbero del sol, vi al tipo del bigote acariciando entre risas la mejilla de la muchacha, que sonreía complacida y se dejaba hacer. Por un momento creí identificar al tipo del bigote con un presentador de televisión; apenas Marcelo empezó a hablar de nuevo, esta certidumbre se evaporó—. En el fondo, en la figura del intelectual finisecular desembocan o confluyen dos figuras de la tradición decimonónica —explicó—. Por un lado, la figura del sabio, que es sobre todo ridícula, porque el sabio vive en las nubes y desconoce el funcionamiento de la realidad; para entendernos: el Balthazar Claës de *La Recherche de l'Absolu*; o Máximo Manso. La segunda figura, quizá más ilustre que la anterior, es la del joven que abandona la provincia animado por el sueño de conquistar la capital; mi maestro Trilling escribió sobre ella. A diferencia de la primera, ésta es sobre todo una figura trágica, porque su aventura siempre acaba en fracaso, o en pesadilla; para entendernos: Lucien Rubempré, o Frédéric Moreau. —Hizo una pausa—. Hasta el mismísimo D'Artagnan, si me apuras. Sí, sí, D'Artagnan, no me mires así. D'Artagnan también es un joven que deja su pueblo y se marcha a París a triunfar. Sólo que, claro, D'Artagnan es como el negativo de los otros, incluido su remoto descendiente Antonio Azorín, porque tiene todo lo que a los otros les falta: el instinto del bien, o de la virtud, y el coraje. Y por eso, al contrario de los otros, triunfa. Acuérdate por ejemplo del episodio del convento de los carmelitas descalzos, casi al principio de la novela. D'Artagnan es un muchacho de apenas diecinueve años, inculto y bastante atolondrado, que acaba de llegar a París, donde no conoce a nadie. Bueno: pues ese mismo día se ve obligado a tomar la decisión más trascendental de su vida. Cuando la guardia del cardenal aparece en la explanada donde D'Artagnan iba a batirse con Athos, Porthos y Aramis, el chaval tiene que decidir en un momento entre hacerles caso a los guardias y retirarse (o ponerse de parte de ellos) y unirse a los mosqueteros. Y D'Artagnan duda, claro que duda; pero, quizá porque se acuerda de lo que su padre le dijo al despedirse de él («Quiconque tremble une seconde laisse peut-être l'appât que, pendant cette seconde justement, la fortune lui tendait», y luego: «Ne craignez pas les occasions et cherchez les aventures»), porque se acuerda de eso, decide quedarse. Podría haberse ido, pero se queda. Ahí está el coraje. Por otra parte, acuérdate también de que su padre le había dicho que respetase por igual a Richelieu y al Rey, y de que, cuando llegó la guardia, él estaba a punto de batirse con los mosqueteros. No hubiera sido raro que se pusiese de parte de la guardia. Pero no. Colocado en la disyuntiva de escoger entre la guardia y los mosqueteros, entre Richelieu y el Rey, entre el Mal y el Bien, escoge el Bien. Ahí está el instinto de la virtud. No es la inteligencia, sino el corazón quien le dicta la decisión. Y por eso, cuando el zoquete de Porthos le dice que no tiene por qué jugarse la vida con ellos, al fin y al cabo no es un mosquetero, D'Artagnan le contesta: «Je n'ai pas l'habit, mais j'ai l'âme». ¡Con dos cojones! –gritó, golpeando la mesa con el puño. Luego vació de un trago el vaso de whisky y agregó–: Ni abulia ni indecisiones ni hostias. Si la gente leyera más a Dumas otro gallo nos cantara. Por cierto, ¿de qué estábamos hablando?

No pude recordárselo, porque en ese momento el biólogo de la mano vendada se acercó de nuevo para despedirse, mientras sus colegas desfilaban hacia la salida del patio. Marcelo y el biólogo conversaron un momento; cuando éste se fue, Marcelo volvió a repetir la pregunta.

–De la genealogía de Antonio Azorín –dije.

Marcelo asintió. Dijo:

–Bueno, vamos a mi casa y acabamos de hablar del asunto. –Haciendo en el aire el gesto de escribir, le indicó al camarero que nos trajera la cuenta. Después preguntó–: Oye, ¿y al coche qué es lo que le ha pasado?

—Nada —dije—. Luisa me ha dejado sin él.

Algo raro debió de notar en mi voz o en mi expresión, porque la frente se le llenó de arrugas y frunció las cejas en un ademán interrogativo. De golpe me sentí cansado y con sueño, vagamente aturdido por el calor y, tal vez, por el whisky; tenía la nariz tapada y una lejana punzada de dolor me aflojaba los músculos. Miré al otro lado del patio. La pareja seguía arrullándose, pero ya no estaban sentados frente a frente, sino uno al lado del otro; sus rostros se hallaban tan próximos que parecía que iban a besarse, o que acababan de hacerlo. Recuerdo que pensé en Claudia antes de anunciar:

—Nos hemos separado.

6

El camarero llegó con la cuenta.

–Haga el favor de traer otros dos whiskies –le pidió Marcelo.

–Y un café –añadí yo.

–Que sean dos –resumió Marcelo.

–Perdone –se disculpó el camarero–. Creí que me había pedido la cuenta.

–Y se la había pedido –replicó Marcelo–. Pero he cambiado de opinión. –Solícitamente interrogó–: ¿Hay algún problema?

–Ninguno, ninguno –se apresuró a contestar el camarero, que sin duda interpretó como un desafío la pregunta de Marcelo.

En cuanto se hubo retirado el camarero, Marcelo exclamó:

–¡Joder, Tomás, si te descuidas aguantas menos que yo!

Marcelo se había casado a los veinticuatro años con una actriz de reparto que trabajaba en los teatros del Paralelo, pero su matrimonio no consiguió sobrevivir a la meningitis que tres años más tarde fulminó a su único hijo. Desde entonces se le habían conocido muchas mujeres, pero ninguna le había interesado hasta el punto de obligarle a renunciar a sus hábitos empedernidos de solterón feliz. Éstos, por lo demás, no incluían el de la castidad, como se encargaba de proclamar la chismografía del departamento, que tan pronto le atribuía una asidua intimidad con Alicia durante las ausencias del Alero Intermitente como aventuras ocasionales con colegas maduras o jovencitas semiimpúberes, e incluso periódicas incursiones en la prostitución.

—Yo no la he dejado a ella —dije—. Ha sido ella la que me ha dejado a mí. Se fue de casa.

—¿Y eso?

Me encogí de hombros.

—No me irás a decir que se fue por las buenas.

—No exactamente —dije—. Es sólo que, en fin, supongo que las cosas ya no funcionaban como antes.

—No me extraña.

—¿Qué quieres decir?

—Lo que he dicho. Que no me extraña que las cosas no funcionasen como antes. Nunca lo hacen. Y menos en un matrimonio. ¿Qué te creías? ¿Que todos los polvos iban a ser como el primero? Eso no pasa ni en los anuncios de la tele. «L'usage dérobe le vrai visage des choses», dice Montaigne. Y tiene razón: la costumbre lo devora todo, incluidas las personas. Y después de cuatro años de matrimonio...

—Cinco —precisé.

—Después de cinco años de matrimonio todo se ha vuelto costumbre. Y la costumbre no deja lugar al asombro, y sin asombro no hay fascinación, ni enamoramiento. Es verdad. Pero hay otras cosas.

—¿Por ejemplo?

—Pues no sé, cosas más importantes —replicó, impaciente—. La complicidad, supongo. O el afecto. Qué sé yo. Yo casi no he estado casado: apenas me dio tiempo de acostumbrarme a nada. Por no saber, ni siquiera sé si he estado enamorado alguna vez.

Sonreí.

—Todo el mundo ha estado enamorado alguna vez.

—No estés tan seguro —dijo—. Yo a veces me veo como el camarero del saloon de Tombstone en *La pasión de los fuertes*, que por cierto a mí es un título que me gusta más que *My darling Clementine*. No sé si te acuerdas de la escena. Henry Fonda, que no sale de su asombro porque nota que se está enamorando de Clementine, la novia de Victor Mature, le pregunta al camarero del saloon: «Oye, Fulanito (no me acuerdo de cómo se llama), ¿tú te has enamorado alguna vez?»; y el camarero, todavía más perplejo que Fonda, le contesta: «No, yo toda mi vida he sido camarero». –Nos reímos–. Bueno, pues yo toda mi vida he sido profesor.

Como convocado por la anécdota de su colega ficticio, nuestro camarero llegó en aquel momento, nos sirvió el pedido y se fue. Estuvimos un rato bebiendo y fumando en silencio. Marcelo jugaba con el Zippo plateado, quién sabe si indagando una forma adecuada de regresar al tema que habíamos dejado aparcado. La sombra de la enramada había escalado la mesa, y en el rostro entristecido de Marcelo temblaba de vez en cuando una mancha de sol. Al rato, tal vez persuadido de que yo no iba a romper el silencio, Marcelo empezó a divagar como quien traza círculos en torno a un centro que no se atreve a tocar.

–Es curioso –dijo, arrellanándose en su silla y soltando una bocanada de humo que se deshilachó con lentitud en el calor inmóvil del patio–. La gente tiende a creer que todos nos enamoramos alguna vez, tú mismo lo has dicho. Y francamente, no sé… La Rochefoucauld decía que el amor es como los fantasmas: todo el mundo habla de él, pero nadie lo ha visto. A lo mejor es verdad. Desde luego La Rochefoucauld debía de saberlo, porque las mujeres le gustaban mucho, y más de una se las hizo pasar canutas. Una de sus amantes le enredó en una intriga contra Richelieu, que acabó fracasando, y lo único que el incauto de La Rochefoucauld sacó en claro de ese episodio fue una humillante entrevista con el cardenal, ocho días de cárcel en La Bastilla y dos años de exilio en Verteuil. Claro que la amante en cuestión, una de las muchas que le metió en líos, no era precisamente una cualquiera. Era ni más ni menos que la duquesa de Chevreuse, *née* Marie de Rohan. Una dama de armas tomar. Se casó primero con el condestable Luynes, que fue la mano derecha de Luis XIII hasta que apareció Richelieu, y luego con Claude de Lorraine, príncipe de Joinville y duque de Chevreuse. En realidad, si bien se mira, La Rochefoucauld tuvo suerte con ella, porque al conde de Chalais, otro de sus amantes, la condesa le convenció de que intentara matar a Richelieu, y al desgraciado del conde le metieron en la cárcel y, después de que la propia condesa lo repudiara y le tachara de traidor, acabaron decapitándolo. –Hizo una pausa, sonriendo con piadosa ironía; luego dio un trago de whisky y una chupada al cigarrillo; añadió–: Ah, debió de ser una mujer fascinante, una auténtica *femme fatale*. Se pasó la vida intrigando contra Richelieu y contra el duque de Buckinham, y Saint-Simon, que no se dejaba impresionar con facilidad, dice de ella que su belleza sólo podía compararse con su ambición y su astucia. Creo que Velázquez le hizo un retrato, que se ha perdido. Y, claro, es natural que, con este currículum, Dumas no pudiera resistirse a meterla en *Los tres mosqueteros*. No sé si te acuerdas, pero la duquesa aparece de vez en cuando en la novela, maquinando en favor de Buckinham y de María de Austria y en contra de Richelieu. Y por supuesto es la amante de Aramis, que por su culpa está a punto de meterse a cura y renunciar al mundo... Como para que la gente se extrañe de que Aramis se pase la novela diciendo que las mujeres pierden a los hombres. –Marcelo se detuvo y, como si se hubiera cansado de su propia cháchara sin dirección, murmuró–: Está visto que esta tarde todos los caminos conducen a Dumas. Por cierto –agregó, inesperadamente–, ¿Luisa no se habrá enamorado?

–No creo –dije, y miré al otro lado del patio: el tipo del bigote y la chica se estaban besando en los labios. Quizá porque el bochorno de la sobremesa y el whisky habían empezado a hacerme efecto, sentí que algo se me aflojaba por dentro; también, de golpe, un deseo inaplazable de desahogarme. Agregué–: Pero yo sí.

–¿Tú sí qué?

Con absoluta seriedad aclaré:

–Yo sí me he enamorado.

Marcelo me buscó los ojos, como si esperara encontrar en ellos un signo que desmintiera mis palabras; no lo encontró. Alzando las cejas velludas en un gesto incrédulo, que infundía en su cara de quelonio un aire vagamente cómico, exclamó:

—¡No jodas, Tomás!

—¿Tan raro te parece?

—No, raro no... Bueno, sí, ya te lo he dicho —balbuceó—. Pero lo que me parece sobre todo es una estupidez. ¡Como si no tuvieras ya suficientes problemas...! Además, ¿no me has dicho que ha sido Luisa la que se fue?

—Se fue porque yo se lo dije.

—¿Que se fuera?

—Que me había enamorado. Bueno, en realidad lo que le dije es que había conocido a otra mujer, aunque en realidad no la he conocido ahora, sino hace tiempo... —Porque reconocí la llamita sarcástica o recelosa que ardía en las pupilas de Marcelo, me frené—. En fin, es un poco complicado, pero si quieres te lo cuento.

No esperé a que asintiera. Ordenadamente detallé, primero, las circunstancias que habían rodeado el encuentro con Claudia. («Así que estabas de Rodríguez —comentó Marcelo—. Muy original.») Luego referí mi salida del cine Casablanca, la aparición de Claudia, las cervezas en el Golf, la cena, la noche maravillosa que la siguió. («La primera noche siempre es maravillosa —volvió a burlarse Marcelo—. Ya te lo he dicho. El problema son las que vienen después.») Quizá por una cuestión de economía narrativa, o simplemente porque no me apetecía hacerlo, no aludí a lo que había ocurrido al día siguiente; tampoco mencioné el embarazo de Luisa, aunque sí la escandalera del domingo, y su huida. Al final, dejándome ganar por el placer de las palabras y por el halago de sentirme protagonista de hechos excepcionales, evoqué con lujo de anécdotas mi amor adolescente por Claudia.

—En resumen —concluyó Marcelo cuando acabé de hablar—. Que te alegras de que Luisa se haya ido de casa.

Le miré a los ojos, y en aquel momento me pareció reconocer en ellos ese aire de confusión que enrarece la mirada de la gente cuando acaba de despertarse. «Se ha dormido», pensé, desconcertado.

—No es que me alegre —puntualicé, casi resentido con Marcelo—. Es que, dadas las circunstancias, me parece lo mejor que podía pasar.

—Pues te equivocas. Cuando una mujer como Luisa se va de casa, ya no vuelve.

—¿Quién te ha dicho que yo quiero que vuelva?

—Tarde o temprano lo querrás.

—Lo dudo.

Marcelo movió la cabeza a un lado y a otro, se retrepó en su silla, echó un trago de whisky y encendió un cigarrillo. Al fondo del patio algo atrajo en ese momento mi atención. Miré. El tipo del bigote y la muchacha rubia habían acabado de comer: él tenía la cabeza inclinada sobre el café; ella me miraba y, cuando yo la miré a ella, me guiñó un ojo. «No puede ser», pensé. Volví la vista hacia Marcelo. «No se ha dormido él —pensé, absurdamente—. Me he dormido yo. Ahora estoy soñando.»

—En fin —suspiró Marcelo. De soslayo espié otra vez a la pareja: ahora estaban acodados a la mesa, fumando y mirándose a través del humo con ojos enamorados—. Tú sabrás lo que haces. Pero a mí toda esta historia me parece una insensatez. Una cosa es tener una aventura y otra...

—Claudia no es ninguna aventura.

—Aunque no lo sea —insistió—. Piénsatelo bien antes de dejar a Luisa. Hay muy pocas mujeres como ella.

—Ya lo sé —dije—. A lo mejor por eso es bueno que nos separemos una temporada.

—Ahora sí que no te sigo.

—Si hubieras vivido alguna vez con una mujer que todo lo hace bien, me seguirías.

Marcelo me buscó otra vez los ojos. Preguntó:

—¿No estarás celoso?

—Celoso, ¿por qué? —dije, y estornudé. Maldije, saqué de la cartera otro paquete de kleenex, me soné la nariz—. Está visto que no voy a ser capaz de quitarme de encima este resfriado.

Marcelo no se interesó por el resfriado.

—¿Has vuelto a verla?

—¿A quién?

—¿A quién va a ser? A Luisa.

Negué con la cabeza.

—Ni siquiera sé adónde se ha ido a vivir —dije—. Supongo que a casa de su madre. No lo sé.

—¿Y tú qué piensas hacer?

—Nada. Dar clase, escribir el artículo sobre Martínez Ruiz, preparar las oposiciones... Lo de siempre. Desde luego, no pienso quedarme a vivir en el piso —añadí, sin poder evitar que la aclaración sonase a disculpa—. De momento sí, claro. Pero cuando a Luisa se le pase el cabreo supongo que querrá vivir en él. Entonces me buscaré un apartamento pequeño. —Hice una pausa; aventuré—: No sé, a lo mejor me traslado al de Claudia. Ya veremos.

Incomodado por el silencio que siguió a estas palabras, o por la pose reflexiva de Marcelo, acabé de beberme el whisky, consulté el reloj y señalándolo pregunté:

—¿No habíamos quedado en que teníamos que ir a tu casa?

Por toda respuesta Marcelo volvió a simular en el aire el gesto de escribir y, mientras esperábamos que nos trajeran la cuenta, se guardó el paquete de tabaco y el Zippo en el bolsillo de la camisa y dijo en un tono entre festivo y resignado:

—Bueno. Supongo que hay que felicitarte, ¿no? Uno no se enamora todos los días. Lo siento por Luisa, la verdad. Debe de estar pasándolo mal. Pero me alegro por ti. —Casi sonrió para agregar—: Y por Claudia, claro.

Quizá porque en el fondo no sabía cómo explicarme el silencio de Claudia, o porque me inquietaba más de lo que estaba dispuesto a admitir, mi primer impulso fue contarle la verdad a Marcelo: que tampoco había vuelto a hablar con Claudia desde que me había separado de ella. Paseé una mirada fugaz y aprensiva por el fondo del patio, donde el tipo del bigote seguía acaparando la atención de la chica. Por un momento dudé. Es inútil que ahora me pregunte cuántos sinsabores me hubiera ahorrado de haber tenido entonces el valor de franquearme con Marcelo, porque lo cierto es que al final pudo menos el sentido común que el orgullo, y no dije nada.

El camarero apareció con una botella de whisky en la bandeja y una sonrisa de satisfecha complicidad en los labios. Marcelo lo miró, incrédulo.

—La cuenta —aclaró, sin ocultar su irritación—. Le he pedido la cuenta, ¿no?

El comentario borró de golpe la sonrisa del camarero, que chasqueó la lengua y dijo:

—Lo siento.

Volvió en seguida. Marcelo insistió en invitarme.

—A la salud del fantasma —dijo.

El camarero lo miró con lástima.

Ya nos encaminábamos hacia la salida cuando oí chistar a mi espalda. Me volví: al fondo del patio, el tipo del bigote y la chica se estaban besando.

7

Pasamos toda la tarde encerrados en el despacho de Marcelo, una habitación amplia y bien iluminada, con las paredes forradas de libros. Hundido en su viejo sillón de orejas, Marcelo hablaba, fumaba y bebía whisky con agua, a sorbos muy pequeños; de vez en cuando se levantaba y, sin dejar de hablar, estiraba las piernas delante del ventanal que da al jardín, o sacaba de las estanterías algún libro o alguna revista que yo examinaba brevemente antes de añadirla a la pila de papeles que me iba a llevar. Marcelo rehízo por completo el esquema del artículo sobre *La voluntad*, y yo me dediqué a tomar nota de las ideas que él fue desgranando, con vistas a aprovecharlas cuando llegara el momento de redactar.

–No sé si conoces la contraposición tradicional entre carácter y destino –explicó en algún momento Marcelo–. De ella surgen las dos grandes categorías de personajes de la literatura, y tal vez también de la vida. Walter Benjamin escribió un ensayo precioso sobre esto... Espera un momento. –Se levantó, fue hasta la columna de libros que se erguía encima de un taburete, se agachó para mirarles el lomo y, levantando los que había encima de él, cogió uno de tapas azuladas; lo hojeó un momento, murmurando algo, finalmente dijo–: Sí, aquí está. –Regresó al sillón y, después de dar otro sorbo de whisky, prosiguió–: Ferlosio lo explica muy bien. Te leo lo que dice: «Personajes de carácter son los arquetipos, generalmente cómicos, de pura manifestación, que no nacen, ni crecen, ni mueren, sino que siempre se repiten en situaciones frente a las cuales confirman su carácter». Ejemplos de Ferlosio: Charlot, en la ficción; y, en la vida, el Bobo de Coria o cualquiera de los demás bufones de la corte de Felipe IV que pintó Velázquez. En cambio, continúa Ferlosio, «los personajes de destino son los héroes épicos o trágicos, de plena actuación, que nacen o comienzan o parten y mueren o acaban o vuelven a lo largo de una peripecia en que se cumple su destino». No pone ningún ejemplo de personaje de destino en la ficción, pero cualquier héroe sirve; sí pone un ejemplo histórico: Richelieu. Y concluye: «Los personajes de carácter alientan en el distenso ahora del tiempo consuntivo; los personajes de destino corren sin tregua a través del tenso trecho fugaz entre el ayer y el mañana del tiempo adquisitivo». Dicho de otro modo: el personaje de carácter es el que vive instalado en el presente puro, en el puro borbollear del instante, sumergido en el gozo permanente y sin finalidad de la pura afirmación vital. El personaje de destino, en cambio, no vive para el presente, sino para el futuro, porque sólo halla satisfacción en la empresa cumplida, una empresa que, por lo demás, una vez cumplida pierde todo su atractivo y debe ser sustituida por otra; de tal forma que el personaje de destino cambia el sosiego del personaje de carácter por la ansiedad sin fondo del logro permanente.

»La conclusión de todo esto parece clara. En la medida en que vive en el puro presente, el personaje de carácter es el único que de verdad vive, por la simple razón de que el presente, que por una parte es inasible (basta mencionarlo para que desaparezca: basta que yo diga que *este instante* es el presente para que automáticamente se haya convertido en pasado), por otra parte es la única realidad, porque el pasado es sólo memoria y el futuro apenas conjetura. Para el personaje de carácter el presente tiene un valor por sí mismo; para el personaje de destino, en cambio, el presente es sólo el instrumento de que se vale para cumplir sus propósitos. Por eso el personaje de destino apenas vive, o lo hace agónicamente, a horcajadas entre logro y logro, entre el pasado y el futuro, e ignorando el presente, que es la única realidad.

»Los ejemplos que pone Ferlosio son interesantes. El pobre cardenal ha tenido mala suerte. Volvemos a Dumas: si no hubiera sido porque él tuvo la idea de convertirlo en el villano de *Los tres mosqueteros*, la gente tendría una idea menos nefasta de Richelieu. El mismo Dumas, que quizá se arrepintió de la relativa injusticia que cometió con él, intentó arreglarlo después. Pero ya era demasiado tarde. Por eso a cualquiera que no sea francés le cuesta mucho trabajo aceptar que Richelieu fue un gran primer ministro. Y la verdad es que lo fue. Que se lo pregunten si no a Felipe IV, que tuvo que padecerlo. Es verdad que debió de ser un hombre antipático y frío, y que le odió mucha más gente de la que le quiso. Pero también es verdad que siempre sirvió con fidelidad al rey y que puso a Francia a la cabeza de Europa. Esto lo reconocían hasta sus propios enemigos. Antes hablábamos de La Rochefoucauld. Bueno, pues en sus memorias, donde por cierto se despacha a gusto con la duquesa de Chevreuse, La Rochefoucauld se deshace en elogios de él, y eso que, como ya te he dicho, el cardenal le había encerrado en la cárcel. Richelieu es el personaje de destino casi puro. Se pasó la vida enfermo. Sufría constantes dolores de cabeza y le sobrevenían violentos accesos de fiebre que le postraban en cama durante semanas. Hasta es posible que fuera epiléptico. Pero al parecer lo peor era una espantosa enfermedad de la piel que le tenía el cuerpo hecho una pura llaga. En fin: una cosa horrorosa. De manera que no es raro que volcase en una excluyente ambición de modificar el futuro su resentimiento de hombre incapaz de disfrutar del presente.

»En cuanto al Bobo de Coria... Bueno, en realidad se llamaba Juan de Calabazas y se le conocía por El Bizco, o por Calabacillas. Era uno más de los bufones que pululaban en el entorno de Felipe IV y que, como gozaban de libertad para decir todo lo que los demás cortesanos no podían decir, debían de constituir una especie de válvula de escape de las asfixiantes rigideces de la corte. A este Calabacillas, Velázquez probablemente lo pintó dos veces, y digo probablemente porque por lo visto hay quien duda de que el primero de los dos cuadros sea de Velázquez... A mí me parece que sí lo es, pero bueno. En ese retrato Calabacillas es un hombre joven, estrábico, con una mirada astuta y una sonrisa inteligente; está de pie, y sostiene en una mano el retrato en miniatura de una mujer, y en la otra un molinillo de papel, que por esa época era un símbolo de la locura. El segundo retrato es el que tradicionalmente se ha conocido con el título de *El Bobo de Coria*; también es el más famoso de los dos. Calabacillas ya es aquí un hombre maduro. Está sentado en una banqueta de madera, entre dos grandes calabazas que, claro está, aluden a su nombre, y tiene una pierna doblada debajo de la otra y las manos retorcidas en un gesto imposible... Una postura forzadísima, bastante rara. En realidad, casi todos los signos de cordura o de normalidad han desaparecido del personaje: no es sólo la forma en que está sentado, o el gesto de las manos, sino también la cabeza inclinada, los ojos extraviados, la sonrisa vacía... Claro, las diferencias entre los dos Calabacillas son tan aparentes que algunos han pensado que en realidad son dos personas distintas. Pero, incluso si dejamos de lado las evidencias documentales, que son concluyentes, ¿por qué van a ser dos personas distintas? Hay más de diez años de diferencia entre un cuadro y otro. ¿No es lógico pensar que los dos retratos reflejan dos momentos distintos de la vida de una misma persona? Recuerdo haberle leído a un médico en alguna parte que, por su fisonomía, el Calabacillas del primer retrato, más que un bobo, es un truhán. Nada nos impide imaginarlo como a un joven ambicioso, astuto y sin escrúpulos que, para poder gozar de los privilegios que la corte concede a los bufones, finge que está mucho más loco de lo que está en realidad (lo cual explicaría el énfasis del molinillo, innecesario en un verdadero loco), y que, con el tiempo, acaba desarrollando la locura que fingió durante años y que quizás, incipientemente, ya estaba desde el principio en él. El primer Calabacillas sería, de este modo, un personaje de destino; el segundo, porque vive en el puro presente sin memoria ni proyectos de la locura, un personaje de carácter. Hasta podríamos preguntarnos si lo que Velázquez quiso al pintar esos dos retratos no fue mostrar cómo una misma persona puede sucesivamente ser dos personajes; dos personajes antagónicos, además. De lo que en todo caso estoy seguro es de que ésa fue la intención de Martínez Ruiz al escribir *La voluntad*. Más exactamente: lo que Martínez Ruiz quiere es mostrar cómo y por qué un personaje de destino se convierte en un personaje de carácter. Y por eso, contra lo que todo el mundo dice, yo no creo que el final de Antonio Azorín en la novela sea un final trágico.

»Me explico. Antes decía que el personaje de carácter vive la vida con plenitud, porque vive sólo en el presente y para el presente, mientras que el personaje de destino apenas vive de verdad, o lo hace de una forma agónica, a horcajadas entre el pasado y el futuro, entre lo que hizo y lo que hará. Ahora la pregunta se impone: ¿por qué entonces nos hemos acostumbrado a pensar que el personaje de destino es moralmente superior al personaje de carácter, que el personaje trágico o épico es superior al personaje cómico o que, a pesar de Dumas y de *Los tres mosqueteros*, Richelieu es superior a Juan de Calabazas? La respuesta también se impone: porque nos han convencido de que el afán de los primeros favorece ante todo a la sociedad, mientras que el afán de los segundos ante todo les favorece a ellos mismos. Pues bien: la trayectoria de Antonio Azorín puede interpretarse como una rebelión contra esta falacia patente, contra esta absurda y nociva imposición social. Al principio de la novela Azorín es un joven saturado de ambiciones políticas, literarias y periodísticas; al final de la novela es un hombre que no aspira a nada, ni desea nada, y que incluso ha renunciado a pensar. Al principio de la novela Azorín es un personaje casi trágico, dolorosamente escindido entre impulsos contradictorios, espoleado por una ansiedad permanente e inconcreta; al final de la novela es un personaje casi cómico, un calzonazos apaciguado y contemplativo, dominado por una mujer de hierro y reconciliado con su realidad de pueblerino sin aspiraciones. Al principio de la novela Azorín es, en resumen, un personaje de destino; al final, un personaje de carácter. ¿Por qué va a ser esto un final triste? Hay una derrota, es verdad, pero es la derrota del destino: una derrota por goleada. Bueno, eso es lo que yo llamo un final feliz. Al todopoderoso cardenal Richelieu lo han derrotado de nuevo, pero esta vez no ha sido un gascón orgulloso, sino un humilde bufón: Calabacillas. ¿Y quién no se alegra de esto? ¿Quién no se alegra de que el bufón que había en Antonio Azorín se haya impuesto al hombre ambicioso y desdichado que también había en él? La gente habla mucho de lo importante que es preservar el pasado, pero a mí me parece todavía más importante preservar el presente. A Montaigne también se lo parecía. En uno de sus primeros ensayos habla de que los hombres somos incapaces de gozar el milagro asiduo del presente, porque el temor, el deseo y la esperanza nos arrojan hacia el porvenir, robándonos la conciencia y el sentimiento de lo único que tenemos para lanzarnos a la búsqueda de lo que aspiramos a tener. «Nous ne sommes jamais chez nous –dice Montaigne–. Nous sommes toujours au delà.» Nunca estamos en casa... Bueno, pues lo único que hace Antonio Azorín al final de la novela es eso: volver a casa. En la realidad me temo que este prodigio no es posible, pero en *La voluntad* lo es. No me parece un final triste. Yo por lo menos no me quejaría en absoluto de terminar así.

8

Ya era noche cerrada cuando llegué a casa. Dejé en mi despacho la cartera y las dos bolsas con los libros que Marcelo me había prestado, me cambié de ropa y fui al salón. En el contestador automático había un recado; lo conecté, pero, sin duda porque habían empezado a hablar antes de que el pitido anunciara que podían hacerlo, sólo oí: «Luisa. Llámame, Tomás. Tengo que hablar contigo». No era la voz de Luisa, sino la de su madre. Supuse que quería hablar del dinero que le había prestado, o de un nuevo préstamo o, más probablemente, de Luisa y de mí. Ninguna de las tres posibilidades me atraía, pero la última me ponía los pelos de punta. Ni siquiera tuve que imaginar la conversación con mi suegra para decidir que no le devolvería la llamada.

Fui a la cocina. Del congelador saqué un paquete de espinacas y lo puse a hervir; piqué un tomate, un trozo de pepino y un trozo de lechuga, lo coloqué todo en un plato y lo aliñé. Luego puse la mesa en el salón, frente al televisor y, mientras esperaba que la verdura acabara de hervir, abrí una cerveza y encendí un cigarrillo. Aunque el alcohol de la tarde y el resfriado me enturbiaban la cabeza, me sentía feliz: pensaba que el artículo sobre Azorín estaba prácticamente escrito, que después de cenar llamaría a Claudia y la encontraría en casa, de vuelta de su primer día de trabajo. Entonces sonó el teléfono. En un segundo me cruzaron la cabeza dos ideas sucesivas y contradictorias. Primero pensé que era la madre de Luisa y que, si no quería exponerme a una conversación por lo menos incómoda, no debía contestar. Después pensé que era Claudia; me dije: «Cuando oiga la voz de Luisa en el contestador, no se atreverá a grabar el recado y colgará». El argumento me decidió: dejé el cigarrillo apoyado en el filo del mármol, fui al salón, descolgué.

—Diga.

Una voz vagamente conocida inquirió:

—¿Es el restaurante Bombay?

«Mierda», pensé. Resistiendo la tentación de colgar dije:

—No: se equivoca de número.

—Perdone. —La voz se volvió compungida—. Es que busco un restaurante nuevo. Bombay, se llama. Está en la calle Santaló, pegando a Vía Augusta.

—Le digo que se equivoca —insistí—. Esto no es un restaurante.

—Pero ¿no estoy llamando al 3443542?

—Sí, señor. Pero aquí no hay ningún restaurante que se llame...

—Bombay.

—En mi vida he oído ese nombre —mentí.

—¿Está seguro?

—Completamente.

—Bueno, es natural —dijo la voz, comprensiva—. Acaban de inaugurarlo. Un amigo me ha asegurado que la comida es excelente, ¿sabe? Y el precio muy ajustado: nada de ese engañabobos de «precios según mercado». Por eso llamaba.

—Claro, claro —dije—. Lo siento mucho, pero ya le he dicho que tiene que haber un error. Su amigo ha debido de darle un número equivocado.

—Seguro que ha sido eso —convino. Con exquisita amabilidad se disculpó—: No sabe cuánto lamento haberle molestado.

Estúpidamente aseguré:

—No ha sido ninguna molestia.

Después de sustituir en el aviso del contestador la voz de Luisa por la mía, volví a la cocina. Con un tenedor exploré las espinacas: aún no estaban a punto. Recogí el cigarrillo, que había oscurecido con la brasa el filo del mármol, y le di una chupada. «Qué raro», reflexioné, mientras bebía un trago de cerveza, pensando en el hombre que se había equivocado de teléfono y en el que lo había hecho días atrás. «A lo mejor son el mismo», pensé. Luego imaginé que esa doble y casi idéntica llamada telefónica en pocos días no era casual, pero al instante la idea me pareció absurda. Me dije entonces que tales recurrencias sólo se dan en las películas o en las pesadillas, y reflexioné que basta un hecho extraordinario, como el encuentro con Claudia, para sumirnos en la irrealidad. Por un momento reviví entonces los últimos días, y casi todo me pareció distinto y anómalo y ligeramente atroz; por un momento me ganó la certidumbre de que mi vida se había ido adentrando de forma insensible en una pesadilla. Pensé: «Quizás ha sido siempre una pesadilla y ha tenido que aparecer Claudia para que yo lo descubra». Esta idea, que ahora me parece ominosa, entonces me alegró, porque pensé que Luisa nunca había ejercido una influencia similar sobre mi vida y juzgué este hecho como una prueba irrebatible de la seriedad de mi amor por Claudia.

En cuanto acabé de cenar marqué el número de teléfono de Claudia y, durante unos segundos de mal reprimida ansiedad, esperé. Finalmente saltó el contestador automático y la voz conocida y metálica me invitó a hablar; no hablé. Volví al sofá, encendí un cigarrillo, intentando no pensar en nada estuve un rato viendo la televisión. Luego apagué el cigarrillo y el televisor, recogí las cosas de la cena, las llevé a la cocina, las lavé y fui al despacho. Me llevó unos minutos ordenar los exámenes y los libros y artículos que me había prestado Marcelo; también eché una ojeada al esquema del artículo sobre Azorín y a las notas que había tomado, y me prometí pasarlos en limpio al día siguiente. Luego intenté leer. En seguida advertí que era incapaz de concentrarme, así que opté por irme a dormir.

Tan pronto como me acosté comprendí que no iba a dormir. En realidad lo sabía desde que había colgado el teléfono sin poder hablar con Claudia y me había sentido hostigado por un desasosiego que me persiguió hasta la cama. Antes de meterme en ella había estado intentando explicarme el silencio de Claudia, pero, cuando empecé a dar vueltas entre las sábanas, las conjeturas se multiplicaron. Imaginaba que algún imprevisto la retenía en la playa: una indisposición de su hijo, o de sus padres, o de ella misma. Con aprensión, con una especie de pánico, admití la posibilidad de que hubiera sufrido un accidente. Barajé otras muchas hipótesis. Varias veces me levanté de la cama: fumaba, paseaba, encendía el televisor, me asomaba a la ventana. Agoté todos los métodos que conocía de conciliar el sueño, pero no podía desprenderme de la presión minuciosa de la realidad; oía, o creía oír, todos los ruidos: el tráfico invisible, escaso y constante de la madrugada, el estrépito de vidrio y hierro de la puerta del portal al cerrarse, el fragor de una cisterna cercana, el murmullo del agua circulando por las cañerías; la vigilia exageraba hasta el estruendo el segundeo inexorable del reloj, y recuerdo que pensé: «Un pájaro que picotea el tiempo con su tictac de hielo». Tratando de no pensar en Claudia, pensaba en Luisa y, para no pensar en Luisa, pensaba, con la dolorosa lucidez del insomnio, en Marcelo, en Antonio Azorín, en la decana, en Renau y en Bulnes, en Richelieu y en Juan de Calabazas; sobre todo pensaba en las oposiciones; me decía: «Ojalá no tenga que competir con nadie». La última vez que miré el reloj marcaba las cinco; creí oír cantar un pájaro; me pareció que estaba amaneciendo. Presa del desaliento, me dije que había perdido la noche y que, agotado por la falta de sueño, también iba a perder el día. Pensé entonces en la conveniencia de ganar tiempo: me levantaría, me daría una ducha, tomaría un café, me pondría a trabajar. Creo que fue en ese momento cuando me dormí.

9

Al día siguiente, cuando desperté, eran más de las once. Apenas me senté en la cama advertí que las horas de sueño no habían paliado los estragos del desvelo; tampoco los síntomas del resfriado: a la turbiedad de la cabeza y el dolor en los músculos se sumaba ahora una fiebre tal vez ligera, pero evidente; la garganta me dolía al tragar. Mientras me afeitaba y duchaba maldije en silencio el insomnio y, sobre todo, el tabaco y los paseos nocturnos, en pijama, por la casa. También me propuse, para no fomentar la inquietud, no pensar más en Claudia y diferir hasta la noche cualquier intento de ponerme en contacto con ella.

Cumplí el segundo propósito, pero no el primero. Mientras agotaba con un desayuno frugal las existencias de la cocina (un par de naranjas que exprimí en un zumo, un poco de café, un par de galletas reblandecidas, un par de aspirinas), conseguí apaciguar la ansiedad; porque las aspirinas hicieron un efecto inmediato, o porque el instinto es sabio y evita siempre añadir al malestar físico un malestar moral, pensando en Claudia reflexioné: «Sólo hemos pasado cuatro días sin vernos. Además, estará trabajando. Debería darme vergüenza estar preocupado. Ya llamará». El único recado que yo había grabado en el contestador de Claudia también contribuyó a tranquilizarme, pues era una garantía de que, apenas llegara a su casa, mi amiga sabría que la estaba buscando.

Dispuesto a prepararme para una tranquila tarde de trabajo, salí a comprar. Hacía una mañana calurosa, pesada y gris; el sol se filtraba con dificultad a través de las nubes. Algo agobiado por el calor y la fiebre, fui a un supermercado cercano, me aprovisioné de comida y, cargado de bolsas, regresé a casa. Acababa de meter la llave en la cerradura cuando oí el teléfono. Abrí la puerta, dejé las bolsas en el vestíbulo y eché a correr por el pasillo; antes de que el contestador saltara descolgué.

–Diga –jadeé.

En ese momento vi que, en mi ausencia, el contestador había grabado un mensaje. «Mi suegra», imaginé, sintiendo que un orden de simetrías se había apoderado de mi vida. Oí:

–¿Tomás? Soy Alicia.

Hubo un silencio.

–¿Tomás? –repitió Alicia.

Por fin conseguí estornudar.

–Sí, Alicia –dije, sacando un paquete de kleenex del bolsillo del pantalón–. Soy yo.

–Todavía andas con ese resfriado –afirmó como si me lo recriminara.

–Todavía –reconocí, sonándome la nariz–. Y lo peor es que me parece que la cosa va a más.

Alicia se demoró un rato con consejos sobre el modo de cuidarme el resfriado, y ya iba a preguntarle por el motivo de la llamada cuando la oí ir al grano.

–Por cierto –dijo, enfriando de golpe la voz–, ¿no te dije ayer que necesitaba el perfil de la plaza?

«El perfil», pensé, más sorprendido que contrariado, porque me pareció increíble haber pasado todo el día anterior con Marcelo y no haber comentado el asunto con él.

–Perdona, Alicia –dije–. Se me olvidó preguntárselo a Marcelo. Si quieres le llamo ahora mismo y…

–Ya lo he hecho yo –dijo–. Pero no está en casa, y al departamento no ha venido en toda la mañana.

–No te preocupes. Seguro que lo encontramos por la tarde.

–El perfil hay que enviarlo arriba esta mañana. Ahora mismo. Por eso te llamo. Llorens me ha pedido que te pregunte si es igual que el del año pasado.

—¿Cuál es el del año pasado?

Me lo dijo. Tras una pausa aventuré:

—Digo yo que será igual, ¿no te parece?

—¡Y cómo coño quieres que yo lo sepa!

Hubiera sido razonable atribuir a mi negligencia la responsabilidad del exabrupto de Alicia, pero opté por cargarlo en la cuenta de los períodos de susceptibilidad que seguían a sus rupturas con Morris. Por otra parte, en aquella época yo solía exhibir en público una ignorancia altiva tanto de los mecanismos académicos que rigen las oposiciones como de los pormenores burocráticos que jalonan su celebración; una ignorancia que, casi sobra decirlo, era sólo una forma inútil de intentar exorcizar el pavor que la sola mención de las oposiciones me infundía. No aduzco esto como una disculpa, sino como una explicación de la ligereza insensata con que, como si quisiera devolverle a Alicia sus consejos sobre el resfriado, paternalmente afirmé:

—Mira, Alicia, vamos a hacer una cosa. Tú envía el mismo perfil. Y luego hablas con Marcelo: si él te dice que lo cambies, lo cambias. Y ya está. ¿Qué te parece?

—A mí me da lo mismo. Quien va a presentarse a la oposición eres tú.

—Entonces no te preocupes y haz lo que te digo —insistí, disfrutando del agrado imprevisto de haber conseguido invertir la clase de relación que me unía a Alicia, pues ahora era yo quien intentaba calmar su alarma—. Tú envía ese perfil, y por la tarde hablas con Marcelo. Él sabrá lo que hay que hacer.

—¿Y si no encuentro a Marcelo por la tarde?

—Lo encontrarás.

—Eso espero.

—Si no lo encuentras, me llamas. —Concluí—: Bueno, Alicia, ahora perdóname, es que tengo algo de prisa. Y gracias por todo.

Creí notar una leve sombra de rencor en su voz cuando dijo:

—No hay nada que agradecer, tú. Que yo sólo hago mi trabajo.

—Claro, claro —admití—. Pero... en fin. —Me sentí obligado a añadir algo. Me oí añadir—: ¿Sabes una cosa, Alicia? Algún día deberíamos tomarnos una copa juntos. —Antes de que pudiera arrepentirme de lo que había dicho, dije—: Bueno, Alicia, mañana nos vemos.

Colgué y, conteniendo a duras penas la impaciencia por escuchar el recado del contestador, volví al vestíbulo, cerré la puerta de casa y recogí las bolsas de la compra; luego las dejé en la mesa de la cocina y puse el contestador. Se oyó un rumor siseante y lejano, que podía confundirse con el del mar, o con el que hace la gravilla al ser pisada o, quizá, con el de un gemido continuado y débil; no se oyó ninguna voz. El ruido se cortó en seguida, y al colgar pensé que la llamada podía haber sido de la madre de Luisa, incapaz una vez más de grabar correctamente un recado; luego pensé que podía ser de Claudia, quien, pese a que la voz del contestador ya no era la de Luisa sino la mía, tras unos instantes de vacilación había cedido al temor de que mi mujer pudiera oír lo que quería decirme y había colgado sin grabar nada. Como me ahorraba la mala conciencia por no devolverle la llamada a mi suegra, la primera hipótesis no me desagradó; tampoco la segunda, porque permitía suponer que el silencio de Claudia estaba a punto de romperse. Confortado por esa suposición, ordené en la cocina las cosas que había comprado en el supermercado, y ya me disponía a salir a comer a Las Rías cuando volvió a sonar el teléfono. «Claudia», pensé, antes de descolgar.

—¿Está Luisa? —oí.

Dije que no.

—Ah, eres tú, Tomás. Soy Oriol Torres. No sé si te acuerdas de mí.

—Sí, claro —dije—. ¿Cómo estás?

—Bien. Llamaba porque ayer tenía una cita con Luisa, en el departamento, pero no se presentó. ¿Le ha pasado algo?

—No, no —me apresuré a contestar—. Lo que pasa es que, bueno, la verdad es que no sé por qué no fue. Supongo que se le olvidaría.

—Qué raro. ¿Sabes cuándo podría hablar con ella?

—No sé. —Dudé un momento—. No va a venir a comer, pero si quieres puedes llamar a casa de su madre. A lo mejor está allí.

—¿Tienes el número?

Se lo di.

—Gracias —dijo Torres, y añadió—: La llamaré allí.

Me llegué hasta Las Rías pensando en la llamada de Torres, que me había extrañado bastante porque conocía la puntualidad con que Luisa solía atender a sus compromisos. Como apenas era la una, Las Rías estaba casi vacío: sólo había un camarero joven, preparando las mesas para la comida, y un individuo de dudosa catadura —cetrino, de ojos muy separados, con la cara picada por una especie de viruela— que tomaba un vermut encaramado en un taburete, frente a la barra. Me senté a una de las mesas que ya estaban preparadas y pedí el menú y, mientras daba cuenta de él sin demasiado apetito, apareció el patrón. Me saludó y comentó desde la barra:

—Otra vez te han dejado solo, ¿eh, Tomás?

El individuo del taburete abandonó por un instante el vermut y se volvió hacia mí: una sonrisa despectiva le separó los labios, mostrando unos minúsculos dientes negruzcos. Creo que me ruboricé.

—Sí —dije, por decir algo—. Últimamente no hay manera de que Luisa coma dos días seguidos en casa. —Pensando en el individuo del taburete, me pareció apropiado agregar—: Mujeres.

El patrón debió de advertir que su comentario me había incomodado, porque salió de la barra y durante un rato estuvo conversando conmigo. Esto acabó de molestarme. Más que por la calidad de la cocina, yo disfrutaba de las comidas en Las Rías porque me ahorraban el incordio de cocinar y me permitían leer a mis anchas el periódico; privado de este último placer, abrevié la colación y, mientras los habituales del local empezaban a ocupar las mesas, pagué y salí.

La siesta fue compacta y reparadora, pero me dejó en la boca un regusto digestivo. No eliminó, desde luego, el malestar físico, pero contribuyó a atenuarlo, reforzando el efecto de las dos aspirinas del desayuno; para no dar respiro al resfriado («Si lo dejo seguir su curso, quién sabe si puede acabar degenerando en pulmonía», me dije), con un café bien caliente empujé otras dos aspirinas.

Fui al despacho. Durante casi tres horas estuve trabajando con una eficacia y una lucidez que me asombraron, y al acabar había pasado en limpio el esquema del artículo sobre *La voluntad* y todas las notas que había tomado en casa de Marcelo; también había redactado un par de folios que, según pensé entonces, debían servir como introducción al trabajo, y que me gustaron mucho. Dejándome arrastrar por la euforia (sentí que la noche anterior no había sido demasiado optimista al pensar que el artículo sobre *La voluntad* estaba casi hecho), me hice esta reflexión: «Una de las ventajas de escribir es que acaba prestando a quien escribe una inteligencia que en realidad no posee». La frase me pareció tan feliz que la juzgué una confirmación de la idea que formulaba. Así que, para celebrar el recién descubierto placer de sentirme inteligente y la fecundidad de mi primera tarde de trabajo, decidí tomarme un descanso antes de continuar trabajando por la noche.

10

Fui a la peluquería. Y, bien pensado, es extraño que fuera allí donde ocurrió; quiero decir: donde me pareció entender lo que había ocurrido.

Cuando entré en el local, los tres peluqueros estaban ocupados. Me senté en un sillón y, mientras esperaba mi turno hojeando una revista, noté que un tipo monopolizaba la conversación de la concurrencia. No hubo forma de ignorar el tema de su perorata: la decadencia de los valores y las costumbres, un enunciado que sólo delata la decadencia mental de quien lo formula, pues es capaz de fantasear con la idea de que este mundo ha sido alguna vez un lugar habitable. Me fijé en el tipo. Era un hombre de mediana edad, alto, robusto y muy moreno, que vestía con la lujosa vulgaridad de esos empresarios trapaceros que se enriquecen con la misma rapidez con que se arruinan; pero lo que de veras llamaba la atención en él era la extraña disparidad que existía entre un físico y unas facciones casi distinguidos –la barbilla fuerte y en punta, los labios bien dibujados, el cráneo egregio– y el individuo zafio y petulante que se manifestaba a través de sus palabras y se asomaba a sus ojos: muy chicos, muy juntos, sin brillo. Pensé que era como si una persona estuviera encerrada en el cuerpo de otra. Sarcásticamente pensé: «Quién sabe: a lo mejor se trata de un nuevo tipo de filósofo». Como si me hubiera oído pensar y quisiera darme la razón, el hombre pareció ir a prolongar su discurso en una dirección inesperada; buscándome los ojos en el espejo observó:

—Lo primero que hay que leer en un periódico es la página de sucesos.

El peluquero que le atendía se atrevió a interrumpirle.

—¿La de deportes no sirve?

Se oyó una risita.

—No sirve —contestó el filósofo—. La página de sucesos nos permite tomarle el pulso al tiempo. Se lo repito por enésima vez: el del nuestro está desbocado. Hace un par de días, sin ir más lejos —prosiguió, didáctico—. Venía una noticia relativa a una familia compuesta por un padre y dos hijos. Vivían en el mismo piso, pero al parecer sólo el hijo mayor trabajaba. Una noche discutieron por el canal de televisión que iban a ver y el hijo mayor, contrariado porque no le dejaban disfrutar de su programa favorito, cosa a la que creía tener derecho por ser él quien traía el dinero a casa, arrojó a su hermano pequeño por la ventana del comedor, que estaba separada de la calle por cinco pisos. Sólo la alarma de los vecinos y la llegada de la policía impidieron que arrojara también al padre. —Hizo una pausa teatral, con el propósito evidente de suspender la atención del auditorio—. Para que luego vengan los apologistas del presente a decirnos que la televisión no hace daño —prosiguió con severidad—. Pero díganme, ¿qué reflexión les sugiere este episodio lamentable?

Ahora fue el peluquero que atendía al filósofo quien me buscó en el espejo; guiñándome un ojo respondió:

—Que hay que pensárselo dos veces antes de aceptar un trabajo.

Alguien, tal vez el mismo de antes, reprimió una risa. Uno de los clientes aventuró:

—Que en casa siempre hay que tener como mínimo dos televisores.

La carcajada fue general.

—Son interpretaciones posibles —concedió el filósofo, impertérrito. Acto seguido añadió—: Pero permítanme que les proponga una menos trivial. Háganse la siguiente reflexión: hace años, en realidad no tantos, la gente mataba por ideales, por dinero, por pasión, por celos; ahora, en cambio, se mata por tener el control del mando a distancia. ¿No les parece que este detalle define mejor que cualquier estadística el signo de los tiempos?

Ya digo que fue extraño, porque es extraño que sólo entonces, como en un relámpago de lucidez, creyera comprender. «Claudia», pensé. Me pareció increíble no haber caído en la cuenta hasta entonces de algo tan obvio; también, de un modo instantáneo e irrefutable, de que todo encajaba.

Me levanté, y con un paso rígido y lento, que traicionaba la urgencia angustiosa que me dominaba, salí haciendo caso omiso de los dos comentarios que me despidieron.

—Oiga, adónde va —preguntó uno de los peluqueros—. Si es sólo un momento.

Otro se lamentó:

—Esto pasa por cortarle el pelo a cualquiera.

11

Yo no tenía las señas de Claudia; tampoco las recordaba. Lo único que recordaba era una calle breve y empinada, paralela a República Argentina, justo debajo del Puchet, con un bosque, un solar o un parque al fondo, y en algún sitio un edificio de ladrillos rojos, con una portería y un gran hall encristalados. Pese a ello, confiaba en que, espoleada por la necesidad, mi memoria me orientaría en seguida. Me equivoqué.

Un taxi me dejó en la plaza Lesseps. Precipitadamente eché a andar República Argentina arriba, mirando a un lado y a otro, sin reconocer nada, quizá sin ver nada. Cuando me detuve, había agotado República Argentina, y estaba junto a la estación de metro de Vallcarca, en un paseo con bancos y césped: a la izquierda y arriba se extendía la montaña del Puchet; a la derecha y abajo, el barrio de Vallcarca. Atardecía; gruesas nubes grises tapaban el cielo. Procurando fijarme en detalles que pudieran orientarme, en los nombres de las bocacalles que daban a República Argentina, desanduve camino. Pasé junto a dos callejones mínimos; luego crucé Agramunt, Travessia, Escipió. Justo en el cruce siguiente creí reconocer la panadería donde la semana anterior había comprado el desayuno; en la esquina un letrero anunciaba: «Carrer de Ballester». Como el nombre de la calle me sonaba (o como creí que me sonaba), eché a andar por ella en dirección a Mitre. Llegué al cruce entre Ballester y Ferran Puig; miré arriba, hacia la montaña: un borroso macizo verde cerraba la calle. Sin convicción pensé: «El parque». Recorrí varias veces Ferran Puig, y no tardé en admitir que no era la calle de Claudia. Siguiendo el macizo, que me pareció una referencia segura, llegué a una verja de hierro, enorme, pintada de verde, que se abría sobre la entrada de un parque populoso de helechos, cipreses, palmeras y rocas enormes y semienterradas en el césped; aunque aún no era de noche, los globos de luz de las farolas, sucios de insectos muertos, difundían una luz dudosa, que apenas alcanzaba a envolver en un halo mortecino el tobogán, el semicírculo de hierro y la doble hilera de columpios que emergían del suelo.

Esta vez sí estuve seguro. Sofocado y con frío, con la camisa empapada de sudor pegada a la espalda, bajé corriendo la primera manzana; en la segunda reconocí el edificio; también, con una especie de gratitud, al portero, que, detrás de la ventana corredera de cristal, tenía la barbilla apoyada en una mano, mientras con la otra parecía estar rellenando un crucigrama. No pude evitarlo: porque a veces la mente actúa también de forma refleja, en vez de pensar en algo útil recordé a Jerry Lewis.

El portero me miró con una mezcla de desconfianza y aburrimiento, se levantó, salió de su garita, abrió la puerta del hall y, con su conocida falta de cortesía, preguntó:

—¿Adónde va?

Sólo entonces me di cuenta de mi error. Comprendí que la impaciencia por dar con la casa de Claudia me había ofuscado; comprendí que hubiera debido esperar a que el portero se retirara de su garita e intentar entonces entrar sin que me viera, pues en el manojo de llaves de Claudia debía de haber una copia de la que abría la puerta del edificio; o podría haber inventado una buena excusa que justificara mi presencia allí. Cualquier cosa menos ofrecerme como una víctima sudorosa e inerme a aquel individuo fisgón. Todo esto debí de pensarlo o sentirlo en un instante; en cuanto a la pregunta del portero, opté por lo más fácil, y lo más fácil era decir la verdad.

—No la veo desde el fin de semana —me informó el portero, una vez que le hube confesado que iba a ver a Claudia. La noticia no me sorprendió: apenas ratificó una sospecha que rápidamente se me había trocado en certeza–. Es raro: ayer empezaba a trabajar y todavía no ha dado señales de vida.

Con una celeridad y un aplomo que me llenaron de asombro, improvisé:

–No sé, a mí me ha llamado esta mañana para pedirme que venga a regarle las plantas de la terraza.

–Eso también es raro, porque antes de marcharse de vacaciones me encargó a mí que lo hiciera. –Dos inmensos globos oculares me enfocaron, y por un momento me sentí desnudo–. ¿Desde dónde dice que le ha llamado?

–Desde Calella. Está pasando allí unos días de vacaciones con sus padres. –En ese momento se me ocurrió una idea. «Gracias, Dios mío», pensé, en un maravilloso instante de alivio. «No le ha pasado nada»–. Supongo que habrá venido a trabajar a Barcelona y se habrá vuelto con sus padres, para alargar las vacaciones.

–Ni hablar –contestó el portero–. Antes tendría que haber venido a recoger sus cosas aquí. La habría visto. Además –añadió, acabando de hacer añicos la esperanza que yo había abrigado por un momento–, sus padres sólo habían alquilado la casa de Calella durante el mes de agosto. Y ya estamos a dos de septiembre.

–Pues no sé –sonreí, devuelto de golpe al abatimiento y la confusión–. Quizá... Quizá me ha llamado desde otro sitio. La habré entendido mal. El caso es que le he prometido que hoy mismo regaría sus plantas. Y aquí me tiene... –El portero se acarició la nariz con un dedo desconfiado y, juntando con esfuerzo los labios, se tapó los dos dientes frontales, que un momento después volvieron a quedar a la vista. Como no acababa de decidirse a franquearme el paso, lo aparté con una mano y dije–: Con permiso. La verdad es que tengo un poco de prisa.

Ya había echado a andar por el hall cuando oí a mi espalda:
–¿Quiere que suba con usted?
Me volví de golpe.

—No, no, muchas gracias, no se moleste —respondí—. Puedo arreglármelas solo.

—¿Y cómo piensa entrar en la casa?

Saqué las llaves de Claudia y se las mostré.

—Me ha dejado una copia —dije, y añadí, absurdamente—. Por si pasaba algo, supongo.

Entré en el ascensor, apreté el botón del ático y subí acompañado por un leve zumbido mecánico y por una imagen deplorable: un tipo de pelo caótico y pegajoso, de piel sudada, de aspecto desvalido, casi implorante; la fiebre brillaba en sus ojos, le agrandaba las pupilas, parecía afilarle los pómulos, la nariz, la barbilla. Los espejos no mienten: la imagen que reflejaba éste era la mía. Uno nunca sabe cómo va a reaccionar en momentos de tensión; a mí, en aquella oportunidad, sólo se me ocurrió arreglarme un poco (el pelo, la americana, la camisa, los pantalones), como si creyera que alguien iba a estar esperándome arriba.

No me esperaba nadie, por supuesto. Lo que me esperaba era un breve descansillo con una única puerta de madera, blanca y sólida, una escalera que bajaba hacia el piso inferior y otra que subía hacia la azotea después de recalar en un descansillo aún más breve; también me esperaba un silencio perfecto, que me sobrecogió. No era la primera vez que estaba frente a aquella puerta, pero me pareció que la veía por vez primera. La angustia me cerraba la garganta. Me propuse dominar los nervios; mi primer movimiento desmintió este propósito: menos porque esperara una respuesta que por librarme de la opresión del silencio, apreté el timbre; el sonido me sobresaltó: tuve la impresión de que resonaba por todo el edificio, y me pareció una forma inútil, si no peligrosa, de llamar la atención del vecindario. En todo caso, nadie respondió. Cuando el eco del timbre se hubo apagado, sobrevino un silencio ya no opresivo, sino inquietante. La imaginación se me disparó: vi el cuerpo de Claudia, como un garabato de trapo, en el suelo del salón, tendido en las baldosas de la cocina, hundido hasta la frente en un agua de color sangre, en la bañera. Haciendo un esfuerzo conseguí ahuyentar esas imágenes de pesadilla, intenté tranquilizarme, inspiré y espiré varias veces, me insté a proceder con método. Primero examiné con cuidado la cerradura. Hice lo mismo, después, con el manojo de llaves de Claudia; seleccioné tres; con manos temblonas las probé: sólo una de ellas encajaba en la cerradura. Intenté abrir la puerta, pero sólo necesité quince minutos de sudor y forcejeos (durante los cuales volví a encender varias veces la luz de la escalera, que se apagaba automáticamente) para convencerme de que nunca lo conseguiría; no al menos con esa llave: al fin y al cabo, a Claudia le había costado Dios y ayuda, pese a su destreza y a su familiaridad con la cerradura defectuosa. Sin embargo, no permití que me venciera el desaliento. Quizá porque con el esfuerzo me había crecido, a la desesperada determiné indagar otra vía de acceso al ático de Claudia. No ignoro que, en este contexto, la expresión «a la desesperada» corre el riesgo de parecer inconveniente, por cómica o por exagerada; no lo es: ¿a quién que no esté desesperado puede ocurrírsele la idea de entrar en un ático por un lugar distinto de la puerta que ha sido incapaz de abrir con la llave correspondiente?

Subí el tramo de escalera que me separaba del primer descansillo y al llegar a él se apagó la luz. Bajé al descansillo del ático, la encendí, volví a subir. Las paredes del primer descansillo estaban decoradas por pequeños rectángulos de cristal translúcido y, no recuerdo cómo, llegué a la conclusión de que detrás de los rectángulos se abría la terraza donde Claudia y yo habíamos estado conversando y bebiendo la noche del jueves. Por un momento consideré seriamente la posibilidad de romper como fuera uno de los cristales y colarme en la terraza; por fortuna, la alarma que el ruido despertaría en el vecindario y el tamaño de los rectángulos de cristal, que en modo alguno hubieran dejado pasar un cuerpo humano, me disuadieron de ese propósito insensato. «La azotea», pensé acto seguido. Lo reconozco: debí de imaginarme colgado por las manos de una cornisa, balanceándome enérgicamente en el vacío y dejándome caer, con las piernas flexionadas y la mirada alerta de hombre habituado al peligro, en la terraza de Claudia... Es posible que alguna vez pensemos como adultos, pero la verdad es que casi siempre imaginamos como niños. Lo cierto es que subí el último tramo de escalera, empujé una puerta y salí a una azotea vasta y cuadrangular, ceñida por un pretil de piedra arenisca.

Fuera ya era de noche; el cielo estaba vacío de estrellas y sobre la azotea caía en silencio una lluvia fina y negra, helada. Quizá porque la lluvia y la noche alteran nuestra percepción de las cosas, de pronto tuve la impresión de que estaba en otra ciudad; la idea me inquietó, y cuando me asomé al pretil por la zona bajo la que, según calculé, se hallaba la terraza de Claudia y me enfrenté a la altura de nueve pisos que me separaba del suelo, lo que vi no contribuyó a tranquilizarme. Un rato antes la calle de Claudia me había parecido un lugar apacible, casi doméstico; ahora, desde la altura de la azotea, me pareció un hervidero de animales minúsculos, o una maqueta viva, perversa, vagamente amenazadora: las cúpulas móviles y negras de los paraguas eran como caparazones de escarabajos con un aguijón metálico clavado en el centro; los coches, disciplinados y relucientes igual que hermosas máquinas de guerra, poseían bajo la lluvia una serenidad de leopardo en reposo; los árboles eran como diminutas flores monstruosas, copudas y goteantes, y un contenedor de basura semejaba una inmensa oruga de aluminio, con la panza llena y la boca todavía anhelante; y las farolas, que tejían en torno a ellas una telaraña luminosa, blancuzca e impalpable, parecían luciérnagas irguiendo con altivez el tronco y humillando la cabeza. Recuerdo que pensé: «Para viajar, para visitar otra ciudad, a veces no hace falta salir de la propia». También pensé: «Me encuentro mal. Tengo visiones. Tengo fiebre». Otra inquietud me distrajo de ésta: me imaginé colgado en el vacío, aferrado con las manos al resbaladizo pretil; la idea me aflojó las piernas.

Bruscamente consciente de la lluvia, que me estaba empapando, regresé a la escalera. De nuevo la hallé a oscuras. Di la luz y, porque comprendí que estaba actuando con precipitación, me senté en un peldaño y traté de poner en orden mis ideas. «Una cosa es segura –pensé, cuando me hube serenado un poco–. Claudia está muerta. Ahí, al otro lado del umbral, en la cocina, en el salón, en la bañera; en cualquier otro sitio. Muerta.» Era la primera vez que formulaba con claridad esta idea. Aún más que el hecho de que Claudia estuviera muerta, me desconcertó comprender que no volvería a verla. Creo que por un instante estuve a punto de echarme a llorar. Haciendo un esfuerzo, recapacité; me dije que no podía escoger peor momento para dar rienda suelta a las emociones, que debía dominarlas. «Hay que pensar con claridad, atenerse a los hechos; y el hecho es que Claudia no existe –pensé otra vez, como si a base de repetirla fuera a habituarme a esta idea, o a atenuar su espanto–. Está muerta.» Era evidente que el marido se había apresurado a cumplir su amenaza; recordaba su nombre: Pedro; no su apellido: ¿Bugeda, Uceda, Utrera? También recordaba las palabras de Claudia: «Está desquiciado... Ha llegado a darme miedo. Yo le conozco bien, cómo no voy a conocerle, y en seguida me digo que no tengo por qué asustarme, al fin y al cabo siempre ha sido un fanfarrón y un bocazas, pero no sé, a veces tengo la impresión de que se ha convertido en otra persona, de que es capaz de cualquier cosa». No le conocía bien: no era un fanfarrón ni un bocazas. Y era capaz de cualquier cosa. Pensé: «El muy hijo de puta. ¿Lo habrá hecho él? ¿O le habrá pagado a alguien por hacerlo? Qué importa: está muerta y ya está. Ni siquiera importa cuándo ocurrió. Quizás el mismo viernes, después de despedirme de ella. Pero también podía haber ocurrido después, en cualquier momento...». De golpe caí en la cuenta: recordé que el viernes, después de descubrir que me había quedado con las llaves de Claudia, yo había marcado su número de teléfono y, al contestarme una voz de hombre, furiosa y perentoria, había colgado sin contestar, convencido de haberme equivocado. «No me había equivocado –pensé con angustia–. El tipo que contestó el teléfono era él, el marido. Por eso el sábado por la noche, cuando volví a llamar después de que Luisa se acostara, me pareció reconocer la voz del contestador automático. Era su voz sonando en el piso vacío. Para entonces Claudia ya estaba muerta. En la cocina, en el salón, en la bañera; en cualquier otro sitio. Muerta. El muy hijo de puta. Fue el viernes, entonces. Inmediatamente después de despedirme de ella. O casi inmediatamente. Quizás esperó a que saliéramos y ella volviera sola. O quizá no y quizás es sólo cosa del azar que yo esté aquí fuera, mojado y febril, pensando, y no ahí dentro, en la cocina, en el salón, en la bañera, en cualquier otro sitio, junto a ella, igual que ella. El azar. Buena palabra: ahorra muchas explicaciones. También fue cosa del azar que Luisa estuviera en Amsterdam, que yo acabase el esquema del artículo aquella tarde y que se me ocurriera precisamente ir a ver *La mujer del cuadro*, encontrarme a Claudia y que me llevara a su casa y que justamente al día siguiente, mientras yo todavía estaba allí, el hijo de puta llamase... A la mierda con el azar. Aquella mañana Claudia habló con él y, quizá para alejarlo del todo, o para vengarse de él, le contó lo nuestro. Los celos habrán acabado de desquiciarlo.» Me pareció que esta hipótesis era verosímil; también, que era insoportable, porque me atribuía parte de la responsabilidad de la muerte de Claudia, y añadía a la atrocidad del hecho en sí la atrocidad de la culpa. Pensé: «Como una pesadilla». La idea debió de confortarme; igual que si quisiera prolongarla, conjeturé: «Esto es un sueño. Estoy durmiendo. Ahora despertaré».

No desperté. Comprendí de golpe, en cambio, que lo importante de verdad no era que yo me creyera responsable de la muerte de Claudia, sino que alguien pudiera creerlo. Apenas revisé los hechos, la evidencia me venció: con alguna incredulidad, con angustia, sobre todo con miedo, acepté que todos los indicios apuntaban a mí. Lo de menos era que hubieran podido vernos tomando cerveza en la terraza del Golf o, poco después, cenando en el restaurante de Aragón con Pau Claris; ni siquiera me preocupaba el taxista que nos llevó hasta la casa de Claudia: difícilmente podría reconocerme.

Pero el mensaje que yo había grabado en el contestador automático de Claudia no tardaría en poner a la policía sobre aviso; otros indicios se encargarían de adensar la sombra de sospecha que esa pista arrojaba sobre mí. El cine y la literatura nos han acostumbrado a creer en las huellas dactilares como infalibles instrumentos para identificar delincuentes, pero hasta aquel día nunca pasaron de ser para mí un pobre recurso narrativo; el pánico me hizo cambiar de opinión: juzgué que mis huellas, diseminadas por toda la casa, constituían un inequívoco indicio acusatorio, que no podrían contrapesar las del verdadero asesino, porque éste habría tenido buen cuidado de no dejarlas, o de borrarlas. «Además –pensé–, está el portero. Averiguarán que Claudia murió el viernes y él declarará que ese día me vio entrar y salir varias veces del edificio, que estuve con Claudia, declarará que hoy he vuelto y le he mentido, que le he dicho que he hablado por teléfono con ella cuando ya no podía hablarse con ella, porque ya estaba muerta.» Inesperadamente concluí: «Declarará que yo la maté». Para mí la situación era una pesadilla; comprendí que para los demás sería apenas un rompecabezas donde todas las piezas encajaban.

En el momento de mayor ofuscación se fue otra vez la luz. Me levanté para darla de nuevo cuando, más que pensar, sentí que no debía hacerlo, pues corría el riesgo de llamar la atención del portero, o de los vecinos, sobre mi presencia en la escalera; también sentí que me faltaba el aire, y que me haría bien salir a la calle. Extremando el sigilo y las precauciones, empecé a bajar a tientas la escalera; a cada paso temía toparme con alguien, que una puerta se abriera de golpe, que se encendiera la luz; de los pisos llegaban apagados ruidos domésticos: los falsos disparos de una serie de televisión, el tintineo de unos cubiertos, retazos incongruentes de una conversación cercana. Cuando llegué a la planta baja, me asomé con cautela al hall: en la garita del portero no había nadie. Con el corazón latiéndome en la garganta, precipitadamente crucé el hall, abrí la puerta y salí.

En la calle seguía lloviendo. Como si no me importara mojarme, o como si la lluvia pudiera aclarar las ideas o borrar el miedo, eché a andar sin una dirección precisa. Caminé durante algún tiempo; no pensaba en nada, no reparaba en nada. Sin duda imaginaba que, mientras más me alejara de la casa de Claudia, más seguro estaría, porque al cabo de un rato de andar sin rumbo me sorprendí en el cruce de Muntaner con Mitre, frente a una gasolinera como una isla de luces estridentes —rojas, verdes, blancas, anaranjadas, azules— en la noche negra y lluviosa. Me detuve. Sentí frío y fiebre y, mientras me subía la solapa mojada de la americana, al otro lado de la calle divisé un taxi libre, parado frente a un semáforo en rojo. Crucé la calle y subí al taxi.

12

Eran más de las once cuando llegué a mi casa. Estaba empapado y descompuesto. No me duché; no me cambié de ropa. Llamé a Marcelo.

—¿Marcelo? —pregunté—. Soy Tomás. Perdona que te moleste a estas horas, pero...

—Perdonado —concedió, ocultando apenas la irritación—. Está visto que esta noche no me vais a dejar trabajar.

Intentando apaciguarlo, aventuré:

—Te he interrumpido.

—No importa. —Ahora la voz sonó sincera—. Mañana tengo que presentar en Madrid la última novela de mi amigo Marsé. ¿La has leído?

—No —dije. Marcelo no me permitió cambiar de tema.

—Pues tú te lo pierdes. Un estudiante me contó no hace mucho que él había dejado de ser marxista para ser marsista. Es una tontería, pero seguro que es verdad: este tipo se ha empeñado en ser el John Ford de Gracia; es una lástima que a veces se conforme con quedarse en Henry Hathaway... Coño, ya sé de qué voy a hablar mañana. —El hallazgo pareció impacientarle, porque inquirió con urgencia—: Bueno, ¿qué quieres?

De golpe no supe por dónde empezar.

—Ha pasado algo terrible, Marcelo —atiné a decir—. Terrible.

—Ya me he enterado —dijo, asombrosamente—. Y la verdad: no creo que sea para tanto.

Un hilo de frío me recorrió la espalda. De nuevo pensé que estaba soñando. «No puede ser», pensé. La voz apenas me alcanzó para gemir:

—¿Cómo que no es para tanto? ¿Cómo que ya te has enterado?

—Sí —dijo—. Alicia acaba de llamarme. Me ha dicho que Llorens ya ha enviado el perfil.

—¿Qué perfil?

—¿Qué perfil va a ser? El de las oposiciones. Mira que llegas a ser asno. Pero, en fin, no pasa nada: mañana hablas con Llorens y le dices de mi parte que llame a Marieta y que lo cambie por...

—¡Pero quién se preocupa ahora de las oposiciones! —grité—. ¡Te digo que ha pasado algo terrible!

—Coño, Tomás. Ni que hubieras matado a alguien.

—Algo parecido.

—¿Cómo que algo parecido?

—Algo parecido —repetí—. Se trata de Claudia.

—¿Claudia?

«No se acuerda», pensé, dividido entre el rencor y el desaliento. Pensé: «Por mucho que hablemos con los otros, por mucho que estemos con ellos, siempre estamos solos».

—Claudia —repetí, todavía incrédulo—. Ayer me pasé toda la tarde hablándote de ella.

—Ah, Claudia. —Creí que fingía recordar; no fingía—. El fantasma. ¿Qué pasa con ella?

—Está muerta.

—No me jodas, Tomás. Que eso sólo pasa en las novelas rusas.

—No la he matado yo —le corregí, exasperado—. Fue el hijo de puta del marido. O alguien que él envió. Yo qué sé. Lo único que sé es que Claudia está muerta y que me van a acusar a mí de haberla matado. Hay un recado mío en su contestador automático y el portero me vio entrar en su casa, y además están las huellas.

—¿Qué marido? ¿Qué portero? ¿Qué huellas? —preguntó, alzando un poco la voz con cada interrogante—. Hazme un favor, Tomás —continuó, en otro tono—. Tranquilízate un poco y cuéntame con calma qué es lo que ha pasado.

Con toda la calma que logré reunir, le conté lo que había pasado.

—Hombre, Tomás, no seas atolondrado —dijo Marcelo cuando acabé—. Que no encuentres a la chica no significa que esté muerta.

—Entonces ¿dónde está?

—Pues no lo sé. Se habrá quedado en la playa, con los padres y el niño.

—Imposible. —Alegué—: Me habría llamado. Quedamos en que nos llamaríamos. Me dijo que el martes sin falta tenía que trabajar; ya tendría que estar de vuelta. Además, el portero me ha asegurado que los padres de Claudia sólo alquilaron la casa de Calella durante el mes de agosto. No ha pasado por su casa, no está en la playa, no ha ido a trabajar. ¿Dónde quieres que esté? —Cediendo al abatimiento, añadí—: No hay nada que hacer. Claudia me lo advirtió. El tipo llevaba tiempo amenazándola. Desgraciadamente no me lo tomé en serio; de haberlo hecho, a lo mejor Claudia todavía estaría viva.

—No seas idiota, Tomás: tú no tienes ninguna culpa. Ni siquiera puedes estar seguro de que esté muerta.

—¡Claro que está muerta! ¿No te das cuenta de que no hay otra explicación?

—Ya, ya —murmuró. Después de un silencio preguntó—: Bueno, ¿y qué piensas hacer ahora?

—No lo sé —reconocí—. ¿Para qué crees que te he llamado?

—Podrías hablar con los padres de la chica. A lo mejor ellos saben algo.

—¿Y cómo los localizo? No tengo su número de teléfono, ni siquiera sé cómo se llaman, ni dónde viven. Nada. ¿Cuántos Paredes puede haber en Barcelona? —Grité—: ¡Montones!

—Haz el favor de no levantarme la voz, Tomás. Y tranquilízate de una vez. —Hizo otra pausa, que aproveché para llenarme de aire los pulmones—. Mira, yo no sé si la chica está muerta o no, aunque la verdad es que todo esto pinta bastante mal. Ahora, está claro que si la han matado te has metido en un buen lío. En fin. Supongo que lo más sensato es no correr riesgos y tratar de que por lo menos no te carguen con el muerto, ahora que todavía podemos.

—Sí, pero ¿cómo? —pregunté—. ¿Yendo a la policía? No creas que no lo he pensado.

—Eso ni se te ocurra; si entras en comisaría, no sales —sentenció como si hablase por experiencia. Quizá por la tensión acumulada, y porque en ese momento supe que Marcelo iba a echarme una mano, un nudo se me formó en la garganta. Me corregí: «No estamos tan solos»—. Hay demasiadas pruebas que te acusan y, si es verdad que el marido la ha matado, ya se habrá encargado él de que hayan quedado bien a la vista; por lo menos tanto como de eliminar las suyas. Yo creo que para empezar lo que hay que hacer es entrar en la casa. Dijiste que tenías las llaves, ¿no?

—Sí. Pero ya te he dicho que fui incapaz de abrir. Claudia me lo advirtió: la cerradura está mal.

—Estará mal, pero bien que entrasteis vosotros el otro día —puntualizó—. Hay que volver a probarlo. Hay que entrar como sea. Borraremos el recado del contestador, limpiaremos tus huellas del piso. Lo dejaremos igual que estaba antes de que se te ocurriera la brillante idea de meterte en él.

—Lo malo va a ser el portero —le previne.

—¿Qué pasa con el portero?

—Está todo el día de guardia. Ni siquiera nos dejará entrar.

—Eso ya lo veremos —objetó, animoso: en un momento había pasado de la preocupación a una especie de euforia—. Lo que ahora necesito es tiempo para pensar. Hay que elaborar un plan y actuar de acuerdo con él. Y no perder ni un minuto: en cualquier momento pueden descubrir el cadáver. De momento vamos a hacer una cosa. Yo no puedo saltarme el compromiso de mañana. La presentación del libro es a las dos; como mucho a las siete cojo el puente aéreo, y a las ocho estoy aquí. ¿Tú tienes algo que hacer?

—Sólo un examen.

—¿A qué hora?

—A las once.

—Perfecto. Así estarás ocupado. Después vuelve a casa a comer. Te llamaré. Para entonces ya se me habrá ocurrido algo. Podemos quedar en el mismo aeropuerto. Desde allí iremos a casa de Claudia.

Hubo otro silencio. Sinceramente dije:

—No sabes cómo te agradezco lo que estás haciendo, Marcelo.

—Los agradecimientos al final, Tomás, al final, que de momento no he hecho nada —me riñó—. Tú ahora lo que tienes que hacer es dejarme un rato en paz, tomarte un par de pastillas y meterte en la cama. Te conviene dormir bien; mañana nos espera un día de órdago. Y no te preocupes, hombre —concluyó—. De ésta saldremos.

De palabra volví a agradecerle lo que había dicho; mentalmente, el plural.

13

Antes de meterme en la cama me tomé un Tranxilium; poco después me dormí.

Al día siguiente desperté agotado, como si hubiera pasado la noche en vela. Me levanté y me puse el termómetro: marcaba treinta y ocho grados y medio. Me asusté. Sin embargo, porque juzgué más prudente no faltar al examen que quedarme en casa, fui a la cocina, exprimí un zumo de naranja mientras masticaba dos aspirinas y me lo bebí; luego me afeité, me duché, me vestí, desayuné; luego tomé un tren hacia la Autónoma.

Al llegar fui directamente al aula del examen. No lo había fotocopiado, así que lo dicté. Apenas llevaba diez minutos paseando por el aula, nervioso, deprimido y febril, vigilando a los estudiantes y luchando contra mi acreditada propensión a anticipar catástrofes y contra el nulo optimismo que infundía, al otro lado de las cristaleras, la macilenta mañana de septiembre, cuando apareció Llorens. Su sola presencia en el aula me alarmó y, antes de que empezara a hablar, comprendí por el rictus que le desdibujaba la boca que algo desagradable había ocurrido. Simulando una mezcla de asombro y satisfacción, para que no le oyeran los estudiantes susurró:

—Por lo menos esta vez no se te ha olvidado venir al examen.

Pensé: «¿A qué has venido? ¿A vigilarme?». Increíblemente, me oí decirlo en voz alta. Veinte pares de ojos atónitos se clavaron en Llorens y en mí. Durante el embarazoso silencio que siguió, pensé que estaba perdiendo el control de mis actos, y al tragar saliva sentí en la garganta una punzada agudísima; pensé: «Tranquilo. No pasa nada». No tuve tiempo de intentar subsanar el error, porque Llorens me hurtó con su cuerpo a las miradas de los estudiantes, como si quisiera evitarles un espectáculo innoble, y con voz de tener lista su venganza murmuró:

—En parte sí. ¿Podemos salir un momento?

Salimos.

—Perdona, Enrique —me apresuré a disculparme—. No entiendo cómo he podido hablarte así. —Me llevé el dorso de la mano a la frente—. Hoy me he despertado con fiebre; no debí haberme levantado, pero por no faltar al examen...

—Entiendo, entiendo —me cortó en seco. Luego fue al grano—: No está bien que yo hable contigo de esto, pero lo voy a hacer. Ayer envié el perfil de tu plaza al decanato. Alicia habló contigo, ¿verdad? ¿Qué perfil le diste?

De golpe recordé el inicio de la conversación que había mantenido con Marcelo la noche anterior. «Sólo faltaba esto», pensé. Le dije qué perfil le había dado a Alicia.

—Exacto —corroboró—. Ése es el que envié.

—¿Dónde está el problema, entonces? —pregunté, animado por una brizna de esperanza.

—Alicia habló anoche con Marcelo. ¿Sabes lo que dice él? Que con ese perfil te barren. Así de claro: es un perfil demasiado general, demasiado poco restrictivo. Y yo me pregunto: ¿a quién le importa que te barran? También me pregunto: ¿con qué perfil no te barren? Da lo mismo: hay que cambiarlo.

—Lo siento —dije, esforzándome por fingir contrariedad, aunque de la irritación de Llorens deduje una buena noticia: que tendría que ser él quien hablase con la decana para cambiar el perfil de la plaza—. Yo creía que era el mismo del año pasado. En fin. —Me encogí de hombros y, con voz compungida y mirada de cordero, añadí—: Lo siento, Enrique.

Aunque apenas tenía cuarenta y cinco años, Llorens lucía una calva sonrosada y reluciente y unos aladares poblados que se le derramaban sobre las sienes en una cuidada melenita de anciano, rizada y gris. Era de mediana estatura, de complexión débil y miembros grandes y flácidos, de ademanes nerviosos y voz estridente, y usaba unas gafas de cristales redondos que parecían descansar sobre los pómulos colmados y le achicaban los ojos, volviéndoselos remotos y huidizos; vestía una ropa muy holgada y muy cara, con la que trataba en vano de neutralizar tanto su irrefrenable tendencia a la obesidad como la vulgaridad sin atractivo de sus facciones. Era profesor de fonología, al parecer muy bueno, y, desde hacía un año, jefe del departamento, cargo que había aceptado con la esperanza de que le permitiera maniobrar para obtener una cátedra; pero, en cuanto comprendió que el rígido escalafón de la facultad frenaría por el momento su ascenso, optó por delegar tácitamente todas las responsabilidades del cargo en Alicia, igual que habían hecho sus antecesores, y regresar sin remordimiento a sus investigaciones de lingüista. Este retiro estudioso le autorizaba a sus ojos a abstenerse de intervenir en los asuntos del departamento salvo cuando su concurso era indispensable, cosa que por fortuna sólo muy de tarde en tarde ocurría, porque estas incursiones de urgencia agriaban su carácter por lo común cordial y hasta simpático y le sumían en un estado de irritación justiciera.

—Lo siento, lo siento. ¡Mierda! —explotó Llorens, y por un momento la calva se le puso colorada y el pelo de la melenita, por contraste, casi blanco—. El que lo siente soy yo. La decana ya habrá enviado el perfil al rectorado. No tienes ni idea de cómo las gasta esa mujer: ¿sabes la que se va a armar cuando le diga que hay que cambiarlo? No lo sabes, claro. Pues te voy a decir una cosa, Tomás. Estoy hasta la coronilla de hacer de chacha. Hasta la coronilla. Así que esta vez no pienso dar la cara por ti. Si quieres cambiar el perfil, llamas tú a la decana y te apañas con ella. Por mí puedes decirle que hablas en nombre del departamento. Me da igual. Lo único que exijo es que soluciones el problema que tú mismo has creado. Es lógico, ¿no?

Yo sabía tan bien como Llorens que eso quizás era lógico, pero no era lo que convenía hacer; que, si de veras queríamos cambiar el perfil de la plaza, quien debía hablar con la decana no era yo, sino él. Yo sabía todo eso, pero, como comprendí que me faltaban fuerzas para discutir con Llorens, o que era inútil intentarlo, asentí.

Llorens se fue sin despedirse y, mientras le veía alejarse por el pasillo contoneándose con sus andares de loca, melancólicamente pensé: «Nunca vienen solos: un problema atrae a otro problema. Parece que últimamente el que los atrae soy yo». Haciendo un esfuerzo recapacité: «Éste tiene solución». La idea no me confortó, porque me recordaba que el de Claudia no la tenía.

Apenas había vuelto a entrar en el aula cuando me pareció sorprender la mirada curiosa e irónica de un estudiante posada sobre mí; el estudiante bajó en seguida la vista. Imaginé entonces que toda la clase había oído la bronca de Llorens. No sé si me ruboricé.

14

Mientras esperaba el ascensor en el hall de la facultad vi a Bulnes acercándose pesadamente por el pasillo, grande, patizambo y barbudo, asintiendo con gravedad profesoral a las explicaciones de una estudiante negra. Por un momento, porque no ignoraba que, pese a sus esfuerzos de adaptación a la realidad, Bulnes seguía perteneciendo a ese tipo de gente que sólo defiende sin reservas y sin preguntas una causa cuando sabe que está de antemano perdida y puede por tanto ejercitar en la derrota prevista la indignación moral que le produce el desorden del mundo, y porque de golpe sentí una urgencia casi física de confiar en alguien y el aspecto de gladiador inocentón de Bulnes me resultó de golpe acogedor, pensé en esperarle y en pedirle que intercediera para que Llorens hablara con la decana, pero a la puerta de la facultad la estudiante negra se despidió de él y se le unió Andreu Gómez, un medievalista rubio, tartamudo y aficionado a contar chistes verdes, que me intimidaba un poco por el descontrol entorpecido y agresivo de su verba y porque siempre que me encontraba con él en los lavabos le veía salir de allí, hubiera hecho lo que hubiera hecho, sin lavarse las manos. No me sentía con ánimos de hablar con Gómez, así que subí por las escaleras.

Cruzaba frente a la puerta de la oficina del departamento cuando, como si hubiera estado esperándome, Alicia asomó la cabeza.

—¿Has hablado con Llorens?

Sin detenerme le dije que sí. Alicia insistió:

—¿Y?

En ese momento se me ocurrió una idea. Di media vuelta y, como pensé que Bulnes y Gómez estarían a punto de aparecer por el pasillo, para poder hablar a solas con Alicia la empujé dentro de la oficina y cerré la puerta.

—Te has enterado, ¿no? —pregunté.

Alicia entornó los ojos y cabeceó afirmativamente.

—Ya te advertí que podía haber problemas —dijo, cargándose de razón—. ¿Qué te ha dicho Llorens?

—Que no piensa pedirle el cambio de perfil a la decana.

—No me extraña. Es un maricón y un comemierda. Y además la decana está hasta el moño de nosotros. Esta mañana ha vuelto a armarla con lo de las matrículas: como para que Llorens le vaya ahora con lo tuyo... Bueno —suspiró—, ¿qué piensas hacer?

—No lo sé —mentí, mirándome la punta deslustrada de los zapatos.

—Pues averígualo pronto. El cambio hay que pedirlo cuanto antes, porque mañana seguro que ya lo habrán enviado al rectorado, si es que no lo han hecho hoy. Y una vez en el rectorado...

Levantando de golpe la vista, propuse:

—Oye, a lo mejor podrías hablar tú con ella.

Apenas me oí pronunciarla me arrepentí de esta frase, no tanto por la cobardía que delataba como porque súbitamente me pareció la cima de la mezquindad preocuparme por mi futuro profesional sabiendo que Claudia estaba muerta.

—¿Con quién? ¿Con la decana? —preguntó Alicia, a punto de echarse a reír—. ¿Estás loco, o qué?

—Olvídalo, Alicia —le pedí, acobardado por la certidumbre angustiosa de que todo lo que hacía o decía sólo contribuía a empeorar la situación; abriendo la puerta de la oficina para salir, añadí—: Perdóname. No sé cómo se me ha ocurrido pedirte una cosa así.

Alicia me cogió de un brazo y dijo:

—Espera un momento, Tomás.

Cerró la puerta y, sin soltarme el brazo, me pasó una mano maternal por el pelo, me miró a los ojos con sus grandes ojos negros e irónicos, sonrió.

—Si pudiera lo haría, Tomás —dijo sin que la voz se le hubiera contagiado de la suavidad de la mirada—. Pero no puedo. Hay cosas que puedo hacer y cosas que no puedo hacer, y ésta es de las últimas. Yo no puedo actuar fuera del departamento como actúo dentro, sólo soy una auxiliar administrativa, no sé si te das cuenta, y una auxiliar administrativa no puede andar por ahí pidiéndole a la decana que cambie el perfil de la plaza de un profesor... —Endulzó la sonrisa para añadir—: Lo entiendes, ¿verdad?

Creo que fue en ese momento cuando por vez primera sentí por Alicia una especie de ternura. Intentando salvar un resto de dignidad, me apresuré a asentir.

—No te preocupes —dije—. Ya me espabilaré.

—Lo que tienes que hacer es hablar con Marcelo —dijo, muy segura—. Él sí que puede convencer a la decana, ya sabes que son amigos desde hace tiempo y que...

—Sí, ya lo sé —dije, aunque también sabía que hasta por la noche no podría hablar con Marcelo, y que para entonces ya sería demasiado tarde—. Hablaré con él.

—Si quieres le llamo ahora mismo a su casa.

—No te preocupes, Alicia. Le llamaré yo.

—Como quieras. Pero hazlo en seguida. Cuanto más tardes, peor.

Recogí la correspondencia que había en el buzón.

—Bueno. —Forcé una sonrisa—. Me voy.

Alicia no se había movido de la puerta. Mirándome a los ojos preguntó:

—Oye, Tomás, ¿te encuentras bien?

—¿Por qué lo preguntas?

—No sé. Tienes mala cara.

—Me parece que tengo un poco de fiebre —reconocí—. Últimamente no duermo muy bien. Seguro que no es nada. Ya se me pasará.

—Eso espero. Y en cuanto a las oposiciones, en serio, yo de ti no me preocuparía: llama ahora mismo a Marcelo y dile que hable con la decana; ya verás cómo él lo arregla. Para estas cosas tiene muy buena mano. Y por cierto —dijo, alegrando la voz—, supongo que la copa sigue en pie.

—¿Qué copa? —De golpe recordé: me pareció increíble que el día anterior se me hubiera ocurrido invitar a Alicia a tomar una copa, y volví a sentir que era incapaz de gobernar del todo mis actos, como en esos sueños donde uno hace siempre lo contrario de lo que quiere, o de lo que debería hacer—. Ah, sí. Claro que queda en pie. Cualquier día de éstos nos la tomamos.

Fui al despacho, abrí la correspondencia y la examiné: la mayor parte fue a parar a la papelera; el resto lo dejé sobre la mesa. Miré el reloj: era la una y media. Salí del despacho y, cuando había recorrido ya la mitad del pasillo, advertí que delante de la puerta de la secretaría había un grupo de profesores conversando con algún acaloramiento; reconocí a Llorens, a Bulnes, a Andreu Gómez, a Jesús Moreno; también reconocí a Alicia. Tal vez porque era Llorens quien llevaba la voz cantante en el grupo, temí que estuvieran discutiendo sobre mí, de modo que di media vuelta y salí del departamento por la puerta trasera. A toda prisa bajé las escaleras, y recuerdo que en el hall me crucé con Berta Vidal y Viñolas, una catedrática de literatura alemana, fornida, arrogante y viril, a quien Marcelo llamaba indistintamente La Gran Berta y Berta Vidal und Viñolas. Ya estaba a punto de salir de la facultad cuando alguien me tocó en el hombro. Me volví asustado, como si acabaran de sorprenderme en falta.

—¿Qué tal, Tomás? ¿Cómo estás?

Quizás a causa de la fiebre, o del aturdimiento, tardé en reconocerla. Era la decana. Vestía un suéter azul y una falda amplia y estampada de flores; un moño sujeto con alfileres rojos le recogía el pelo en la nuca. Sonreía con todos los dientes, de una forma que me pareció exagerada. Le devolví la sonrisa y el saludo.

—¿Te lo han dicho ya en el departamento? —preguntó.
—¿El qué?
—Ayer nos dieron el perfil de la plaza. —Anunció, radiante—: Acabo de enviarla al rectorado.
—Qué bien, ¿no? —acerté a decir.
—Sí. La verdad es que yo también me alegro.
Sobreponiéndome al desaliento, traté de reaccionar.
—De todos modos, no sé, a lo mejor el perfil os parece demasiado general, demasiado poco concreto. Eso puede ser un problema, ¿no?
—Al contrario —aseguró, reforzando la sonrisa para apaciguar la fingida inquietud de mi comentario—. Lo que de verdad me alegra es que la plaza esté destinada a un generalista. Mira, Tomás, te seré franca —agregó con una seriedad que borró al instante la sonrisa de su boca, aunque no de sus ojos, que siguieron brillando de un modo curioso—. Yo a los departamentos no quiero imponerles nada a la fuerza, no creo que sea forma de actuar, la verdad; por eso el otro día no os dije nada a Marcelo y a ti. Pero no te imaginas lo que me alegra saber que pensamos lo mismo. La universidad está cambiando, y lo peor es que hay gente que no quiere enterarse. Necesitamos personas polivalentes, que sepan de muchas cosas y que además sepan explicarlas; la investigación es otra cosa: eso va por otro lado, tiene sus cauces y sus recompensas. ¡Pero ya está bien de especialistas en naderías, hombre!
—Sí, sí, claro. —Tímidamente me atreví a objetar—: Pero lo que pasa es que todavía hay mucha gente que piensa que la especialización es necesaria.
—¡Y lo es! ¿Quién ha dicho que no lo sea? —protestó, subrayando con un garabato brusco y desacompasado de las manos la pertinencia de mi observación—. No se puede saber todo de todo; y tampoco se trata de convertirnos todos en diletantes. Pero cualquiera sabe que, a poco que uno se descuide, en la universidad la especialización acaba convirtiéndose en una forma de ignorancia. Te aseguro que es la gran excusa de los

inútiles y de los que quieren que no cambie nada, porque cualquier cambio les da pánico. Lo digo en serio: ya está bien de formar especialistas en saberes microscópicos e inútiles, investigadores semianalfabetos y con vocación de patán, y que para colmo ni siquiera podrán dedicarse a investigar. Lo que hay que formar son personas inteligentes y cultas, ciudadanos útiles a la sociedad, capaces de ser felices y de hacer felices a los demás; en definitiva: hombres de bien, ¿no te parece?

Convine enfáticamente, qué remedio, con el diagnóstico de la decana.

—En todo caso —añadí luego, intentando dejar abierto un resquicio a la esperanza—, no me extrañaría que desde el departamento quisieran cambiar a última hora este perfil por otro un poco más restrictivo. Si quieren hacerlo, por mí no te preocupes: me da igual uno que otro. Es más, puestos a elegir la verdad es que…

—Te lo agradezco, Tomás, pero de eso ni hablar —me interrumpió, con una expresión endurecida por la conciencia de que debía a toda costa impedir el supuesto sacrificio que yo le estaba ofreciendo con el propósito embustero de ahorrarle enfrentamientos y sinsabores—. No voy a permitirlo. Una vez que el asunto está en el rectorado, yo ya no doy marcha atrás. ¡Estaría bueno! Además, aquí lo que cuenta es el informe del jefe del departamento. Y el jefe del departamento ya ha dicho lo que piensa. O sea que tú tranquilo: ése es el perfil que va a misa.

Sintiéndome incapaz de negociar con ella (o confiado en que Marcelo la haría cambiar de opinión), le di las gracias. Luego expliqué:

—Bueno, tengo que marcharme. Voy a perder el tren.

La decana recobró de golpe la plenitud de su sonrisa.

—¿Vas a Barcelona?

—Sí.

—Yo también voy para allá. Si quieres te llevo en coche. Por suerte esta tarde no tengo que volver.

—Gracias —dije—. Pero no hace falta que te molestes.
—No es ninguna molestia. ¿Dónde vives?
Se lo dije.
—¡Qué casualidad! —exclamó—. Me pilla de paso.

15

Durante el trayecto en coche continuamos conversando. Aunque agitada al principio por un nerviosismo de mujer desacostumbrada a la compañía masculina, la decana parecía feliz: hablaba gesticulando mucho, con urgencia, tocándose de vez en cuando los alfileres que le sostenían el moño, en un tono de franqueza que al principio me extrañó, y que al final casi acabó halagándome; sonreía; constantemente se volvía hacia mí. Por mi parte me limité a seguir los meandros de su discurso, lo que en algún momento me permitió olvidar el embrollo de las oposiciones y la inminente llamada de Marcelo desde Madrid; en cuanto al plan que habría urdido Marcelo, como pensaba acatarlo sin discusión ni siquiera me había parado un momento a imaginarlo.

La decana habló al principio de Marcelo: me contó cómo le había conocido, elogió sus libros y sus clases, de un modo amistoso y risueño ridiculizó su forma anticuada de entender la universidad. Esto le dio pie para volver a hablar de la universidad, permitiéndole recuperar el aplomo protector de su cargo. Habló del nuevo plan de estudios: amargamente se quejó del que había elaborado mi departamento; también, del desastre que estaba provocando en el momento de las matrículas.

—Por lo menos en lo de tus oposiciones han acertado —dijo, con una mezcla de firmeza y alivio—. La verdad es que yo no las tenía todas conmigo. Ya lo sé: más de uno dirá que con este perfil se va a presentar mucha más gente. Es verdad. Y qué. Para empezar están las necesidades de la facultad; nadie parece reparar en eso, todo el mundo va a la suya. Pero, además, si el candidato de la casa es bueno, la competencia no tiene por qué ser perjudicial; más bien puede ser un estímulo, ¿no te parece?

—Claro —mentí, cediendo de nuevo al hábito servil de darle la razón—. Por qué no.

—Eso es lo que me parece a mí. Y no es que yo quiera ponerles dificultades a los candidatos de la casa, y desde luego tampoco soy de los que siguen creyendo en la falacia de la objetividad. Tú enseñas literatura, habrás leído a Bergamín. «Yo, como soy sujeto, soy subjetivo», dice. «Si fuera objeto, sería objetivo.» —Se rió de una forma ruidosa, sin ganas, como si quisiera atenuar con la risa el escándalo aparente de la frase que acababa de citar—. Es gracioso, ¿no? Pero es que además es verdad. Yo no creo que nadie pueda ser objetivo. Y menos que nadie, el tribunal de unas oposiciones. En todo caso, por responsabilidad y por sentido común, está claro que es la propia universidad la que debe escoger a la persona que le interesa. Aunque, claro, el candidato debe reunir unas condiciones mínimas.

Detalló esas condiciones; instintivamente las cotejé con las que yo reunía: el balance confirmó mis peores sospechas. A continuación la decana habló de la autonomía universitaria, y mientras lo hacía me asaltó una evidencia: comprendí que la decana hablaba menos para exponerme sus ideas que para evitar a toda costa la desazón del silencio; o porque mientras hablaba de la universidad creía estar hablando de otra cosa. Como si me hubiera leído el pensamiento, la decana se interrumpió.

—Perdona —dijo, cabeceando con pesadumbre, y sonrió hacia el parabrisas con una doble hilera de dientes perfectos—. Te estoy aburriendo. La verdad es que este cargo acaba siendo tan absorbente... A veces me da la impresión de que me estoy convirtiendo en una burócrata.

Hubo un silencio, durante el cual la decana pareció cavilar. Estábamos entrando en Barcelona. El sol blanco del mediodía reverberaba sobre la autopista, poniendo charcos de agua ilusoria en el asfalto ardiendo; una bruma gris de suciedad y falso otoño prematuro flotaba a lo lejos. Porque el silencio duraba ya demasiado, o porque intuí que prolongarlo equivalía a confirmar tácitamente las palabras de la decana, me sentí obligado a decir algo. Abrí una ventanilla y dije:

—Bueno, supongo que alguien tiene que hacerlo, ¿no?

—¿El qué?

—Tu trabajo. Alguien tiene que hacer de decano.

—¿Verdad que sí? —preguntó y aprobó al mismo tiempo, con énfasis, como si mi observación desbloqueara la solución del problema que interiormente había estado debatiendo. En tono de queja explicó—: Lo más fácil es que cada uno se dedique a lo suyo. Pero el bien general es superior al bien particular. Eso lo dijo Aristóteles, me parece, y sigue siendo verdad, aunque ya nadie se acuerde de ello. Y alguien tiene que dedicarse al bien general, ¿no? Es una cuestión de responsabilidad.

Durante un rato la decana continuó hablando. Yo debí de distraerme, porque a la altura del Hospital de San Pablo oí una pregunta que me desconcertó:

—¿Qué te parece?

Para no delatar mi distracción, fingí dudar.

—Pues, la verdad, no sé.

—Podemos ir a cualquier restaurante de por aquí —precisó—. Por mí no hay prisa: tengo toda la tarde libre. Y así celebramos lo de tu oposición.

Con alguna incredulidad, entendí. Supongo que tendría que haber aceptado la invitación: para no contrariar a la decana, desde luego, y también porque quién sabe si, animado por la cordialidad locuaz de una mesa compartida, no me hubiese resuelto a sincerarme con ella y a rogarle que cambiase el perfil de la plaza. Sin embargo, no la acepté. En parte, supongo, porque la propuesta me desconcertó, y en parte porque, después de oír a la decana, ya había descartado la posibilidad de que yo pudiera convencerla de que se aviniese a pedirle al rectorado el cambio de perfil; pero sobre todo porque sabía que debía estar en casa cuando Marcelo me llamase.

—No sé qué decirte —fingí titubear, mientras buscaba la forma menos hiriente de rechazar la invitación—. La verdad es que hoy no me va muy bien.

—¿Por qué no? —preguntó, con una mezcla de excitación y sofoco—. De todas maneras tienes que comer, ¿verdad?

—Sí, pero... Es que acabo de recordar que tengo un compromiso.

La excusa no era falsa, pero debió de parecerlo, porque al instante la decana se encerró en un silencio humillado. Mientras le indicaba el chaflán donde debía dejarme, intenté suavizar la aspereza de la negativa.

—De todos modos, podemos quedar para comer cualquier otro día, ¿no?

—De acuerdo —convino al tiempo que paraba el coche y me fijaba con un brillo de angustia en sus ojos verdísimos—. ¿Cuándo?

—No sé. —Me encogí de hombros, acosado por una brusca necesidad de salir cuanto antes del coche—. Cualquier día.

Algo asombroso ocurrió entonces. Noté que una mano como una zarpa me aferraba el muslo, mientras, sonriendo sin alegría, la decana me acercaba exageradamente un rostro ansioso y desencajado.

—Llámame a mi despacho. O mejor ven a verme. Cuando quieras. Vendrás a verme, ¿verdad?

Debí de prometer algo, balbuceé una excusa y salí a toda prisa del coche. «Qué raro —pensé, subiendo las escaleras de mi casa, jadeante y con el corazón latiéndome en la boca—. Quién me iba a decir que un día a las mujeres les daría por perseguirme.»

En el contestador automático había un recado; no era de Marcelo, sino de la madre de Luisa. «Otra vez», pensé, con extrañeza y fastidio. Mi suegra deseaba hablar conmigo, me pedía que la llamase; no la llamé. Llevé mis cosas al despacho, las ordené un poco y, aunque no me sentía bien y el cansancio y la fiebre me habían quitado el apetito, suponiendo con razón que el día podía ser muy largo decidí que me sentaría bien comer.

Bajé a Las Rías. Como eran más de las dos y media, el restaurante estaba abarrotado. Recuerdo que pensé en el servicio de comidas a domicilio que Las Rías había estrenado esa misma semana y me arrepentí de no haberlo usado, y ya estaba a punto de volverme para salir a buscar otro restaurante cuando el patrón apareció entre las mesas y me indicó con la mano un rincón del fondo, donde había una desocupada. Recogí un periódico de la barra y me senté. Urgente, sudoroso y de buen humor, el patrón anotó el pedido y me lo sirvió en seguida, no sin permitirse un comentario de cumplido sobre alguna noticia del día. Luego me dejó a solas y, mientras comía sin hambre, leyendo con encarnizamiento el periódico para sustraerme a la algarabía del local, más de una vez levanté la vista y busqué con alguna aprensión, entre la clientela, al individuo cetrino que el día anterior bebía su vermut en la barra; con inexplicable alivio advertí que no estaba. Fue entonces cuando leí la noticia: venía en la sección de sucesos, y anunciaba que la policía buscaba desde hacía unos días a una mujer morena y de mediana edad, que había desaparecido de su residencia veraniega en Calella; casi sin asombro leí las iniciales de la mujer: C. P. Recorté la noticia y me la guardé.

De regreso en mi casa me tumbé a dormir la siesta, pero después de una hora de dar vueltas sin sosiego en la cama, tenso y hostigado por la ansiedad y por el temor infundado de no oír el teléfono, incapaz de abolir la realidad, me levanté sin haber pegado ojo. Fui a la cocina, preparé café, me bebí un par de tazas, mastiqué un par de aspirinas, con impaciencia me dispuse a esperar la llamada de Marcelo.

No recuerdo en qué me entretuve durante toda la tarde, pero sí que cuando el teléfono sonó ya eran casi las siete.

—¿Tomás? —oí defectuosamente, pero reconociendo la voz con alivio—. Soy yo, Marcelo.

—Creí que ya no ibas a llamar —admití—. ¿Dónde estás?

—En Barajas todavía. Te llamo desde una cabina. Ahora no tengo tiempo de hablar: dentro de cinco minutos sale mi avión; a las ocho estaré en Barcelona.

—Iré a buscarte al aeropuerto.

—No. Espérame en el Oxford.

—¿Dónde?

—En el Oxford. Yo iré en coche hasta allí.

—¿Y para qué quieres ir al Oxford?

—Ya te lo contaré luego. Tú estate allí a las ocho, que yo llegaré en cuanto pueda.

—De acuerdo —accedí; en aquel instante me cruzó por la cabeza el enredo de las oposiciones y, aunque temía que ya era demasiado tarde para componendas, dije—: Por cierto, Marcelo, hay otro problema.

—¿Otro? ¿Qué ha pasado?

—Se trata de las oposiciones. Ha habido un error y...

—¡Déjate ahora de oposiciones y piensa en lo que tienes que pensar! —gritó Marcelo—. Que esto va en serio, coño.

—Tienes razón, Marcelo, perdóname —dije, avergonzado; luego pregunté—: ¿Quieres que lleve alguna cosa al Oxford?

—Sobre todo no te olvides de las llaves de la chica.

Iba a contarle que la policía ya estaba buscando a Claudia cuando a través del auricular oí confusamente una voz resonante e impersonal que anunciaba un vuelo.

—Maldita sea: voy a perder el avión —se lamentó Marcelo—. A las ocho en el Oxford, ¿de acuerdo?

Sin esperar respuesta colgó.

16

Una de las escasas tertulias literarias que todavía queda en Barcelona se celebra en el Oxford, un bar de aire vagamente británico situado en la parte alta de la ciudad, muy cerca de la esquina de Mitre con Muntaner. Porque se trata de una costumbre condenada a la extinción, asistir a una tertulia literaria es realizar un deliberado ejercicio de anacronismo; mantenerla (o contribuir a mantenerla) equivale a intentar prolongar una forma sosegada y antigua de entender la vida.

Si la tertulia del Oxford sobrevive aún se debe a la constancia de los hermanos Arices, Jacinto e Ignacio, cuya probidad intelectual, prestigio de hombres de bien y tenaz cordialidad convoca cada martes y cada jueves, de ocho a diez de la noche, a un grupo variable de frecuentadores: jóvenes profesores universitarios, hispanistas europeos o norteamericanos de paso por la ciudad, viejos eruditos y catedráticos de toda la vida, antiguos alumnos, traductores, estudiantes silenciosos o intimidados, algún escritor. A la peculiar idiosincrasia de los hermanos Arices debe también la tertulia del Oxford la única regla –no escrita pero inflexible– que gobierna su funcionamiento: allí todo el mundo debe ser acogido con afecto, tratado con deferencia y escuchado con atención. Jacinto e Ignacio Arices eran hijos de don Francisco Arices, un ilustre historiador andaluz, discípulo de don Ramón Menéndez Pidal, que durante la década de los veinte vivió varios años en la Residencia de Estudiantes de Madrid y entabló amistad con lo mejor de la joven intelectualidad española. Pasada la guerra, don Francisco hubo de exiliarse en Francia, pero al cabo de cinco años regresó para instalarse en Barcelona y, no mucho después, gracias a su reputación de sabio y al favor de alguna amistad influyente que todavía conservaba, consiguió que se olvidara su pasado de fundador de la FUE y se reintegró a la universidad. Un frondoso prontuario de anécdotas ilustraba su vida, o el relato que se hacía de su vida; Marcelo Cuartero, que se consideraba discípulo suyo, me había referido alguna. En una ocasión Marcelo le había acompañado al campo de fútbol de Les Corts. Don Francisco era al parecer un hincha confeso del Barça, pero a lo largo del encuentro, que la actuación del árbitro volvió polémico, permaneció imperturbablemente interesado en los lances del juego, ajeno al griterío incriminatorio que le rodeaba, intentando a duras penas justificar los errores arbitrales. Sin embargo, cuando ya hacia el final del partido, con los dos equipos empatados, el árbitro pitó un penalti contra el Barça, la trabajosa ecuanimidad de don Francisco saltó en mil pedazos: rojo de ira, se levantó de su asiento y, mientras a su alrededor se mentaba a la madre del árbitro y a éste se le acusaba de graves delitos que evidentemente no había cometido, a voz en grito, con los brazos levantados le increpó don Francisco: «¡Imprudente!». Luego, tembloroso y avergonzado, mirando a su alrededor como anhelando que su desahogo hubiera pasado inadvertido, regresó a su asiento. Fue también Marcelo quien me contó cómo don Francisco, cuya vocación pedagógica sólo podía competir con el respeto que le inspiraban sus maestros, perdió por primera y única vez los estribos en una clase. Había hecho subir al estrado a un estudiante y, mientras éste exponía su trabajo, don Francisco lo escuchaba con extrema atención, con los ojos entrecerrados, cabeceando con aprobación. Todo iba bien hasta que de repente el alumno aludió a Menéndez Pidal llamándole «Menéndez». Bruscamente pálido, don Francisco interrumpió al estudiante. «¿Menéndez? –preguntó, incrédulo–. ¿Ha dicho usted Menéndez?» El alumno asintió, confundido y perplejo. «Pero ¿qué dice usted, hombre de Dios? ¿Qué es eso de Menéndez? —volvió a preguntar, ya fuera de sí—. Querrá usted decir don Ramón. O Pidal. O Menéndez Pidal. Pero, por favor, ¿qué es eso de Menéndez?» Airadamente don Francisco devolvió al estudiante a su asiento y dio por concluida la clase y, mientras se dirigía a su despacho, desbaratado por el asombro, algunos estudiantes le oyeron murmurar para sí: «¡Ha dicho Menéndez!». Al día siguiente don Francisco pidió públicamente perdón al estudiante.

Don Francisco había educado a sus hijos en la tradición laica, austera y puntillosa de la Institución Libre de Enseñanza: les había inculcado la vocación de la felicidad, el amor por los libros, el placer de la inteligencia y de la disciplina, el instinto de la generosidad, la pasión por la pedagogía y el culto de la amistad. Aprovechando para citar un célebre ensayo de Montaigne, a Ignacio le gustaba argumentar, medio en serio y medio en broma, que la amistad es moralmente superior al amor: según él, éste es a menudo excluyente y posesivo, de un egoísmo burdo, y tarde o temprano acaba evaporándose o degenerando en mero intercambio mercantil; la amistad, en cambio, sólo puede ser, para Ignacio, abierta y generosa, y por definición repudia cuanto no sea desinteresado comercio de afectos e ideas. «Además —concluía con una sonrisa traviesa—, a diferencia del amor, la amistad tolera largas infidelidades. Por eso dura más.» A su educación institucionista debían también los hermanos Arices, además de sus modales de caballeros de antes y su vocabulario sin mácula, un hecho que los llenaba de orgullo; ambos habían aprendido y practicado un oficio manual: Jacinto era mecánico; Ignacio, cerrajero. A pesar de todo, los dos hermanos no podían ser más distintos: Jacinto era alto, reservado, distinguido, de piel muy blanca, de facciones serenas, ligeramente desgarbado, ligeramente altivo; Ignacio, en cambio, era de escasa estatura, de carácter campechano, casi efusivo, de piel rojiza y rasgos afilados, de gestos rápidos y copiosos, de trato natural. Jacinto era catedrático de lengua en la Universidad

Central; Ignacio, catedrático de literatura en la Universidad Autónoma. Por aquella época Jacinto ya había dejado de impartir clase en la universidad para ejercitar las suavidades vaticanas de su carácter en cargos de cierta responsabilidad política, lo que le obligaba a vivir a horcajadas entre Barcelona y Madrid y a no frecuentar la tertulia del Oxford tanto como lo hacía su hermano; éste, en cambio, continuaba entregado a la docencia y la investigación, y no se cansaba de proclamar su incapacidad, no ya para las labores políticas, sino para las simplemente burocráticas, lo que acompañaba de una ferviente apología de la inmadurez. «A lo mejor es cierto que entrar en la universidad es sólo un modo de prolongar la adolescencia, y que los que trabajamos en ella lo hacemos por miedo a enfrentarnos a la realidad o, lo que es lo mismo, a la vida adulta –solía decir–. Bueno, y qué. Sólo a un necio le desagradaría prolongar la adolescencia, sobre todo cuando uno ya ha pasado por ella y sabe cómo gozar de sus felicidades y lidiar con sus desdichas. ¿Que no tenemos la menor noción de cómo funciona la realidad? Repito: y qué, si hasta cierto punto podemos permitirnos el lujo de prescindir de lo más grosero e incómodo de ella. Hay gente que le acusa a uno de inmadurez como quien acusa de un delito, pero eso no pasa de ser un reproche de solterona resentida, porque para mí que la madurez es una absurda imposición de la realidad, una especie de castigo que nada tiene que ver con la virtud ni con la vida buena.»

No era infrecuente oír esta clase de comentarios en boca de Ignacio, que detestaba la hipocresía del puritanismo. Por lo demás, yo nunca sabía si atribuir sólo a su vieja amistad con Marcelo el hecho de que Ignacio me profesara un afecto que no justificaba ni mi paso por sus clases como alumno mediocre, ni mis esporádicas visitas al Oxford, ni la relación, continuada pero superficial, que nos unía en el departamento. Este afecto, que yo no entendía porque no creía merecerlo, me situaba siempre a la defensiva ante Ignacio, como si temiera que en el momento más inesperado fueran a desvelarse los motivos reales que lo habían suscitado. O acaso mi incomodidad con él provenía de que Ignacio pertenece a ese raro tipo de personas que siempre le hace sentirse a uno mucho mejor de lo que en realidad es.

17

Poco después de las ocho llegué al Oxford. En cuanto me vio entrar, a Ignacio se le iluminó la cara: se levantó, abrió los brazos, me abrazó; luego arrimó una silla a la mesa en torno a la cual ya se hallaba reunido un grupo de personas. Brevemente saludé a los conocidos: Antonio Armero, catedrático de latín de la Autónoma; José María Serer y Jesús Moreno, compañeros del departamento; Emili Balsa, catedrático de catalán en un instituto de enseñanza media; y Abdel Benallou, un estudiante marroquí que había conseguido una beca de una universidad de Marrakech para escribir su tesis doctoral en Barcelona, con Ignacio, quien sólo había aceptado dirigírsela después de convencerle de que el verdadero autor del *Quijote* no era Cide Hamete Benengeli. Ignacio me presentó también a Bill Peribáñez, un profesor joven, alto, delgado, con gafas, recién llegado de Estados Unidos, y a Javier Cercas, antiguo alumno suyo y profesor de la Universidad de Gerona con veleidades literarias, que acababa de publicar un artículo sobre Baroja que por casualidad yo había leído y que, pese a parecerme insuficiente y torpe, no dudé en elogiar.

Durante unos minutos Ignacio y yo estuvimos conversando aparte. Hablamos del verano y de París, de donde Ignacio acababa de llegar; también de mi artículo sobre Azorín. En algún momento mencioné el hecho de que Marcelo estaba al caer.

–Qué raro –se extrañó–. Hace siglos que no viene por aquí. –Súbitamente alarmado, preguntó–: Oye, no querrá hablar él también de lo de las matrículas.

—Creo que no.

—Menos mal, chico. No sabes lo pesados que se han puesto con este asunto. No me han dejado hacer nada en todo el día. Ya puedo contarles que yo no sé nada de eso, que bastante hice con presidir la comisión de los nuevos planes... Como para encima tener que acordarme ahora de cómo funcionan. Pues nada: no ha habido manera. La decana se ha pasado la mañana llamándome a casa, mira que es pesada esa mujer, oye. Así que por la tarde, en previsión de que la cosa continuara, he cogido y me he ido al cine. Por cierto, ¿has visto *La mujer del cuadro*, de Fritz Lang?

—Sí —dije, y un escalofrío de fiebre me recorrió la espalda—. La fui a ver la semana pasada.

—Yo ya la había visto alguna vez —reconoció—. Pero te digo la verdad: hoy me ha decepcionado un poco.

Un camarero puso sobre la mesa un plato con almendras; le pedí una cerveza y un par de aspirinas. Ignacio me preguntó si me encontraba mal; le dije que no.

—¿De qué estábamos hablando? —preguntó.

—De *La mujer del cuadro*.

—Ah, sí. Bueno, en realidad se titula *The woman in the window*, ¿verdad?; es decir: *La mujer del escaparate*.

—Decías que te había decepcionado.

—Un poco sí, la verdad. —Cogió un par de almendras, se las echó a la boca y las masticó reflexivamente. Luego, acariciando el vaso de whisky, explicó—: Vamos a ver. Un profesor que está de Rodríguez en Nueva York va a cenar con unos amigos a su club, y al salir se para delante de un escaparate donde se exhibe el retrato de una mujer preciosa. De golpe esa mujer aparece a su lado y le invita a ir a su casa a ver otros cuadros del mismo pintor, pero cuando están en casa de la mujer irrumpe un energúmeno a quien el profesor no tiene más remedio que matar. A partir de este momento el profesor, Richard Wanley se llama, se ve envuelto en una auténtica pesadilla. En vez de entregarse a la justicia, que probablemente lo declararía inocente (al fin y al cabo el profesor mató en defensa propia), se libra como puede del cadáver del energúmeno; en vez de rehuir a uno de sus amigos del club, que es el fiscal del distrito y está encargado de investigar el caso, le acompaña en sus pesquisas e incluso, como si se sintiera atraído por su propia perdición, como si en realidad quisiera ser descubierto, para poder expiar así su culpa, le orienta hacia la solución del caso; para colmo de males aparece el guardaespaldas del hombre que mató y le chantajea a él y a la mujer del escaparate... Ya digo, una auténtica pesadilla, y provocada además por una aventura trivial. Hasta aquí todo está muy bien: la atmósfera de amenaza, la torpeza de Wanley, que actúa siempre contra sus propios intereses, como si no controlara del todo sus actos... Pero el final lo estropea todo de una forma aparatosa. En el momento en que Wanley, desesperado porque sabe que van a atraparlo, se suicida, nos enteramos de que todo ha sido un sueño; Wanley se despierta en el club donde había cenado con sus dos amigos, al principio de la película: no se ha suicidado, no ha matado a ningún hombre, no ha conocido a ninguna mujer. Todo ha sido un sueño. –Ignacio miró el vaso de whisky, removió el líquido y dio un trago largo; abriendo los brazos en un gesto de desilusión, añadió–: Un desastre, ¿no te parece? Es como si al final de *La metamorfosis* Kafka hubiera decidido que el pobre Gregor Samsa no se había vuelto un escarabajo, sino que sólo había soñado que se había vuelto un escarabajo. Lo dicho: decepcionante. –Ignacio siguió hablando mientras el camarero me servía y yo empujaba con un sorbo de cerveza las dos aspirinas–. Es posible que, a Lang, este final falso pero optimista le pareciera más digerible por el público; quién sabe si se lo impuso el productor. Lo cierto es que en su tiempo la película tuvo un éxito enorme y que hoy todo el mundo se acuerda de ella. En cambio, bueno –añadió tímidamente, como si se avergonzara de lo que iba a decir a continuación–, yo no sé si has visto *Perversidad*.

Negué con la cabeza.

–¿También es de Fritz Lang?

—También. Si no recuerdo mal, *La mujer del cuadro* es del cuarenta y cuatro; *Perversidad* es del año siguiente. Los actores principales son casi los mismos: Edward G. Robinson hace en las dos películas el papel de protagonista; Joan Bennet, el de *femme fatale*; y Dan Duryea, que es uno de mis malos favoritos, hace naturalmente de malo. Me parece que anda también por ahí algún actor secundario común, y además tanto *La mujer del cuadro* como *Perversidad* transcurren en Nueva York. Ya te digo que las dos películas se parecen mucho, aunque *Perversidad* la produjo el propio Lang; a lo mejor por eso es mejor que *La mujer del cuadro*: porque con ella no estaba sometido a ningún tipo de presiones y gozaba de una libertad casi absoluta… El protagonista de *Perversidad* también es un pobre hombre, bondadoso y algo infeliz, un cajero casado con una mujer fea e intratable, que ni siquiera le deja dedicarse a su única afición, que es pintar. Como la de Wanley, la vida del cajero pintor cambia cuando conoce a una mujer ligera de cascos, una joven preciosa que, animada por su chulo, le saca el dinero al pobre hombre, que tiene que cometer un desfalco en su oficina e incluso permite que sus cuadros se vendan como si fuera ella quien los hubiera pintado. Pero la paciencia o la inocencia del protagonista se agota el día en que se entera de que la chica tiene un chulo; entonces la mata y deja que acusen del crimen al chulo, y que lo condenen a muerte. Como el profesor de *La mujer del cuadro*, el pobre cajero se ve envuelto en una pesadilla, pero la diferencia es que aquí la chica es real y la muerte también es real. No sólo eso: se descubre el desfalco y le despiden de la oficina, y acaba convertido en un vagabundo, solo y loco de remordimiento por haber asesinado a la mujer que quería y haber permitido que se condenase a muerte a un inocente. Terrible, ¿no? Yo creo que *Perversidad* tiene todas las virtudes de *La mujer del cuadro*, pero ninguno de sus defectos: en *La mujer del cuadro* se cuenta una pesadilla atroz, pero al final resulta que esa pesadilla es sólo un sueño, y nos dejan salir del cine tranquilizados y seguros de que esas cosas sólo pasan en las películas; en *Perversidad* también se cuenta una pesadilla, pero esa pesadilla es real: aquella en que cualquiera puede ver convertida su vida por obra de la fatalidad o de una decisión equivocada. De esta forma la película es mucho más dura, pero también, aunque ya nadie se acuerde de ella, mucho mejor. —Ignacio sonrió, modesto y escéptico, y me ofreció un cigarrillo—: Por lo menos eso es lo que me parece a mí. ¿Tú qué opinas?

Acepté el cigarrillo, pero no pude opinar nada, porque Javier Cercas, que había estado escuchando con mal reprimida impaciencia, aprovechó el silencio que precedió a mi respuesta frustrada y, echando mano de la separata del artículo sobre Baroja que le había regalado a Ignacio y que éste había dejado sobre la mesa, entre las bebidas y los ceniceros, puso punto final a la excursión cinéfila de Ignacio llamando su atención sobre algún pormenor del escrito.

Me desentendí de Baroja y de su escoliasta. A la tertulia del Oxford seguía llegando gente, que se acomodaba como podía en torno a las dos mesas que ocupábamos. En la barra y en las otras mesas sólo había unos pocos clientes. Miré el reloj: eran las ocho y media. Me sentía inquieto y febril, y cada vez que se abría la puerta me volvía para ver si era Marcelo. En algún momento apareció Andreu Gómez, a quien le faltó tiempo para acercarse, darme un apretón de manos y contarme con su laborioso tartajeo las incidencias escabrosas de alguna reunión de medievalistas celebrada en Salamanca. Luego Andreu Gómez se sentó entre José María Serer y Jesús Moreno, y yo aproveché para llegarme hasta el baño y lavarme a conciencia las manos. Cuando regresé, la tertulia se había atomizado: Javier Cercas seguía acaparando la atención de Ignacio, que ladeaba hacia él una expresión concentrada y afable; Bill Peribáñez, Emili Balsa y un señor de terno azul, que acababa de llegar, estaban enfrascados en una discusión literaria o política; José María Serer, Jesús Moreno, Abdel Benallou y otro joven cuya cara me sonaba celebraban muertos de risa un chiste que acababa de contar Andreu Gómez, mientras, a mi izquierda, una muchacha de pelo castaño y liso, de grandes ojos inteligentes, hablaba al oído de Antonio Armero, que sonreía beatíficamente, con la mirada perdida más allá de las cristaleras. Al rato la conversación volvió a unificarse. Alguien, tal vez Peribáñez, sacó a relucir el nombre de Cansinos Assens, sobre el que quizás había escrito o estaba escribiendo algo; se elogió *La novela de un literato*, *El movimiento V. P.*; Moreno ponderó las traducciones.

—Por ahí sí que no paso —intervino Armero, que había estado escuchando con mucho interés, las dos manos apoyadas en el puño plateado de su bastón—. Que se elogien los libros mediocres de un escritor mediocre, vaya y pase. La erudición tiene estas cosas, supongo: por malo que sea un libro, basta que no lo haya leído demasiada gente para que al erudito le parezca bueno; o diga que le parece bueno. No creo que así se vaya a ninguna parte, pero en fin... Ahora, de ahí a dar por buena una estafa...

—¿Una estafa? —protestó Serer.

—Una estafa —repitió Armero, frunciendo los labios en un gesto enérgico—. Traductor de *Las mil y una noches*, traductor de Dostoievski... ¡Tonterías! ¿Quién sabía ruso o árabe en la España de aquella época? —Con una pausa prolongó la interrogación—. Nadie —contestó por fin—. Y, menos que nadie, Cansinos, que era un tipo casposo y no demasiado culto, y que por supuesto traducía del francés. Cansinos era un estafador.

Ofendido o incrédulo, Moreno alegó la opinión de Borges.

—Borges era otro estafador —sentenció Armero—. Lo que pasa es que, a diferencia de Cansinos, Borges era un estafador genial.

Una carcajada unánime saludó la frase de Armero, quien, ligeramente confundido por su éxito inesperado, se ruborizó y, afirmándose sobre el puño del bastón, se inclinó hacia Ignacio para aclararle, con una sonrisa pueril, el sentido de su involuntaria humorada. Mientras tanto, Cercas aprovechó de nuevo la estratégica posición que ocupaba en la tertulia (se había sentado al lado de Ignacio) y se las arregló para que la conversación derivase hacia Baroja. Habló del estilo de Baroja, de su influencia sobre el de otros escritores, mencionó a Azorín. Entonces Ignacio dijo que precisamente yo estaba trabajando sobre Azorín.

—¿De veras? Bueno, yo diría que Baroja es un escritor muy superior —opinó Cercas, despectivo, y acto seguido buscó ponerme en un aprieto—: ¿A ti qué te parece?

En el bar se hizo un silencio sólido, apenas roto por una música de fondo que, muy baja, oí ahora por primera vez; lo recuerdo muy bien, porque la canción que sonaba era «Stairway to heaven», y porque me pareció extraño que en el Oxford pusieran música de una banda de rock duro y antiguo como Led Zeppelin. Sentí las miradas de toda la tertulia clavadas en mí, y miré hacia la puerta, deseando fervientemente que Marcelo apareciera; no apareció. Entonces dije:

—Yo no creo que Baroja sea un gran escritor. No digo que no sea un buen novelista, que supongo que lo es; pero no es un buen escritor. En cambio Azorín sí me parece un buen escritor, aunque no sea un buen novelista. Quiero decir que un escritor y un novelista son cosas diferentes. Acuérdate de lo que decía Hemingway sobre Dostoievski —añadí, antes de que Cercas me interrumpiera—: no escribe bien, pero todo lo que escribe está vivo. Eso es un poco lo que le pasa a Baroja. A Azorín le pasa lo contrario: escribe muy bien, pero casi todo lo que escribe está muerto. Yo creo que un escritor es un artesano, mientras que un novelista es un inventor. Encontrar un buen artesano es muy difícil; casi tanto como encontrar un buen inventor. Pero que los dos se den en la misma persona es casi un milagro. Flaubert es casi un milagro; Hemingway, a su modo, también, aunque menos. Pero no Azorín. Ni tampoco Baroja, desde luego.

Acaso celoso de la tácita adhesión que cosechó este juicio, Cercas trató embarulladamente de refutarlo, citó varias veces su artículo y también un libro de Biruté Ciplijauskaité; luego, quizá porque comprendió que las cosas no estaban saliendo como había previsto, desvió con habilidad la conversación hacia las memorias de Baroja. Fue entonces cuando Serer citó una opinión de éste, según la cual la invención de Don Quijote y Sancho es en literatura lo que el descubrimiento de Newton en física. Animando a intervenir a Abdel Benallou, que escuchaba sonriente en un extremo de la mesa, Ignacio aprobó efusivamente el dictamen.

–Nuestra época nos ha acostumbrado al prestigio de la maldad –observó–. Todo eso de que con los buenos sentimientos es imposible hacer buena literatura. O como decía mi maestro Gabriel Ferrater, que había leído muy bien a Gide y a Bataille: «Es imposible hablar de la felicidad sin poner cara de idiota». –Se rió–. Antes hablábamos de Dan Duryea, ¿verdad, Tomás? Casi siempre nos parecen más interesantes los malos que los buenos. Claro que ahí está quien es capaz de convertir la felicidad en materia memorable: ahí está don Jorge Guillén; ahí están los musicales de Vicente Minnelli. En fin. De todos modos –añadió, encogiéndose de hombros–, es cierto que la bondad y la dicha son temas que se resisten a los artistas, pero no es menos verdad que Cervantes descubrió algo que entre todos nos hemos empeñado en olvidar; a saber: que la virtud no es otra cosa que la forma en que se comporta la gente feliz, y que la verdadera aristocracia es la que forman las personas bondadosas. –Hizo una pausa y, mirando a Benallou, sonrió–: ¿Verdad, Abdel?

Benallou asintió. Ignacio continuó hablando: mencionó a Aristóteles, a Spinoza, a Voltaire; finalmente habló de Nietzsche. Aún no había acabado de hablar cuando apareció Marcelo. «Por fin», pensé. Todos los integrantes de la tertulia se levantaron de sus asientos; hubo abrazos, saludos, presentaciones. Ignacio le arrimó una silla junto a él, pero Marcelo no se sentó.

–¡Qué alegría, chico! –exclamó Ignacio, pasándole un brazo por el hombro–. ¿Cómo se te ha ocurrido venir por el Oxford?

–Estuve llamando toda la tarde a tu casa. Por fin hablé con Marta y me dijo que a las ocho estarías aquí.

—Puntualmente —le recordó Ignacio—. Como cada martes y cada jueves.

Marcelo estaba impaciente a ojos vista.

—Tenemos que hablar —dijo.

—Claro —concedió con alegría Ignacio—. Para eso estamos aquí, ¿no? —Haciendo un gesto hacia la barra preguntó—: ¿Qué quieres tomar?

Marcelo me miró a los ojos.

—¿No se lo has contado?

Le devolví una mirada de disculpa. A nuestro alrededor la tertulia se había reanudado. Preguntó Ignacio:

—¿Qué es lo que tenía que contarme?

—Nada —dijo Marcelo. Contradictoriamente agregó—: Vamos a otro sitio y te lo cuento.

—¿Cómo a otro sitio? —se quejó Ignacio y, como si no acabara de tomarse en serio la petición de Marcelo, comentó—: Hace no sé cuánto tiempo que no vienes por aquí y, en cuanto apareces, tardas más en entrar que en querer salir. —El camarero acababa de llegar junto a nosotros. Señalándolo, Ignacio dijo—: Anda, Marcelo, pídele algo a Isidro y siéntate de una vez.

—Por favor, Ignacio —tercié, implorándole al oído—. Se trata de algo importante. Salgamos un momento.

Ignacio me miró sin entender; luego miró a Marcelo, cuyo semblante de severidad acabó de infundir consistencia a mi súplica.

—Vaya día —se lamentó por fin Ignacio, cediendo—. Primero la loca de la decana y ahora esto. Está visto que no voy a poder tomarme una copa en paz. A ver, Isidro, qué se debe.

18

Ignacio preguntó en cuanto salimos a la noche:
—Bueno, ¿y ahora adónde vamos?

Antes de que Ignacio propusiera regresar al Oxford, Marcelo improvisó una respuesta con un dedo triunfal.

—¡Allí! —ordenó, señalando al otro lado de la calle.

Cruzamos Muntaner por el semáforo de Arimon y entramos en El Yate, un bar iluminado por luces fuertes, de paredes color crema, de grandes cristaleras, con un espejo rectangular al fondo, que duplica fielmente el local. Nos sentamos al pie del espejo: Marcelo e Ignacio dándole la espalda; yo frente a él. Antes de que acabáramos de instalarnos nos atendió un camarero. Sin consultarnos, Marcelo pidió tres whiskies. Estúpidamente inquirí:

—¿Qué tal la presentación?
—¿Qué presentación? —se interesó Ignacio.
—La de la última novela de Marsé —explicó Marcelo, acabando de colocar la americana en el respaldo de la silla—. Ha sido este mediodía en Madrid.
—Fino novelista, Marsé —opinó Ignacio, que aún no se había resignado a quedarse sin tertulia—. Yo esta última no la he leído. ¿Qué tal es?

El camarero trajo los whiskies.

—Déjate ahora de novelas —le pidió Marcelo—. Tomás se ha metido en un buen lío.

Ignacio miró primero a Marcelo, luego me miró a mí.

—¿Qué lío?

—¿Se lo cuentas tú o se lo cuento yo? —preguntó Marcelo.
Apesadumbrado, bajé la cabeza.

—Cuéntaselo tú.

Para que un terrible drama personal se convierta en ridículo basta a menudo con oírselo contar a otra persona. Por este motivo, o quizá por el modo apresurado y un poco sarcástico en que Marcelo refirió la historia, o simplemente porque ésta en verdad era ridícula, mientras Marcelo hablaba no pude evitar sentirme el protagonista de una tragicomedia indigna. La idea me humilló y, para no verla reflejada en el rostro de Ignacio o de Marcelo, durante el relato de éste no aparté los ojos del espejo. Recuerdo que en algún momento no me reconocí; recuerdo que pensé: «Como un sueño».

—¡Caray, chico! —exclamó Ignacio en voz baja, cuando Marcelo hubo concluido. La cara le había cambiado: ahora estaba ligeramente pálido, y un mohín de contrariedad o espanto le torcía la boca—. ¡Menudo berenjenal! Supongo que habréis dado parte a la policía...

—Qué policía ni qué policía —replicó Marcelo—. ¿Sabes lo que harán si les vamos con el cuento? Irán a buscar al marido, es lo lógico, ¿no? Bueno, pues el marido no habrá sido tan tonto como para no buscarse una buena coartada. Sus huellas ya no estarán en la casa, pero las de Tomás sí. Y además está el portero, que ha visto varias veces a Tomás, y ninguna, que sepamos, al marido. Añádele a todo eso el recado que hay grabado en el contestador y respóndeme a una pregunta: ¿qué es lo que crees que va a pensar la policía?

—Pues la verdad, no sé...

—Yo te lo diré —lo atajó Marcelo—. Que Tomás ha matado a la chica y ha ido a denunciar al marido antes de que le acusen a él de haberlo hecho. No pueden pensar otra cosa, por la sencilla razón de que no hay ni una sola prueba que acuse al marido, y un montón de ellas que acusan a Tomás. A mí me parece evidente.

—Hombre, tanto como evidente... —Ignacio reflexionó un momento y dijo—: Mira, Marcelo, a mí ni siquiera me parece seguro que la pobre chica esté muerta. Podría estar en la playa. O en cualquier otro sitio. Qué sabemos nosotros.

—En la playa no puede estar, ya te lo he dicho —insistió Marcelo—. Y en cuanto a que esté en otro sitio, no digo que no, pero imagínate que de verdad está muerta. Reconocerás que no es imposible. Bueno, y entonces, ¿qué?

Antes de que Ignacio contestara le alargué la noticia que había recortado en Las Rías.

—Es que está muerta —dije—. Lee esto.

Ignacio cogió el recorte y lo leyó.

—¿Qué es eso? —preguntó Marcelo.

—¿Es ella? —preguntó Ignacio, levantando la vista del papel y mirándome con una mezcla de asombro y desolación, la boca torcida en una mueca consternada. Asentí. Marcelo le quitó de las manos el recorte y lo leyó mientras Ignacio buscaba un retazo de esperanza al que aferrarse—: A lo mejor es una coincidencia, ¿no? Quiero decir que hay muchas chicas morenas de la edad de la nuestra, y hasta con las mismas iniciales.

—Desengáñate, Ignacio —dije—. Es ella.

—O quizá no —concedió Marcelo, que después de leer el recorte lo rompió y lo tiró al cenicero—. Es verdad que podría ser otra, Ignacio. En realidad no podemos tener la seguridad de que sea ella. Pero imagínate que lo es. Por lo menos reconocerás que hay muchas posibilidades de que lo sea.

Ignacio se encogió de hombros, resignado.

—Pues no sé, chico —admitió—. Supongo que sí.

—Entonces hay que escoger: o vamos a la policía y nos atenemos a las consecuencias o hacemos lo que yo creo que hay que hacer.

—¿Que es? —preguntó Ignacio.

—Entrar en casa de la chica. —No sé por qué, pero fue en ese momento cuando creí entender tres cosas a la vez. Primero: que Marcelo había ideado un plan muy preciso de lo que convenía hacer. Segundo: que, a diferencia de lo que me ocurría a mí, Marcelo no tenía miedo; o, si lo tenía, sabía muy bien cómo ocultarlo. Y tercero: que para Marcelo el embrollo en el que me había metido (y en el que de rebote le había metido a él) no constituía un drama, ni un grave problema que había que intentar resolver, ni siquiera una tragicomedia torpe y ridícula, sino un tardío regalo que le brindaba el azar, una aventura que por nada del mundo estaba dispuesto a perderse, aunque sólo fuera porque podía permitirle resarcirse un poco del ocio sin gloria de su vida de profesor sedentario. Quizá porque me prometía que Marcelo iba a llegar conmigo hasta el final, esta idea, que pudo parecerme frívola, me tranquilizó–. Si no hay cadáver, fantástico: volvemos a salir como si no hubiera pasado nada y nos vamos a tomar un whisky para celebrarlo. Pero si hay cadáver (y yo creo que desgraciadamente va a haberlo), no salimos de la casa hasta que la dejemos como si Tomás no hubiera estado nunca allí.

–Pero, Marcelo, eso es peligroso –objetó Ignacio, adelgazando una voz espantada.

–Más peligroso es que descubran el muerto y que Tomás tenga que cargar con él.

–En eso supongo que tienes razón –reconoció Ignacio–. De todos modos, a mí me parece difícil entrar en la casa sin que nadie se entere y limpiarla y... Y bueno, además, está el cadáver de la chica.

–Sólo si nosotros lo dejamos allí.

–¿No querrás sacarlo?

–¿Y por qué no?

–Porque lo más seguro es que nos vea cualquiera –intervine–. Empezando por el portero.

–Depende de cómo lo saquemos. Pero, en fin, de eso ya hablaremos más tarde –prosiguió en otro tono–. Ahora lo que importa es entrar en la casa. Cuando estemos dentro ya veremos.

Con una sombra de inquietud en la voz, Ignacio preguntó:

–¿Y cómo pensáis entrar?

–Tenemos la llave –dijo Marcelo–. No se te habrá olvidado, ¿verdad?

Negué con la cabeza.

—Ah —suspiró Ignacio, aliviado—. Entonces no hay problema.

—Te equivocas: hay problema —le corrigió Marcelo—. La otra vez Tomás no pudo abrir con ella la puerta.

—¿De verdad? —inquirió, alarmado. Volví a mover la cabeza, esta vez afirmativamente. Ignacio pareció cavilar un instante, haciendo girar entre sus dedos el vaso de whisky, y después de dar un sorbo comentó—: Bueno, no te preocupes: se vuelve a intentar y se acabó. Ya se abrirá.

—No podemos arriesgarnos a que no se abra —aseguró Marcelo—. ¿No te das cuenta, Ignacio? No podemos estar entrando y saliendo todo el día del edificio. Si entramos una vez, tiene que ser la buena.

Ignacio entrecerró los párpados, comprensivo y desazonado. Ingenuamente preguntó:

—¿Entonces?

Posando en su hombro una mano de compinche, Marcelo le miró a los ojos, y una sonrisa malvada le estiró los labios. Sin duda Ignacio ya había comprendido antes de que Marcelo dijera:

—¿Para qué te crees que hemos venido aquí? ¿Para pedirte consejo?

Con genuina incredulidad le recriminó Ignacio:

—No me jodas, Marcelo.

—Mira, Ignacio —dijo Marcelo con lentitud, como dándose tiempo para encontrar las palabras que debía usar a continuación; mientras lo hacía, una tos seca, breve y profunda borró de golpe la sonrisa que flotaba en sus labios. Cuando amainó la tos prosiguió—: Hay que entrar como sea en ese piso. Es la única forma de intentar sacar a Tomás del apuro. ¿Te das cuenta de la que puede caerle encima como encuentren a la chica antes de que nosotros entremos?

Ignacio asintió con pesadumbre. Dijo:

—Me lo imagino.

—¡Pues entonces, hombre! —insistió—. Si nosotros no le echamos una mano, ¿quién se la va a echar? Para algo servirán los amigos, digo yo.

—Ya, ya —aceptó Ignacio, tal vez un poco avergonzado—. Pero, chico, esto es otra cosa... Además, ten en cuenta que yo soy padre de familia y...

—No me vengas con cuentos, Ignacio, por favor. Hay que abrir esa puerta, y a lo mejor nosotros no somos capaces de hacerlo. En cambio, tú... Me acuerdo de que tu padre siempre decía que eras el mejor cerrajero de Barcelona.

A Ignacio la frase le endulzó el rostro.

—Bueno, ya sabes cómo era papá. —Se le escapó una sonrisa—. Aunque, en fin, para qué voy a mentir —agregó, mirando con falsa modestia sus dedos largos y delicados, que movió como si fueran varillas de un abanico que se abre y se cierra a velocidad de parpadeo—, la verdad es que el oficio no se me daba mal.

—No seas modesto, Ignacio —le halagó Marcelo.

—Recuerdo que una vez... —empezó a contar Ignacio.

—Por favor, Marcelo —le interrumpí—. No metas a Ignacio en esto.

—¿Por qué no te callas de una vez y me dejas hacer a mí, Tomás? —me reprendió Marcelo—. Bastante liadas están ya las cosas como para que me salgas ahora con escrúpulos de conciencia.

Ignacio terció conciliador.

—No, Tomás, si Marcelo tiene razón. Lo que pasa es que... —Hizo un gesto dubitativo, y luego un silencio durante el cual se miró con desconsuelo sus manos de pianista, muertas ahora sobre la mesa, y pareció meditar, pero en seguida, en un tono más animado, como si acabara de adoptar una decisión impecable, que iba a satisfacernos a todos, añadió golpeando con sus manos recién resucitadas el filo de la mesa—: Mirad, vamos a hacer una cosa: volvemos al Oxford, nos tomamos tranquilamente la última copa, charlamos un ratito, nos olvidamos de todo esto y me dais un par de días para que lo piense.

—Imposible —afirmó tajante Marcelo—. Si lo hacemos, hay que hacerlo de inmediato.

—¿Cuándo?
—Ahora mismo.

Derrotado por la intransigencia de Marcelo, Ignacio pareció recuperar de golpe su palidez de hombre atribulado.

—Bueno, tampoco hace falta que sea ahora mismo —traté de mediar, convencido de que a Ignacio le sentaría bien tomarse un tiempo para hacerse a la idea—. Podemos dejarlo para mañana, ¿no? Total...

—Mañana será demasiado tarde —dijo Marcelo—. ¿No os dais cuenta? Cuanto más tardemos en arreglar este asunto, más posibilidades habrá de que a la familia o a la policía se les ocurra pasar por el piso, o de que los vecinos se huelan el muerto. Y nunca mejor dicho.

—Hombre, Marcelo, a mí, la verdad, me parece un poco precipitado —porfió Ignacio.

—Precipitado ¿por qué?

—No sé, chico. Es que esto es una cosa muy seria, y así, de golpe, pues la verdad... Además, Marta me espera para cenar.

—Pues la llamas y le dices que no vas.

—Sí, sí —se burló Ignacio, esforzándose en vano por componer otra vez una sonrisa—. Cómo se nota que no la conoces.

—Claro que la conozco. Está bien: hablaré yo con ella.

—¿Cómo se te ocurre? Entonces sí que no salgo.

—Pues hazlo tú.

—Ignacio, por favor, déjalo ya —dije, abandonándome al desaliento—. No le hagas caso.

—Que te calles de una vez, coño.

—Como queráis —transigió finalmente Ignacio, menos convencido que resignado—. Todo esto me parece cosa de locos, pero qué se le va a hacer. Subiré a casa, recogeré mis cosas y le contaré un cuento a Marta; algo se me ocurrirá por el camino, digo yo. De todos modos, cuando salga de casa vosotros me estáis esperando abajo. ¿De acuerdo?

—De acuerdo —convino de inmediato Marcelo y, antes de que Ignacio pudiera arrepentirse, dejó un billete de dos mil pesetas sobre la mesa y se levantó—. Andando.

Sin duda porque me sentía culpable, mientras salíamos de El Yate me arrimé a Ignacio y, sin demasiada convicción y sin que Marcelo me oyera, le rogué al oído:

—Ignacio, por favor, no te sientas obligado a venir. Esto es un problema mío y tengo que solucionarlo yo solo.

Como si no me hubiera oído, o como si hablara consigo mismo, Ignacio rezongó:

—Esto de tener amigos es una porquería, chico.

19

Marcelo aparcó junto al quiosco de la plaza Joaquim Folguera. Bajando del coche anunció Ignacio:

—Vuelvo en seguida.

Veinte minutos y diez cigarrillos después le vimos cruzar Balmes de regreso.

—No puede ser —murmuró Marcelo.

Ignacio vestía un pullover azul muy holgado, vaqueros, zapatillas de deporte blancas y cazadora azul; una gorra negra, con visera y un anuncio de neumáticos en letras blancas, le cubría la cabeza; con una mano sostenía una caja de herramientas.

—Era lo único que nos faltaba —suspiró Marcelo—. Que viniera disfrazado de caco.

—Perdonad el retraso, chicos —se disculpó alegremente Ignacio, instalándose en el asiento de atrás.

Engrosamos el flujo de coches que circulaba por Balmes. Poco después nos detuvimos ante un semáforo en rojo, en la esquina de Balmes con paseo de San Gervasio. Buscando los ojos de Ignacio en el espejo retrovisor, Marcelo comentó:

—Has tenido la precaución de cambiarte, ¿eh?

—Es la ropa que me pongo cuando tengo que hacer alguna chapucilla. Aquí o en Centelles. Ya sé que es un poco llamativa, pero la verdad es que...

—¿Llamativa? —repitió Marcelo—. Qué va, hombre: de lo más discreta.

—¿Tú crees? —preguntó Ignacio, entre halagado y suspicaz—. Pues, la verdad, no sé yo si...

—¡Claro, hombre, claro! —insistió Marcelo—. Podías haber traído algo parecido para nosotros: así íbamos los tres de uniforme y nos pillaban antes.

—Vete al cuerno, Marcelo. Encima que acepto venir... Además, la culpa no es mía. Lo único que se me ocurrió contarle a Marta es que iba a echarte una mano a tu casa: fue ella la que me obligó a ponerme esto. —Una sonrisa traviesa, casi infantil, le iluminó entonces los ojos: me puso una mano cómplice en la clavícula y, como si estuviera revelando un secreto, agregó—: O quién sabe, chico: a lo mejor es que no me ha creído y quiere evitar que me vaya de juerga. —Se rió—. Puede ser, ¿verdad?

Admirado de la presencia de ánimo de Ignacio, o de que tan rápidamente hubiera arrinconado sus temores e indecisiones, sonreí, asintiendo, mientras Marcelo murmuraba:

—En Vía Layetana. Me veo otra vez en Vía Layetana.

—Me tenéis mareado —se quejó Ignacio—. ¿No habíamos quedado en que estaba junto a República Argentina?

El semáforo pasó del rojo al verde. Marcelo volvió a suspirar, metió la primera, arrancó. Doblamos a la derecha por paseo de San Gervasio, seguimos por Craywinkel y enfilamos República Argentina. Al rato, después de cruzar un par de calles desiertas y bien iluminadas, Marcelo detuvo el coche en una esquina, junto a la entrada espectral del parque; los faros del coche arrancaron de la oscuridad un letrero: PARC DE SANT GERVASI; desde allí se divisaba el edificio de Claudia.

—Ahí está —dije, señalándolo.

Marcelo aparcó encima de la acera, junto a un contenedor de basura, y se volvió hacia nosotros.

—Bueno —dijo—. El plan es el siguiente. Voy a acercarme yo solo hasta allí: si el portero no está en la portería, vuelvo en seguida y entramos los tres; si está, necesitaré cinco minutos para distraerle.

—¿Cómo piensas hacerlo? —pregunté.

—Tú de eso no te preocupes —respondió—. Cuando pasen cinco minutos, entráis. Yo me reuniré con vosotros en cuanto pueda.

Alargando una mano por entre los dos asientos delanteros, Ignacio exigió:

—Las llaves.

«¿Qué llaves?», estuve a punto de preguntar. Le entregué el manojo de Claudia, donde había cinco. Ignacio las examinó con una mirada experta, casi golosa, a la luz insuficiente que llegaba del exterior y, mientras lo hacía, Marcelo pareció querer investirse de la gravedad de un capitán a punto de enviar a sus hombres a una misión suicida. Inquirió:

—¿Alguna pregunta?

Menos por prudencia que por miedo, o porque de golpe comprendí dónde iba a meter a Marcelo y a Ignacio, pregunté:

—¿Qué hacemos si nos pillan?

—No van a pillarnos.

—Ni se te ocurra —dijo Ignacio—. Marta me mata. Además —añadió, excitado por la proximidad del peligro—, qué demonios. Papá decía que un caballero tiene que estar siempre dispuesto a perderlo todo en cualquier momento, por cualquier causa. No te digo nada si la causa es justa.

Ignacio sonrió como si acabara de contar algo gracioso. Creo que tuve ganas de abrazarlo. Marcelo, en cambio, lo miró como desde lejos, con una mezcla de desconfianza, temor e incredulidad; una lucecita sarcástica se encendió finalmente en sus ojos, le estiró los labios.

—Hablando de padres —dijo—. ¿Alguien recuerda qué es lo que le dice el suyo a D'Artagnan al despedirse? —Yo me acordaba perfectamente, pero imaginé que Marcelo llevaba mucho tiempo esperando un momento como ése y dejé que fuera él quien respondiese su propia pregunta—: «Quiconque tremble une seconde laisse peut-être l'appât que, pendant cette seconde justement, la fortune lui tendait»; y luego: «Ne craignez pas les occasions et cherchez les aventures». —Tras una pausa, golpeó con fuerza el pomo de la palanca del cambio y nos arengó—: Así que… ¡Todos para uno…!

Ignacio se abalanzó sobre la mano de Marcelo.

—¡Y uno para todos! —gritó.

Se habla mucho de la soledad, pero la verdad es que los amigos hacen mucha compañía. Lentamente sumé mi mano a las suyas.

20

Marcelo bajó del coche y echó a andar calle abajo con las manos hundidas en los bolsillos del pantalón, como paseando sin prisa. Al llegar al portal del edificio desapareció.

—Me pregunto cuándo demonios descansará ese portero —comenté pasados unos segundos, viendo que Marcelo no salía—. Ahora tendrá que distraerlo.

Ignacio no dijo nada; abrió la caja de herramientas, la registró, sacó una linterna y, mostrándomela, aventuró:

—A lo mejor nos viene bien.

Bajo la luz blancuzca de las farolas, la calle continuaba desierta; al fondo, de vez en cuando, un coche cruzaba fugazmente por Ballester. Esperamos en silencio. Yo notaba toda la sangre latiéndome en las sienes; la frente me ardía de fiebre. Miré el reloj: eran las diez y cuarto. Poco después preguntó Ignacio:

—¿Vamos?

—Vamos —contesté.

Ignacio cargó con la caja de herramientas y salimos. Cuando llegamos al edificio, el hall estaba iluminado y la portería desierta; no se veía ni rastro de Marcelo, ni del portero. Con rapidez, pero sin precipitación y sin que le temblasen las manos, Ignacio estudió la cerradura de la puerta, interrogó el manojo de llaves, seleccionó una.

—Esto está chupado —murmuró.

Sigilosamente abrió, entramos y nos escabullimos hacia la penumbra de la escalera mientras oíamos fragmentos indescifrables de una conversación lejana. Al pasar junto al ascensor Ignacio hizo el gesto de llamarlo; por fortuna le contuve a tiempo: le pedí por señas que guardara silencio y le indiqué la escalera; empezamos a subir. A media ascensión se nos unió Marcelo, colorado y resollante; Ignacio y él se dijeron algo, en voz muy baja; luego me instaron a que siguiera subiendo; obedecí. Estábamos a punto de llegar al ático cuando se fue la luz. Marcelo blasfemó en un susurro.

—Tranquilo —le oí decir a Ignacio.

Encendió la linterna, se puso al frente de la expedición, seguimos subiendo. Finalmente llegamos al ático. Allí Ignacio le entregó la linterna a Marcelo y le pidió que le iluminara. Marcelo obedeció. Entonces Ignacio seleccionó una llave, la introdujo en la cerradura y murmuró:

—Vamos a ver qué tal se me da.

A la primera no acertó con la llave; probó con otra. Cuando se cercioró de que había introducido la llave correcta, empezó a forcejear, agachado delante de la puerta, con la mano libre apoyada en el picaporte y la oreja pegada a la cerradura, como si auscultara los arañazos de la llave al escarbar. Por fin, con un chasquido que, en el silencio nocturno de la escalera, me pareció casi estrepitoso, la puerta se entreabrió de golpe.

—Ya está —oí.

Fue entonces cuando me llevé la primera de las sorpresas que me reservaba la noche. De un violento tirón, alguien abrió la puerta desde dentro, lo que hizo que Ignacio perdiera el equilibrio y cayera del lado del umbral, mientras el individuo que al parecer había estado acechándonos detrás de la puerta descargaba un mazazo ciego que se estrelló contra el cuerpo de Marcelo. Éste dio un grito de dolor y, con las manos agarradas al cuello, se derrumbó sobre mí. Caí de espaldas, y, cuando recobré la conciencia de lo que pasaba a mi alrededor, me vi sentado en el suelo, con la cabeza dolorida y en medio de una escena delirante: Marcelo estaba junto a mí, lamentándose y derribado contra la barandilla de la escalera, mientras Ignacio, a horcajadas sobre el estómago del agresor, en el suelo del vestíbulo del piso de Claudia, intentaba sujetarle los brazos profiriendo a voz en grito confusas amenazas. Despreocupándome del estado de Marcelo, me lancé a ayudar a Ignacio, quizá porque advertí que el tipo estaba a punto de zafarse de su presa. Entre los dos conseguimos por fin sujetarlo, pero el tipo sólo abandonó su agónico forcejeo cuando Ignacio le amenazó con el bate de béisbol con que el otro había tumbado a Marcelo. Rojo de ira, blandiendo el bate con ferocidad justiciera, Ignacio le advirtió:

—Como muevas un milímetro te parto la cabeza, cabrón.

Era evidente que hablaba en serio.

—Tranquilo, Ignacio —atiné a decir.

—Pero qué tranquilo ni qué diantre —replicó—. ¿Tú has visto cómo ha dejado a Marcelo? Marcelo, ¿cómo estás, chico?

Oí a mi espalda un gruñido que sin duda quería ser tranquilizador, pero no me dio tiempo de volverme hacia Marcelo, porque el tipo al que estaba sujetando gimió:

—Pero ¿se puede saber quiénes son ustedes? ¿Qué hacen aquí?

Por vez primera me fijé entonces en el hombre que habíamos apresado. Fue así como me llevé la segunda sorpresa de la noche. Desde el principio yo había notado algo anómalo en aquel hombre, y ahora, en un solo instante de estupefacción, comprendí. Por un momento me pareció estar en uno de esos sueños en los que una persona desconocida adopta el rostro o los rasgos físicos de alguien que nos es familiar; por un momento pensé que iba a despertar. Pero no desperté. Y tuve que aceptar que el hombre que Ignacio y yo estábamos sujetando era el tipo del bigote a quien días atrás, en el restaurante Casablanca, en Sant Cugat, mientras conversaba con Marcelo, yo había visto cortejando a una rubia de pestañas espectaculares, el mismo tipo a quien en un primer momento había confundido con un actor o presentador de televisión. «No puede ser», pensé. Aturdido, le oí decir a Ignacio:

—Aquí las preguntas las hacemos nosotros, joven. —A mi espalda alguien acababa de dar la luz de la escalera; aunque seguía oyendo quejarse y maldecir entre dientes a Marcelo, pensé que había sido él–. A ver, ¿qué hace usted aquí?

—¿Cómo que qué hago aquí? ¡Ésta es mi casa, coño!

—¿Su casa? —inquirí, definitivamente convencido de que algo raro estaba pasando.

—¿Su casa? —repitió Ignacio, volviéndose hacia mí–. Oye, Tomás, ¿estás seguro de que éste es el piso?

—Creo que sí.

—Pero ¿de qué piso están hablando? —preguntó el hombre, más asustado que furioso–. ¿Adónde demonios se creían que iban?

—Mire, joven —explicó Ignacio con alguna amabilidad, como si ya estuviera preparándose el terreno para una retirada digna, aunque sin dejar de blandir la amenaza del bate–. Yo no sé quién es usted, ni qué es lo que hace aquí, pero hágame el favor de estarse quieto y callado si no quiere que le trate como ha tratado usted a mi amigo.

—Entonces explíqueme qué es lo que hacen ustedes aquí.

Ignacio empezó a explicárselo, pero a medida que lo hacía sentí que se desmoronaba por momentos su fe en la historia que estaba contando. Iba a intervenir en su relato cuando le interrumpió el hombre.

—¿Qué cadáver? —preguntó.

—El cadáver de... —titubeó Ignacio–, de la amiga de este joven.

—Pero ¿se han vuelto locos o qué? ¿Se puede saber quiénes son ustedes? —gritó el hombre con el timbre inconfundible de la verdad, haciendo un último y desesperado esfuerzo por zafarse–. Les aseguro que no sé nada de ningún cadáver. Yo no he visto a este señor en mi vida, y no tengo ni idea de quién es su amiga. Pero les digo una cosa: antes de que ustedes entraran llamé a la policía. Debe de estar a punto de llegar.

Inmediatamente le solté: no porque le creyera, sino porque en la ofuscación del momento imaginé, con horror, que nos habíamos equivocado de piso.

—¡No le sueltes, Tomás! —me previno Ignacio, recobrando de golpe la determinación de guerra con la que había reducido a su presa—. ¡No me fío un pelo de él!

Creo que fue sólo entonces cuando, de un modo confuso pero inapelable, cobré plena conciencia de la situación: acababa de forzar la puerta de una casa desconocida, cuyo dueño —también un desconocido— yacía debajo de mí después de haber dejado fuera de combate, en un acto de legítima defensa, a uno de mis compinches en el asalto, mientras el otro le amenazaba con un bate de béisbol que parecía ansioso de descargar sobre él. Quizá por eso, porque de golpe comprendí que no iba a resultar fácil salir con bien del aprieto en que nos habíamos metido, cuando oí a mi espalda el chasquido sordo del ascensor llegando al ático y pensé: «La policía», no sentí miedo, sino sólo una especie de alivio desconsolado.

21

Pero no era la policía.

—Éste es el hombre —oí a mi espalda.

Me volví: con un índice acusador, el portero señalaba a Marcelo, que había conseguido incorporarse y, abrazándose con una mano extendida el cuello o la clavícula, lo miraba con una mezcla de dolor, resentimiento y resignación. Por la puerta del ascensor se asomó una mujer. Miró a Marcelo; luego, con la boca pasmada y el desconcierto pintado en los ojos, me miró a mí: como si no me reconociera. Estoy seguro de que la sorpresa que en aquel momento me llevé (la tercera y última de la noche, la más inesperada) no habría sido mayor si en vez de a una mujer hubiera visto salir del ascensor a un fantasma. Me levanté, me lancé hacia ella, grité:

—¡Claudia!

No pude abrazarla, porque su mirada me disuadió: en sus ojos el desconcierto se había trocado de repente en una furia sin fisuras, que le hacía temblar las aletas de la nariz y le endurecía los labios.

—Me temo que ha habido una confusión, joven —oí disculparse a Ignacio a mi espalda—. De todos modos, por si acaso más vale que se esté usted quietecito hasta que todo se aclare.

—La madre que lo parió —murmuró Marcelo.

—¿Y estos dos quiénes son? —interrogó el portero.

Antes de que alguien contestara, Claudia gritó:

—¡Pedro! —Me apartó de un empujón y se abalanzó sobre el hombre, a quien Ignacio seguía amenazando con el bate—. ¿Te encuentras bien? ¿Qué ha pasado?

—¡Y yo qué sé! —confesó el hombre—. Pregúntaselo a éstos.

Ignacio se volvió hacia mí y, levantándose la visera de la gorra, preguntó:

—Oye, Tomás, ésta es la chica, ¿verdad?

—Usted se calla —le exigió Claudia—. Y aparte de una vez ese palo. —Se encaró conmigo: sus pupilas eran dos cabezas de alfiler azules y dilatadas por la ira—. ¿Se puede saber qué es lo que ha pasado, Tomás? ¿Qué haces aquí con este par de facinerosos?

—Oiga, señorita, un respeto, ¿eh? —exigió Ignacio—. Que yo he venido aquí por una buena causa.

—Cállate ya, Ignacio —dijo Marcelo—. No empeores más las cosas, que esto no va con nosotros.

Yo estaba loco de felicidad porque Claudia estaba viva, pero también confundido por una situación que no acababa de entender. No sabía qué contestar a la pregunta de Claudia.

—Claudia, no sabes... —balbuceé—. No sabes lo contento que estoy de verte...

—¿Y tú a esta gente de qué la conoces, Claudia? —preguntó el tipo del bigote.

—Luego te lo cuento, Pedro.

«¿Pedro?», atiné a pensar. En ese momento tuve la intuición, casi la certeza, de que el tipo del bigote no sólo era el mismo que había visto hacía un par de días comiendo en el restaurante Casablanca, sino también el mismo que, en compañía de Claudia y de su hijo y en traje de tenis, había visto fotografiado en el salón de Claudia, con un fondo bucólico de cielo y de sauces. «No puede ser», volví a pensar. Iba a decir algo, pero a mi alrededor seguía la confusión de preguntas, insultos y comentarios.

—Vergüenza debía de darles —decía el portero—. A su edad.

—¡Cállese usted también, coño! —gritó Marcelo, que parecía haberse recuperado del golpe—. Tomás, está claro que alguien se ha equivocado aquí. Y me temo que hemos sido nosotros. Así que ¿por qué no nos explicas a todos qué demonios ha pasado?

—¡Ya era hora de que alguien dijese algo sensato! —exclamó el tipo del bigote, todavía mirando con desconfianza a Ignacio, que ya lo había soltado.

Señalando con el bate al portero, Ignacio le dio con el codo a Marcelo y, sin bajar la guardia, preguntó:

—Oye, y este buen hombre ¿quién es?

—Mira, Tomás —dijo Claudia, haciendo un esfuerzo visible por serenarse—. No sé qué es lo que has venido a hacer aquí. Ni tú ni toda esta gente. Y te digo la verdad: tampoco me importa. Pero te aseguro una cosa: como no os vayáis ahora mismo, llamo a la policía.

—¡Ja! —se burló el tipo del bigote—. ¡Como que no la habría llamado yo si no tuvieras el teléfono estropeado!

—No se preocupe, señor Uceda —se ofreció servilmente el portero, abriendo la puerta del ascensor—. Ahora mismo la llamo yo.

—Como dé usted un paso, no respondo —le previno Ignacio, blandiendo de nuevo el bate—. De aquí no se mueve nadie hasta que yo lo diga.

El portero cerró otra vez la puerta. Posando una mano en el hombro de Ignacio, Marcelo dijo:

—Tranquilo.

—No sabes... no sabes cómo me alegro de verte, Claudia —repetí, agarrotado por el nerviosismo y el estupor, intentando en vano reaccionar—. Creí que estabas muerta.

—¿Muerta? —preguntó Claudia.

—Ya sabía yo que no podía estar muerta —le oí decir a Ignacio.

—Muerta, sí. Llamé un montón de veces a tu casa y no te encontré. Tú tampoco llamabas. No sabía dónde estabas, no entendía dónde podías estar. El portero me aseguró que no habías vuelto a trabajar y que no estabas en Calella. ¿Qué iba yo a pensar? Lo único que se me ocurrió fue que el cabrón de tu marido, furioso por lo nuestro, te había matado. Era lo más lógico, ¿no? Tú misma dijiste que te había amenazado y que le tenías miedo… Por eso vinimos aquí.

–Increíble –comentó el tipo del bigote cuando ya iba a añadir a mi ristra de justificaciones la noticia que había leído en el periódico–. Asaltan mi casa, me zurran la badana y encima me insultan.

–Le recuerdo que en lo de zurrar la badana no fuimos los primeros –intervino Marcelo.

Ignacio corroboró:

–Eso es verdad.

–Así que éste es el gilipollas del mensaje del contestador automático, ¿verdad? –inquirió el tipo, envalentonado por el giro que estaban tomando los hechos–. Desde luego hay que estar desesperada para liarse con un pollo así.

–Basta ya, Pedro. Por favor.

–Pero entonces éste es… –empecé, señalando al tipo del bigote.

Claudia acabó con odio la frase.

–¿Quién va a ser? Mi marido. –Añadió, tajante–: Y ya está bien, Tomás. No quiero oír una palabra más. Por última vez te lo digo: o te vas ahora mismo y te llevas a tus amigos, o llamo a la policía.

Iba a decir algo cuando Marcelo me tomó de un brazo.

–La chica tiene razón –dijo–. La fiesta se ha acabado. Vámonos ya de aquí.

En alguna parte he leído que hay dos tipos de personas: las que saben mantener la dignidad en cualquier situación y las que no saben hacerlo. No sin una dosis considerable de generosidad, o de ignorancia, hasta entonces yo me había adscrito al primer tipo; esa noche supe sin duda que pertenecía al segundo. Quizá porque la fiebre me consumía, impidiéndome pensar con claridad, o por la tensión acumulada, o quizá porque no fui capaz de asimilar el contraste entre la alegría inmensa de volver a ver viva a Claudia y la inmensa tristeza de saber que la había perdido, perdí el control: en unos pocos minutos pedí, rogué, imploré, me humillé; sin embargo, lejos de darme al menos la explicación que yo creía merecer, Claudia se limitó a exigirme una y otra vez que me fuera. Confusamente recuerdo que Ignacio y Marcelo me metieron casi a rastras en el ascensor, tal vez ayudados por el portero, que bajó con nosotros. Mientras bajábamos, Marcelo y el portero se enzarzaron en una discusión, y este último nos despidió de mala manera al salir del edificio.

—Pueden dar gracias a Dios de que los señores Uceda son como son —dijo—. Si por mí fuera, ahora mismo llamaba a la policía y presentaba una denuncia.

—Váyase a la mierda —se despidió a su vez Marcelo.

—La que se ha armado, chico —comentó Ignacio, eufórico, mientras subíamos por la acera bajo la luz lechosa de las farolas, en busca del coche—. Os dije mil veces que la chica no podía estar muerta. ¿Cómo iba a estar muerta? En fin, es la última vez que me enredas en una cosa así, Marcelo… Cada vez que me acuerdo del follón en que nos metiste al pobre Robert y a mí en Sevilla… De todos modos, en esto de hoy hay una cosa que no acabo de entender: si la chica era la muerta y el del bigote era el marido, ¿qué pintaba ahí el feo que venía con ella?

—Toma —dijo Marcelo, ignorando la pregunta y entregándole las llaves del coche—. Conduce tú. Y haz el favor de tirar ese bate al contenedor. No vaya a ser que todavía le abras la cabeza a alguien.

Ignacio blandió otra vez el bate y, como si golpeara una pelota, o a un enemigo imaginario, hizo con él un molinete en el aire y lo arrojó al contenedor.

Entramos en el coche. Yo me escabullí en el asiento de atrás. Ignacio se sentó al volante y Marcelo junto a él.

—Bueno, ¿adónde vamos? —preguntó Ignacio mientras arrancaba, en el tono animoso de quien no se resigna a dar por concluidas las andanzas de la noche.

—¿Adónde vamos a ir? —replicó Marcelo, cuyo malhumor quizá provenía, más que del dolor del golpe recibido, de la decepción de ver convertida nuestra aventura en una escena de astracanada–. Al Hospital del Valle Hebrón, a ver si me han desgraciado el hombro.

Yo debía de estar completamente hundido, porque Ignacio preguntó:

–¿Y Tomás?

–Tomás se aguanta y se viene con nosotros –replicó Marcelo–. Que bastante hemos aguantado nosotros por él.

–No te pongas así, chico. –Ignacio arrancó. Luego dijo–: Además, no te creas que lo de antes lo decía en serio. Mira, te voy a ser sincero: la verdad es que me lo he pasado en grande. Me gustaría que Marta me hubiera visto. ¡Jo, cuando se lo cuente...! ¿Has visto el miedo que ha pasado el del bigote? –Frenó en seco y se llevó una mano a la frente–. ¡Me cago en la leche! ¡La caja de las herramientas!

22

No salí de casa durante tres días. Al principio ni siquiera me levantaba de la cama, porque la gripe, que había estado incubando durante más de una semana, finalmente afloró con virulencia: sentía constantes escalofríos y sudaba de forma copiosa, y la fiebre, muy alta, me sumía en un permanente duermevela que parecía difuminar la frontera entre el sueño y la vigilia. Sin embargo, y a pesar del maltrecho estado de mi cuerpo, mi mente no conoció un instante de sosiego. Al menos desde que dejé atrás la adolescencia, yo había abrigado siempre la convicción de que es imposible querer a alguien que no lo quiere a uno; durante aquellos días de soledad y desvarío comprendí que no lo es. Contra mi voluntad, constantemente pensaba en Claudia. Me sentía tristísimo, pero sobre todo me sentía humillado, no tanto por el poco lucido papel que había desempeñado en el demencial episodio de vodevil al que había arrastrado a Marcelo e Ignacio, como por el hecho simple pero brutal de que Claudia no hubiera vacilado en demostrarme, de una forma igualmente brutal, que no me quería. Era inútil tratar de consolarme con la certeza de que Claudia estaba viva, porque esta circunstancia, que poco antes hubiera bastado para satisfacer todos mis anhelos, ahora no hacía sino recordarme la estupidez de haberla creído muerta. Por desgracia, ni la amargura ni la vergüenza me ahorraban el dolor de recordar, con un detalle y una angustia indecibles, la noche pasada en compañía de Claudia; más dolorosa aún era la certidumbre de que no volvería a repetirse.

Lo dice Pavese y Marcelo lo repite y es verdad: la literatura es una defensa contra las ofensas de la vida; tal vez para defenderme, para distraer la desdicha, intenté leer, pero casi en seguida di por azar con unos versos que, sin duda porque pensé que habían sido escritos para mí, para retratar mi estado, todavía hoy puedo repetir de memoria:

> *La hermosura, inconsciente*
> *de su propia celada, cobró la presa*
> *y sigue. Así, por cada instante*
> *de goce, el precio está pagado:*
> *este infierno de angustia y de deseo.*

Descubrí entonces que, cuando alguien se siente desgraciado, siente también que todas las cosas aluden a su desgracia. Este descubrimiento acabó de hundirme, porque imaginé que me encerraba en una pesadilla hermética, de la que no iba a saber despertar: no podía dejar de pensar en Claudia y si, gracias a un ímprobo esfuerzo de la voluntad, conseguía por un momento olvidarla, al cabo de un instante me sorprendía pensando de nuevo en ella. Es posible que la depresión y la fiebre influyeran, pero lo cierto es que llegué a pensar que nunca conseguiría sobreponerme a la pérdida de Claudia.

Me sobrepuse, por supuesto. El domingo empecé a sentirme mejor; la fiebre, que durante dos días me había subido por encima de los treinta y nueve grados, ahora se atenuó hasta casi desaparecer. Por la mañana, confundido por la grata sensación del despertar, me animé a ducharme, me afeité y me vestí, decidido a ingresar de nuevo en el mecanismo tranquilizador de la costumbre, que nos depara la ilusión de un orden; no lo conseguí: tenía el cuerpo estragado por los efectos de la fiebre, y estaba muy débil, lo que ejercía sobre la realidad un efecto extrañador. Me sentía como el viajero que retorna a la patria, después de muchos años de ausencia, para encontrarlo todo cambiado y ajeno; o como si acabara de despertar de un sueño larguísimo. Lo cierto es que debí de tardar bastante en admitir que había vencido a la fiebre, porque, cuando al mediodía del domingo advertí con alborozo que había recuperado el apetito y me decidí a abandonar las sopas de sobre y las latas de atún con las que me había alimentado sin ganas y a telefonear a Las Rías para que me enviasen algo de comer, la aparición del individuo cetrino y con la cara picada de viruela que días atrás me había sonreído despectivo desde la barra del restaurante, convertido ahora en repartidor de comida a domicilio, me dejó la impresión de que seguía delirando. Poco a poco pasé de la desesperación al asombro. La felicidad no exige razones: uno nunca se pregunta por qué es feliz; simplemente lo es, y basta. Con la desgracia ocurre lo contrario: siempre buscamos razones que la justifiquen, como si la felicidad fuera nuestro destino natural, lo que nos es debido, y la desgracia una desviación perversa cuyas causas nos esforzamos en vano en desentrañar. Quizá por esta razón empecé a imaginar que yo nunca había creído de veras que Claudia pudiera quererme, o más bien que siempre (desde que se me entregó como un obsequio inesperado y deslumbrante) me había parecido algo increíble pero real, un hecho favorable que no obedecía a ningún mérito mío, sino que era obra del azar; y quizá por ello, también, empezó a abrirse paso en mi mente la idea de que sólo cabía interpretar el entero y desdichado episodio como un ajuste de cuentas con mi pasado, con mi adolescencia, y, en esa medida, como algo positivo, la ceremonia de expiación de una culpa oscura, remota y difusa, el bálsamo que iba a cicatrizar una herida que durante muchos años se había mantenido secretamente fresca. La idea obró como un lenitivo. Fue todo uno concebirla y volver a pensar en Luisa.

La extrañé. De golpe la aventura con Claudia me pareció una anécdota remota y trivial y casi ridícula, y me asombró el hecho de haber sido capaz de poner en peligro por ella una relación antigua y sólida, que estaba a punto de fructificar en un hijo. Quizá porque, por miedo, por ofuscación o por debilidad, no había podido o no había querido pensar seriamente en ello, la idea de que un hijo mío estaba creciendo en el vientre de Luisa por vez primera me conmovió; también me persuadió de que debía tratar de regresar con ella. No tardé en convencerme de que era posible. Recordé con nostalgia los años que Luisa y yo habíamos pasado juntos, y me dije que en el fondo nunca había dejado de quererla. Recordé la pelea que habíamos tenido, y tuve la extraña impresión de que no había ocurrido apenas el domingo anterior, sino hacía muchísimo tiempo, y me pareció que quienes la habían protagonizado no éramos Luisa y yo, sino dos desconocidos que, durante una tarde infernal, habían usurpado nuestra voz y nuestro cuerpo. Recordé que durante la pelea yo no había dejado de quitarle importancia a mi encuentro con Claudia y una y otra vez le había pedido a Luisa que no se fuera, y me dije que su reacción no había sido obviamente el fruto de una decisión meditada, sino el latigazo instintivo de su amor propio herido. Por eso —y porque una parte de mí todavía estaba segura de conocerla— pude imaginar que Luisa ya se habría arrepentido de ello y que, con esa obstinada fidelidad a la propia historia personal que rige el comportamiento de muchas mujeres, estaría dispuesta, como lo había estado Claudia con su marido, a olvidar y a perdonar, a aceptarme de nuevo a su lado. Estaba convencido de que Luisa no podía haber dejado de quererme en una semana y de que, una vez enfriado el calor del disgusto, buscaría cauces discretos que le permitieran restablecer la comunicación conmigo para tratar de recomponer nuestra relación sin manchar su dignidad de mujer ofendida ni dejar de hacerme pagar la deuda que había contraído con ella (una deuda que, por lo demás, en aquel momento me sentía dispuesto a reconocer y a pagar gustosamente). Incluso era posible que Luisa ya hubiera dado los primeros pasos hacia la reconciliación: ¿qué otra cosa podían significar los recados que a lo largo de la semana había dejado su madre en el contestador telefónico sino ensayos de aproximación a través de persona interpuesta? Fuera o no acertada esta hipótesis, lo cierto es que el domingo por la noche tomé la decisión de hacer las paces con Luisa cuanto antes, y recuerdo que ya estaba conciliando el sueño cuando pensé: «La telefonearé por la mañana».

23

Al otro día desperté a las diez, y después de remolonear un rato en la cama con la excusa de la convalecencia, dudando si debía darme la vuelta o debía levantarme, bruscamente recordé la decisión de llamar a Luisa que había tomado la víspera. Con tranquilidad me levanté, me afeité, me di una ducha, me vestí. Luego fui a la cocina y comprobé que la nevera estaba vacía. Ya había decidido salir a comprar comida cuando sonó el teléfono.

–Menos mal –le oí gruñir a Marcelo–. Ya empezaba a estar preocupado. ¿Se puede saber dónde te has metido?

–He estado enfermo –contesté sin saludarlo–. La gripe. Me he pasado todo el fin de semana en la cama. Pero ya estoy bien.

–¿No has oído los recados que te he dejado en el contestador?

–Sí. Ignacio también ha grabado uno. –Mentí–: Pensaba llamaros esta misma mañana. Por cierto –añadí, algo avergonzado, recordando confusamente un viaje en coche hasta el Hospital del Valle Hebrón, la espera junto a Ignacio en una salita iluminada por fluorescentes, la aparición de Marcelo con el hombro envuelto en un aparatoso vendaje–, ¿cómo estás?

–¿Cómo quieres que esté? Mal. Este trasto es un engorro. Y tú, ¿cómo estás?

–Bien.

–Me lo imagino –aseguró con un asomo de sarcasmo–. Después de esto a lo mejor aprendes a tener más cuidado con los fantasmas. Pero no te llamaba por eso. Acabo de hablar con Marieta.

—¿Dónde estás?

—En la facultad. Cuando llegué esta mañana Alicia me contó la que habías armado con el perfil. Brillante: hay que reconocer que esta semana te estás superando. En fin, ya hablaremos. El caso es que he hablado con Marieta y ha aceptado cambiar el perfil.

—¿De verdad? —pregunté, más asombrado por la noticia en sí que por el hecho de que yo hubiera olvidado todo lo que tenía que ver con las oposiciones.

—¿Te extraña? A mí también, la verdad. El caso es que esta tarde subirá al rectorado y lo cambiará. Eso me ha dicho.

—Es una buena noticia.

—No es la única. Ahora mismo me voy a Morella. ¿Quieres venirte conmigo?

Dudé un momento.

—Pues... no lo sé, la verdad...

—Te sentaría bien. Así te olvidas de todo y vuelves relajado para empezar con ganas el curso.

Recordé a Luisa, y el propósito que había hecho de llamarla y de intentar reconciliarme cuanto antes con ella.

—Gracias, Marcelo. Me gustaría, pero es mejor que me quede aquí. Tengo muchas cosas que hacer.

—Como quieras. Pero procura no hacer ninguna tontería.

Aunque no me había trazado un plan de actuación, lo que en mi caso constituía siempre una fuente de angustia, al salir a la calle me sentí bien, en parte porque la llamada de Marcelo me había infundido una dosis considerable de optimismo, en parte porque el sol, que brillaba luminosamente en un cielo purísimo, me levantó el ánimo después de tantos días de encierro, y en parte porque me rondaba la idea de haber superado algo semejante a una prueba. En el supermercado me aprovisioné de pan, fruta, huevos, embutido, carne, verdura y mantequilla; en un quiosco compré un par de periódicos y, mientras regresaba a casa, noté una punzada de hambre. La expectativa de un suculento desayuno que sellase el fin de la pesadilla me llenó de alegría. Recuerdo que al cruzar el paseo de San Juan a la altura de Industria aspiré a fondo el aire oxigenado del parque y pensé que era maravilloso estar vivo.

Al llegar a casa puse música y me preparé un desayuno a base de zumo de naranja, huevos pasados por agua, embutido, tostadas y café y, mientras lo devoraba, leí los periódicos. Lo primero que hice fue buscar en la sección de sucesos alguna información sobre la mujer desaparecida en Calella, cuya descripción y cuyas iniciales coincidían con las de Claudia. No la encontré. Hacía mucho tiempo que no pasaba tres días sin leer la prensa, y lo que me sorprendió no fue esa ausencia previsible, sino encontrar, levemente modificadas o evolucionadas, poco más o menos las mismas noticias que había encontrado en ella tres días atrás; recuerdo que pensé: «Pasan menos cosas de las que creemos que pasan». Acaso porque sin darme cuenta quería diferir el momento de telefonear a Luisa, o simplemente porque quería evitar que aflorara la sospecha que me había estado carcomiendo en secreto desde que me había levantado, prolongué un buen rato la lectura de los periódicos. Por fin, mientras recogía las cosas del desayuno, la sospecha afloró transformada en certidumbre. Me dije que, en realidad, a Luisa no le faltaban motivos para negarse a aceptar una reconciliación; incluso era posible que, si ya había tomado una decisión de esa índole, mi llamada, lejos de contribuir a modificarla, la afianzara en ella, porque la oportunidad de devolverme la humillación que yo le había infligido sería demasiado tentadora. Comprendí entonces que era un riesgo telefonearla, pero, alentado por el optimismo que me habían inyectado la llamada de Marcelo, el paseo y el desayuno, decidí correrlo. La decisión fue acertada, porque, de no haberme resuelto a tomarla, la incertidumbre no me hubiera dejado vivir. Por lo demás, y puesto que yo estaba seguro de que Luisa se había instalado en casa de su madre, los recados que ésta había dejado durante toda la semana en mi contestador eran, si no ensayos de aproximación a través de persona interpuesta, al menos una excusa perfecta para tantear el terreno.

Aún no eran las doce cuando marqué el teléfono de mi suegra. Tardaron en contestar y, como era de hombre la voz que finalmente lo hizo (una voz que me trajo un recuerdo que se esfumó antes de aclararse), pensé que me había equivocado, así que, después de pedir disculpas, colgué. Para cerciorarme de que no me fallaba la memoria, busqué el número en la agenda que había junto al teléfono; no me fallaba. Creí que me había equivocado al marcar el número; con cuidado, volví a marcarlo. Casi en seguida contestó la misma voz.

—Perdone —repetí—. Acabo de llamar hace un momento. ¿No es éste el 2684781?

—¿Podría hablar más alto, por favor? —Con una especie de nostalgia reconocí al hombre, que alzó la voz para añadir—: No le oigo bien.

A gritos me identifiqué.

—Ah, por fin llama —exclamó, con un vago tonillo de reproche—. Luisa lleva toda la semana intentando localizarle.

«¿Qué Luisa?», pensé; y, como si me sintiera obligado a dar explicaciones, inventé un viaje inesperado. Luego añadí, para preservar la ambigüedad:

—¿Puedo hablar con ella?

—Está arreglándose —dijo Mateos—. ¿Sabe usted lo que ha pasado?

—¿Qué ha pasado?

—¿Cómo dice?

Grité:

—¿Que qué ha pasado?

—Algo terrible —proclamó, dramático—. Yo a usted no lo culpo, la verdad; ni tampoco Luisa: otra en su lugar no sé lo que haría. En cuanto a Juan Luis, bueno, eso ya es otra cosa; para qué le voy a contar: ya sabe usted cómo es. De todos modos, no se preocupe: Luisa está bien.

Aturdido, reconocí:

—No entiendo.

—Es mejor que se lo cuente Luisa —dijo Mateos—. Aquí está. Hasta pronto, joven.

—¿Tomás? —inquirió tras un instante mi suegra—. Soy Luisa.

Yo había creído intuir borrosamente las razones de la alarma de Mateos, pero la perspectiva de verme envuelto de nuevo en una trifulca familiar no me incomodaba; más bien al contrario: porque era una forma de reintegrarme a la normalidad, devolviéndome al ámbito de las preocupaciones de Luisa, en cierto modo me reconfortaba, sobre todo porque el hecho de que se recabara mi intervención para solucionar el conflicto me permitiría acercarme a Luisa con la protección de una excusa. Con gratitud pensé entonces que las ataduras que unen a un matrimonio son demasiado numerosas y fuertes como para que una simple aventura pueda cortarlas. En tono tranquilizador pregunté:

—¿Cómo está usted?

—Yo bien, hijo —suspiró con voz afligida—. Pero no sabes lo que ha pasado.

—Me lo ha dicho Vicente.

—¿Te lo ha dicho?

—Me ha dicho que ha pasado algo —aclaré—. No me ha dicho el qué.

—Yo quise ponerte al corriente en seguida. Te llamé varias veces a casa, pero no te encontré.

Volví a dar explicaciones y, vagamente inquieto (por un momento me asaltó la sospecha de que mi suegra no se atrevía a contarme lo ocurrido), la interpelé:

—¿Qué ha pasado?

Mi suegra se lanzó a una explicación precipitada y ansiosa, que al principio no entendí; luego, de una forma confusa, entendí la palabra «accidente» y la palabra «hospital»; también entendí que estaba hablando de mi mujer. Con un hilo de voz pregunté:

—¿Dónde está ingresada?

—En el Hospital de San Pablo —contestó—. Montse ha pasado la noche con ella. Ahora voy yo a relevarla.

Antes de colgar anuncié:

—Voy para allá.

24

El taxi me dejó en Cartagena con Padre Claret, frente a la entrada del Hospital de San Pablo, cuyos dos torreones modernistas estaban ocultos por una armazón de andamios enfundada en tela verde. Con un nudo en el estómago crucé apresuradamente el patio, subí la escalinata y entré en el hall; junto a la sala de espera, en un cubículo pequeño y oscuro como un confesonario, un conserje de uniforme azul atendía a una señora; en una pared del cubículo se leía: INFORMACIÓ. Cuando llegó mi turno expliqué:

—Busco a una persona. Luisa Genover, se llama. Me han dicho que está internada aquí.

—¿En qué sección?

—No lo sé.

—Sabrá por lo menos cuándo ingresó.

—No lo sé. Fue la semana pasada, pero no me pregunte qué día.

El conserje —un hombre de nariz huesuda y prominente, sobre la que tenía encabalgadas unas gafas de gruesos cristales— frunció los labios y, sin apenas mirarme, hizo con la cabeza un gesto de reconvención o fastidio; luego, murmurando algo que no entendí o preferí no entender, se aplicó a revisar el registro de entradas con la cara muy pegada al papel, mientras con casi imperceptible lentitud las gafas le resbalaban por la nariz.

—Aquí está —dijo al cabo de un rato, señalando con un dedo satisfecho un nombre del registro y subiéndose con la otra mano las gafas, que un momento antes yo había estado a punto de sujetarle instintivamente para que no se le cayeran–. Luisa Genover. Está en Ginecología. Edificio de Santa Ana y Santa Magdalena.

–¿Cuál de los dos?

–Es uno sólo. –Con un ademán impreciso señaló el otro extremo del hall–. Suba hacia el fondo y a la izquierda. No tiene más que seguir la línea de color butano que hay pintada en el suelo. No hay pérdida.

Siguiendo la línea de color butano atravesé un jardín cuadrangular flanqueado por pabellones casi idénticos, con un torreón y una cúpula a cada lado; en el centro del jardín había una superficie de cemento rodeada de setos, con bancos de piedra y castaños deshojados. Subí por una avenida, crucé bajo un puente que unía a media altura dos pabellones y llegué frente a otro pabellón, cuya fachada se alzaba ante un montículo poblado de pinos. Allí moría o se borraba la línea del suelo, así que imaginé que había llegado al lugar indicado; sin embargo, como ningún letrero lo confirmaba, después de dudar un momento continué andando, crucé una suerte de túnel que atravesaba el pabellón y al salir de él vi un letrero con una flecha, que anunciaba: STA. ANNA I STA. MAGDALENA. Seguí la dirección que indicaba la flecha y, rodeando el pabellón por la parte trasera, desemboqué en una breve explanada de gravilla invadida de hierbajos, sobre la que daban tres puertas: una era blanca y evidentemente pertenecía o había pertenecido a un ascensor; la otra era negra y estaba entreabierta, y por la abertura sobresalía un montón de bolsas llenas de desperdicios; la tercera era de cristal esmerilado. Abrí esta última y subí por una escalera hasta el tercer piso; clavado a la puerta, proclamaba un letrero: STA. MAGDALENA – GINECOLOGIA – NOUNATS. Casi me fui de bruces al abrir la puerta contra una enfermera que cargaba con un mazo de sábanas recién planchadas. La enfermera dio un paso atrás, sobresaltada, y poniendo una mano sobre las sábanas, para que no se le cayesen, me increpó:

—¿Qué hace usted aquí?

Porque noté que estaba asustada, me asusté. Conseguí articular:

—Tengo a mi mujer ingresada.

—¿No sabe que está prohibido entrar por esa puerta? —preguntó, recobrando al instante el aplomo; luego ordenó—: Haga el favor de acompañarme.

La seguí por un pasillo de paredes blancas, a uno de cuyos lados se abría un ventanal muy grande que mostraba una estancia llena de cunas vacías, y llegamos a un mostrador donde el pasillo hacía esquina y se bifurcaba hacia la izquierda y el fondo; en esta última dirección me pareció reconocer fugazmente a alguien. Dejando el mazo de sábanas sobre el mostrador, la enfermera preguntó:

—¿Cómo se llama su mujer?

—No se moleste —contesté, echando a andar hacia el pasillo del fondo—. Creo que ya la he localizado.

—Eh, oiga, ¿adónde va? Si no me da el nombre de su mujer no puedo dejarle pasar.

Regresé. Se lo di.

—Habitación número veinte —me informó en seguida, señalando en la misma dirección que yo había tomado—. A las dos se acaban las visitas.

La enfermera añadió algo, que no oí, y antes de agotar el pasillo del fondo reconocí con sorpresa, en el individuo que se levantó de un banco pegado a la pared y se acercó hacia mí con una mano extendida y una sonrisa de compromiso, a Oriol Torres.

—Soy Oriol Torres —dijo estrechándome la mano con una mano fría, apática, viscosa y resbaladiza: por un momento pensé que tenía un sapo en la mano—. No sé si te acuerdas de mí.

—Claro —dije—. ¿Dónde está Luisa?

Señaló una puerta.

—Es mejor que no entres ahora. Está descansando.

—Tengo que verla.

Me cogió del brazo.

—Hazme caso. El médico ha dicho que le conviene descansar. Cuanta menos gente haya dentro, mejor.
—¿Hay alguien dentro?
—Su cuñada. Ha pasado la noche con ella.
Con alguna brusquedad le aparté el brazo, llamé suavemente a la puerta, la entreabrí. Ya estaba entrando en el cuarto cuando se interpuso Montse y, empujándome de vuelta hacia el pasillo, volvió a cerrar la puerta; preguntó con sequedad:
—¿Qué haces aquí?
—Quiero ver a Luisa.
—No puede ser.
—¿Cómo que no puede ser? He venido a verla. Soy su marido.
En los ojos bovinos de Montse creí distinguir entonces un destello fugaz de inteligencia o reproche. Serenamente, con esa firmeza que el sentido de la realidad confería a las madres de familia de antes, me aconsejó:
—Créeme, Tomás. Es mejor que no entres ahora.
Atolondrado, porfié:
—Hazme el favor, Montse. Entra y dile que quiero verla. Que me perdone. Te prometo que si no quiere verme me iré.
Montse suspiró.
—Espera un momento —dijo.
Durante unos segundos que me parecieron eternos recorrí una y otra vez el pasillo, con el corazón latiéndome en la garganta, esquivando enfermeras y familiares de enfermos, mientras Torres esperaba de pie, junto a la puerta de Luisa, con las manos enterradas en los bolsillos de los vaqueros, los labios congelados en una mueca pensativa y la vista fija en la pared de enfrente. Al rato volvió a salir Montse.
—Lo siento, Tomás. No quiere verte.
La miré a los ojos, resignado; aunque conocía de antemano la respuesta, tras un silencio pregunté:
—Ha perdido el niño, ¿verdad?
Montse asintió.

—Ayer le hicieron un raspado de matriz —explicó luego—. Hoy ya está mejor, pero todavía tendrá que descansar un par de días. Ahora, lo que es peligro, no corre ninguno.

—¿Cómo fue?

—¿La operación?

—El accidente.

—De lo más tonto. Fue el domingo por la tarde. Quiero decir el domingo pasado, después de que os peleaseis; porque os peleasteis, ¿verdad?

No dije nada.

—Se saltó un semáforo en rojo en Gran Vía con Pau Claris, y una camioneta se le vino encima. El coche quedó para chatarra, pero al principio pareció que ella no se había hecho nada: algún golpe, algún rasguño, nada. Luego, el mismo lunes, empezó a tener pérdidas. Casi en seguida supo que el feto estaba muerto, pero el médico le dijo que esperara, que tenía que expulsarlo de una forma natural. Así que se ha pasado unos cuantos días con eso ahí dentro, muerto. —Montse movió a un lado y a otro la cabeza, entornó los párpados, chasqueó la lengua—. La pobre ha debido de pasar un verdadero calvario. Por fin el sábado decidieron internarla.

Hubo un silencio menos largo que incómodo, turbado apenas por un vago rumor de conversaciones y por el tintineo de vidrio y metal de un carrito que rodaba por el pasillo; una puerta se cerró muy cerca. La angustia me pesaba en la garganta, y sentí deseos de salir cuanto antes a la calle y respirar aire puro; por un momento temí que iba a echarme a llorar, y para evitarlo pregunté mirando a Torres, como si buscara en él un asidero más que una respuesta:

—Pero lo que no entiendo es por qué me echa a mí la culpa.

—Nadie te echa la culpa —contestó Torres, desenterrando las manos de los bolsillos y haciendo con ellas un ademán indulgente—. Es sólo que no quiere verte. Compréndelo, Tomás: ha pasado una semana de perros.

Iba a replicar cuando terció Montse.

—Oriol tiene razón —dijo—. Hazle caso, Tomás: es mejor que te vayas. A Luisa ya se le pasará el enfado. Cuando se ponga bien será otra cosa. Además, Juan Luis debe de estar al llegar, y es mejor que no te vea... En fin, ya sabes cómo es.

Lo sabía perfectamente, desde luego, pero me faltaron fuerzas para decirlo en voz alta, o para prolongar una discusión que de golpe me pareció absurda. Miré a Montse; luego miré a Torres y me sorprendí pensando: «Pijo de mierda». Sin un gesto de despedida me fui.

25

Denunciándome con un dedo, desde detrás del mostrador preguntó la enfermera del mazo de sábanas:

—Eh, oiga, ¿adónde va por ahí?

—Me voy.

—El señor está intentando tomarme el pelo —afirmó como si se dirigiera a otra persona, o como si yo no estuviera allí—. Le advertí que por esa puerta no se puede salir.

—Entonces ¿por cuál?

—Continúa tomándome el pelo. —Señaló una puerta blanca, de dos batientes, con un enorme letrero rojo donde se indicaba la salida—. ¿Está borracho o qué?

Mascullé una disculpa, bajé con precipitación las escaleras, salí frente al bosquecillo de pinos y, como si hubiera estado a punto de ahogarme, aspiré profundamente el aire del mediodía, que era limpio, soleado y brillante. Hacía calor. Mientras bajaba hacia la salida del hospital me esforcé por no pensar en nada, y en el jardín cuadrangular topé con mi suegra y con Vicente Mateos, que en ese momento iniciaban la subida. Venían vestidos como para una celebración: mi suegra lucía un vestido ligero, lila y negro, zapatos blancos y pamela azul, y en su rostro contrastaban el rojo de los labios y el negro de las pestañas con la palidez cadavérica de la piel, apenas atenuada por el rosa artificial de los pómulos; Mateos, por su parte, vestía los mismos pantalones color crema, la misma camisa recosida y el mismo blazer azul marino con botones dorados que había vestido una semana atrás, en el cumpleaños de mi suegra. Recuerdo que, quizá porque el cansancio de la subida y la violencia del sol les descomponían el semblante, o porque quise ver en ellos un espejo de mi propio estado de ánimo, en cuanto los tuve ante mí se me ocurrió que mi suegra se había contaminado de la decadencia física de Mateos sin que Mateos hubiera asimilado la vitalidad otoñal de mi suegra, como si se hubiera verificado en una sola dirección, y de un modo fulminante, ese proceso de ósmosis por el que al cabo de un tiempo de convivencia todas las parejas acaban pareciéndose.

Cuando consiguió sosegar su respiración, en un tono de voz un punto más alto de lo normal (que yo atribuí a un gesto de deferencia destinado a no excluir a Mateos de la conversación), mi suegra preguntó:

—¿Cómo está Luisa?

—Supongo que mejor —contesté, imitando su tono de voz—. En realidad no la he visto.

—¿No la has visto?

—¿Se puede saber por qué habláis tan alto? —preguntó Mateos, sombreándose los ojos con una mano acartonada por la artrosis, para protegerlos del sol. El sudor le pegaba al cráneo el pelo, escaso y blanquecino—. Se va a enterar todo el hospital.

Odié un poco al viejo y, sintiéndome ligeramente estúpido, pero sobre todo muy infeliz, recuperé el tono de voz habitual para aclarar:

—No me ha dejado entrar.

—¿Luisa?

—Luisa.

Mi suegra miró a Mateos con el aire de quien no puede oponerse a una decisión que considera a todas luces injusta.

—¿Has oído?

Deduje que Mateos asentía, porque sus cejas de nieve se alzaron y descendieron dos veces, acompañadas en su movimiento por las gafas de gruesa montura rectangular.

—Tienes que entenderla —prosiguió mi suegra, mirándome a los ojos con una tristeza de anciana que yo nunca había visto en ellos–. La pobre lo ha pasado muy mal. ¿Te lo ha contado Montse? –Dije que sí–. Muy mal –repitió–. Ya sé que no es una excusa, al fin y al cabo tú no tienes ninguna culpa, pero qué quieres. Cuando le sale el carácter, le sale el carácter. En eso ha salido a su padre. Como Juan Luis. Pero yo que tú no me preocuparía: ya se le pasará.

–No se le pasará –murmuré.

–¿Cómo dices?

–Que no se le pasará.

–Claro que sí, Tomás –me animó, imprimiendo a su voz una vivacidad y una energía que sólo una semana atrás yo había creído genuinas, y que ahora me parecieron postizas–. Todos los matrimonios tienen estas cosas. Si yo te contara las que pasé con mi difunto marido... –Por un momento tuve la certeza de que se iba a lanzar a relatarme algún lance desdichado de su vida de esposa modelo. No sin asombro la oí desmentir esta sospecha–: Nada, hombre, nada: dentro de tres días lo habrá olvidado todo. Y en cuanto a lo del niño, bueno, ha sido una lástima, pero eso sí que tiene fácil arreglo: tenéis otro y en paz. ¿Verdad, Vicente?

–Creo que me he perdido –reconoció Mateos, con una sonrisa estrábica–. ¿Qué decías?

–Nada, Vicente, nada. Y tú hazme caso, Tomás: no te preocupes. ¿Qué culpa vas a tener tú? Esto son cosas del destino. Ni más ni menos. Lo que ahora tienes que hacer es dejar que Luisa descanse, que se reponga del golpe, que tenga tiempo de pensar un poco. Dentro de un tiempo me llamas a casa y hablamos. Y ya verás qué pronto se arregla todo.

Mateos, que tal vez había seguido en parte el hilo del diálogo, debió de sentirse obligado a secundar a mi suegra, porque, asiéndome del brazo con una presión que se quería fraternal, dijo:

–No se preocupe, joven. Y levante ese ánimo. Le aseguro que nosotros no le culpamos.

No sé qué me humilló más: la insistencia de Mateos en rechazar mi responsabilidad en el accidente de Luisa o el hecho de que esos dos ancianos espectrales se creyeran obligados a compadecerme y a ofrecerme su ayuda. Anuncié:

—Bueno, tengo que irme.

—¿Has recibido ya las trescientas mil pesetas? —preguntó de repente mi suegra.

—¿Qué trescientas mil pesetas?

—Las que me dejaste la semana pasada.

—Ah —dije: se me había olvidado por completo—. No lo sé. Pero no tiene importancia. Ya me las pagará cuando pueda.

—Claro que tiene importancia. Le dije al administrador que te las ingresara. Haz el favor de llamarme si no lo ha hecho aún. Este hombre ya está empezando a hartarme, un día de éstos le voy a cantar las cuarenta. Por cierto, ¿está Juan Luis arriba?

—No. Sólo está Montse. Bueno —añadí—, también hay un colega de Luisa.

—¿Oriol? Un muchacho buenísimo; ayer se pasó el día entero con ella. —Volviéndose hacia Mateos, levantó la voz—: ¿Por qué no te vas con Tomás, Vicente? Juan Luis debe de estar al llegar. Es mejor que no te vea.

—Déjame acompañarte hasta la puerta —le pidió Mateos—. Luego me voy.

Nos despedimos. Acabé de bajar el jardín, y al llegar al hall me di la vuelta, como si hubiera olvidado decirles algo importante, o como si por un momento me hubiera asaltado la sospecha de que no volvería a verlos: tomados del brazo, erguidos y sudorosos en el calor del mediodía de septiembre, avanzando con paso inseguro, mi suegra y Mateos se perdían cuesta arriba igual que dos fantasmales invitados a una fiesta decadente, entre el esplendor gastado de los torreones y las cúpulas modernistas, bajo la sombra sin alivio de los castaños.

26

Al salir del Hospital de San Pablo yo estaba desolado, y no sólo porque tuviera la certeza de que había perdido a Luisa, sino sobre todo porque mientras esperaba un taxi para volver a mi casa me deslumbró una verdad que en aquel momento juzgué inapelable, y que me asombró no haber reconocido antes. Y era que yo no sabía vivir, que no había sabido vivir nunca, que nunca sabría vivir. Hundirme por un momento hasta el fondo en el pozo pestilente de la autocompasión me alivió un poco; pensé que era un pobre hombre, pero también pensé que ya había agotado mi cupo de calamidades. La primera de estas dos conclusiones era atinada, pero no la segunda: por entonces yo no conocía la asombrosa soltura con que la realidad es capaz de demostrarnos que, por mal que nos vayan las cosas, siempre pueden irnos mucho peor.

Había un recado en el contestador automático cuando llegué a casa. «Tomás, soy Alicia –decía–. Se te ha olvidado que a las doce tenías un examen, ¿verdad? La que has armado, hijo. Los estudiantes le han ido con el cuento a la decana, que está que trina; de Llorens ni te hablo: a grito pelado anda por ahí proclamando que te va a poner en la calle. Haz el favor de llamarme cuanto antes, a ver si todavía somos capaces de arreglar algo. Bueno, hasta luego entonces, encanto.» Aguanté a pie firme una oleada de angustia mientras oía el recado. Miré el reloj: eran las tres y diez. El teléfono sonó antes de que pudiera llamar a Alicia. Como quien piensa en voz alta pregunté:

—¿Alicia?

—¿Cómo dice?

—¿Eres tú, Alicia?

—No, señor —dijo una voz masculina—. Se equivoca.

—Entonces ¿quién es?

La voz se crispó.

—¿Y a usted qué le importa?

Desconcertado, por un instante tuve la certeza de que ya había vivido esa situación antes, o de que la había soñado. Tratando de conservar la calma, contemporicé:

—Ha sido usted quien me ha llamado, ¿verdad?

—Sí —dijo—. Pero eso no le da derecho a según qué cosas.

—¿Me da derecho a preguntarle qué se le ofrece?

—Haber empezado por ahí. —De repente sedosa, la voz inquirió—: ¿Es el restaurante Bombay?

En un segundo pasé del desconcierto a la perplejidad, y finalmente, porque de golpe creí haber reconocido la voz, a la irritación. No pude o no quise contenerla.

—Oiga, ¿me está usted tomando el pelo o qué? Es la tercera vez que llama preguntando por ese restaurante.

—¿Yo? ¿Por el Bombay? Imposible. No he estado nunca en él. Lo único que sé es que está en la calle Santaló, pegando a Vía Augusta, y que el teléfono es el 3443542; de buena tinta sé también que es excelente. Pero ni una palabra más. Ahora, si me he equivocado de número, le pido disculpas.

—No hace falta —dije—. Váyase a la mierda.

Colgué. Descolgué y, mientras marcaba el número del departamento, noté que me temblaba la mano.

—¿Alicia?

—Ah, Tomás. Ya iba siendo hora. ¿Se puede saber dónde coño te habías metido?

—Lo siento, Alicia. Es que...

—Déjate ahora de excusas. Acabo de hablar con la decana. Por lo visto ha conseguido ponerse de acuerdo con los estudiantes para repetir el examen mañana. A las doce. No te pregunto si te parece bien porque te tiene que parecer bien.

—Me parece fantástico. No sé cómo se me ha podido olvidar... Bueno, en realidad sí lo sé. En fin, por lo menos así se arregla todo, ¿verdad? ¿Qué dice Llorens?

—Nada. Le ha faltado tiempo para lavarse las manos.

—Mejor. Puedes decirle a la decana que mañana estaré ahí a las doce. Sin falta. Que no se preocupe.

—No, si aquí el único que debería estar preocupado eres tú. Porque de que todo arreglado nada, ¿eh? En una de éstas te vas a comer un marrón de alivio. Si es que no te lo has comido ya.

Igual que si no hubiera oído a Alicia pregunté:

—Por cierto, ¿cómo está?

—Pues mira, ya que lo preguntas te diré la verdad: un poco hasta las tetas de tener que aguantar los gritos de la decana por culpa de tus gilipolleces. Por lo demás, bastante bien: separada y sin compromiso. Y esperando que me invites a la copa que me debes.

Como, era evidente, no había entendido la pregunta, aclaré:

—Perdona, Alicia, pero me refería a la decana.

—Tú siempre tan galante, chato —suspiró—. La decana. ¿Y cómo quieres que esté la decana? Pues subiéndose por las paredes: hasta las narices del departamento, hasta las narices de Llorens y hasta las narices de mí. Y encima están los estudiantes, que siguen con el follón de las matrículas y amenazan con organizar una huelga que te cagas. En fin. Hasta al pobre Ignacio le montó una bronca el viernes. Sólo faltabas tú para acabar de arreglarlo.

—Por lo menos se habrá quedado tranquila poniendo el examen mañana —aventuré.

—¿Tranquila? Estás loco o qué. Esa mujer no ha estado tranquila en su vida. Y menos ahora. En realidad —titubeó—, bueno, en realidad sólo conozco una manera de tranquilizarla.

—¿Cuál?

—¿No me digas que no te la imaginas?

El tono de la pregunta hizo que me la imaginara.

—No seas bruta, Alicia.

—No soy bruta. En este mundo no hay bicho más peligroso que una mujer insatisfecha, por decirlo con una palabra distinguida. Que hay que ver lo fina que me estoy volviendo últimamente, ¿no? Pero te aseguro que es verdad, que yo de esto sé un rato. De mujeres, me refiero. Claro que también es verdad que mujeres satisfechas, lo que se llama satisfechas, hay bien pocas que lo estén. Primero porque los tíos no estáis por la labor: a vosotros lo que os va es hablar del asunto, contárselo a los amigos y meneárosla. Y después porque, qué quieres, chico, yo es que creo que a nosotras es que nos va la marcha.

—Claro, claro —dije, por decir algo; luego, volviendo a lo mío, comenté—: A lo mejor debería hablar con ella.

—¿Con la decana? Toma, claro. No sé si te va a servir de mucho, pero... Bueno, además está lo del perfil de tu plaza.

—Marcelo me dijo que eso estaba arreglado.

—*Estaba* arreglado, pero no sé si todavía lo está. Por cierto, ¿sabes que se ha roto la clavícula?

—¿La decana? —pregunté sin pensar.

—No caerá esa breva —contestó—. Marcelo.

Mentí:

—Me lo ha contado por teléfono.

—Dice que se cayó por las escaleras de su casa. ¡Ja! Ya ves tú quién va a creerse ese cuento.

—Por qué va a ser un cuento.

—No seas inocente, Tomás. Parece mentira que no conozcas a Marcelo: eso ha sido cosa de una masajista que se pasó de rosca, hombre, una de esas taradas de las saunas que tanto le gustan. Como si lo estuviera viendo... Pero, en fin, a lo que iba. Esta mañana se ha presentado con el vendaje ese tan resultón que lleva y, como sabía que no habías hablado con la decana del perfil, se lo dije. Así que habló con ella y parece que salió con la idea de que aceptaba cambiarlo.

—Eso también me lo ha contado a mí.

—Bueno, pues esta mañana la tía vociferaba que, de lo de cambiar el perfil, nada de nada. Que lo que tenía era ganas de empurtarte.

—Es comprensible: estaba cabreada —comenté con un hilo de voz. No me gustó el silencio de Alicia, así que dije—: Oye, no creerás que hablaba en serio, ¿verdad?

—Francamente, Tomás: me parece que sí —contestó, implacable—. ¿No te he contado cómo se ha puesto? No creo que intente ir más allá, pero lo que es seguro es que te va a abrir un expediente. Por eso te digo que no sé si te va a servir de mucho hablar con ella. Ni siquiera creo que Marcelo…

—Está fuera.

—Ya lo sé, aunque me parece que con la decana él ya ha quemado todos sus cartuchos. De todos modos, por intentarlo no se pierde nada. O a lo mejor sí, vete a saber, tal y como están las cosas… Porque lo peor es que, no sé, es como si esta mujer se hubiera tomado este asunto como algo personal; aunque, claro, en realidad se lo toma casi todo como algo personal. Entiéndeme: no es que piense que le faltan razones para empurarte; al contrario, le sobran: hay que ser un verdadero merluzo para no presentarse al examen después de la que se armó en junio, y encima con la oposición de por medio. Pero la verdad, no sé, chico, si vieras cómo se ha puesto… Ni que le hubieras hecho algo, oye… En fin, ya te digo que es una histérica. Y lo repito: lo que necesita es que alguien la tranquilice de una vez, no sé si me explico…

27

Aún no habían dado las diez cuando al día siguiente me presenté en el despacho de la decana. Ignoro qué es lo que en aquel momento me pasaba por la cabeza, pero visto con la perspectiva del tiempo me admira la terquedad con que, a pesar de hallarme en un estado de absoluto desamparo moral, con uñas y dientes me aferraba a mi puesto de trabajo en la universidad; aunque quién sabe, tal vez la realidad es menos halagadora que todo eso: tal vez, más que por entereza de carácter (porque me hubiera sobrepuesto ya a la pérdida de Luisa y de Claudia), obré por inercia, llevado por una especie de instinto que se negaba a que yo me dejase vencer por la resignación, una resignación que me estaba devorando en secreto, que en cierto modo, íntimamente, ya me había vencido.

–La decana está ocupada –dijo la secretaria, apartando de la pantalla del ordenador una sonrisa solícita. Era una muchacha de pelo corto y crespo, de labios descarnados y dentadura de yegua, de ojos chicos y grises, que parecían enjaulados en unas gafas de montura colorada–. Tiene una visita. Si quiere, puede esperarla. No creo que tarde.

La muchacha devolvió su atención al ordenador mientras yo me sentaba a esperar frente a ella, en una butaca cuyo respaldo se apoyaba en la pared de madera que dividía el despacho de la decana y el de la secretaria, que era la antesala de aquél. Durante un rato, en un silencio apenas turbado por el teclear de la secretaria en el ordenador y por el murmullo cercano e indistinto que, proveniente del despacho de al lado, traspasaba la madera del tabique, hice un esfuerzo por fijar las palabras que durante el trayecto en tren hacia la universidad había decidido dirigirle a la decana. Un hecho dará la medida de mi desesperación de aquel momento, o de mi ingenuidad: por increíble que parezca, mi intención era presentarme en visita de cortesía, como si por casualidad hubiera pasado por allí y hubiera decidido responder a la invitación que la decana me había hecho el jueves, cuando me llevó en coche hasta mi casa; firmemente creía que la estratagema (si es posible llamarla así) podría contribuir a sortear los escollos que surgirían al abordar la cuestión del examen al que había olvidado acudir; incluso es posible que, ofuscado por la mezcla de abatimiento y obstinación que me dominaba, yo me sintiera dispuesto a todo con tal de enderezar el tuerto.

Todavía le estaba dando vueltas al asunto cuando el murmullo que llegaba del despacho de la decana se trocó en un gemido equívoco; en seguida se oyó un suspiro, y luego un golpe sordo, como de algo pesado que cae sobre una superficie mullida, una moqueta o un sofá. Pensé: «No puede ser». Miré a la secretaria, que había dejado de teclear y tenía las manos congeladas en un gesto de sorpresa. La secretaria me miró y supe que los dos pensábamos lo mismo. A punto estuve de dejar caer algún comentario que restase importancia al incidente, pero en ese momento sonó otro suspiro, largo y profundo, que casi podía confundirse con un grito. Entonces, sin apartar la vista de mí, la secretaria estiró los labios en una sonrisa casi agresiva, que dejó al descubierto su dentadura equina; a continuación hizo algo increíble: emitiendo un suave silbido de serpiente a través de sus labios fruncidos, estiró y encogió varias veces un brazo, con el puño cerrado, en un gesto cuya transparente obscenidad convivió sin desmentirla con la inocencia cómplice de sus ojos de oficinista. «No puede ser —volví a pensar—. Esto lo estoy soñando.» Como impulsado por un resorte me levanté para irme; aún no lo había hecho cuando se abrió la puerta del despacho y apareció el historiador plácido, pomposo y enteco que había conocido una semana atrás, en el bar, en compañía de Marcelo y de la decana.

—Ah, Tomás, cómo anda eso —me saludó, sonriendo y estrechándome la mano—. No te habré hecho esperar, ¿verdad?

—No te preocupes —dije—. En realidad ya me iba.

Como descontando que yo estaba mintiendo, se excusó:

—Es que estábamos hablando de un asunto importante. —Miró de reojo a la secretaria, que había vuelto a volcar toda su atención sobre la pantalla del ordenador; con una voz algo más baja recitó—: El perfil de la plaza y la composición del tribunal. Entre nosotros: no quiero sorpresas; con las cosas de comer no se juega. Me imagino que vendrás a lo mismo, ¿no?

Encogiéndome de hombros, balbuceé:

—No, no, en realidad yo sólo venía...

—No te preocupes —me cortó, guiñándome un ojo—. Está hecho. Pero eso sí —añadió, torciendo la sonrisa y dejando que la voz se le tiñera de atávicos resabios de funcionario camastrón—, ándate al loro, ¿eh?

No entendí el comentario, pero, antes de que pudiera pedirle que me lo explicara, el otro se adelantó:

—Por cierto, ¿cómo está Luisa?

«¿Por cierto?», me pregunté en silencio.

—¿Luisa? —me pregunté en voz alta, para darme tiempo a procesar la pregunta—. Bien, bien. Muy bien. —Era evidente que el laconismo de mi comentario no había satisfecho la curiosidad de mi interlocutor y, alarmado por el destello anómalo que creí distinguir en sus ojos, inquirí—: ¿Por qué lo preguntas?

—No, por nada, por nada —dijo, pasándose una mano por su cara lampiña, como si quisiera borrar la expresión de suficiencia o de burla que tenía grabada en ella—. Bueno, me voy. Dale recuerdos a Luisa de mi parte y... ah, ahí tienes a Marieta.

Me volví de golpe: la decana estaba de pie en el umbral del despacho, sosteniendo con dos dedos un papel y mirándome con atónita fijeza; tenía los ojos brillantes y los labios cuidadosamente pintados de rojo, y pensé que acababa de repasárselos con un pintalabios; la ira, la confusión o la vergüenza le había oscurecido el color rosado del semblante.

—¿Cómo estás, Marieta? —la saludé, dando un paso hacia ella con mi mejor sonrisa y esforzándome para que mi voz denotara despreocupación—. Pasaba por aquí y me dije...

—¿A ti qué te parece? —me espetó, dejando el papel sobre la mesa de la secretaria.

Bastaba oír su voz para comprender que mi estratagema no iba a dar resultado. Me olvidé de ella y aflojé.

—Claro, claro, te entiendo —concedí—. Pero si me das un minuto puedo explicártelo todo.

La decana me taladró con una mirada endurecida por una suma de cólera y perplejidad y, sin siquiera tratar de ocultar su irritación, bajando la vista hacia el papel que había dejado sobre la mesa aseguró:

—No tengo un minuto.

—Marieta, por favor, es sólo un momento —supliqué—. Estoy pasando una mala racha, tengo problemas familiares y...

—Mira, Tomás —me cortó, golpeando la mesa con la palma de la mano y levantando de nuevo la vista: un brillo furioso de llanto le humedecía los ojos. Más que hablar, gritó—: Todos pasamos de vez en cuando por una mala racha, todos tenemos problemas familiares. —En este punto se le quebró la voz, y al volver a hablar le salió un gallo—: Pero hay cosas intolerables, ¿entiendes? Intolerables. Es la segunda vez en tres meses que dejas tirados a los estudiantes. Muy bien. Te aseguro que, mientras dependa de mí, eso no va a volver a pasar.

—Pero, Marieta...

—No hay pero que valga. Ya sé que me dirás que no eres el único que hace estas cosas. Es verdad. Pero por algún sitio hay que empezar a poner orden. Te ha tocado a ti, y no creas que no lo siento, aunque la verdad es que te lo has ganado a pulso. Después nos extraña que los estudiantes monten huelgas; si yo fuera ellos montaría muchas más. Porque a la gente no le ha entrado en la cabeza que esto es un servicio público, ¿comprendes?, un servicio público, y no una finca privada adonde ir a pasar el rato. Aquí hay que venir a cumplir, nos pagan para eso. Así de claro. Y el que no esté de acuerdo, que haga las maletas. Claro que también podéis elegir otro decano; a mí me da lo mismo. ¿Está claro?

Como juzgué que era inútil discutir, asentí. No recuerdo qué es lo que siguió vociferando la decana, pero cuando comprendí que había acabado de desahogarse le pregunté, vagamente implorante:

—¿Qué vas a hacer?

—Lo sabrás en su momento —contestó—. Ahora prefiero no hablar de este asunto. Créeme: es lo mejor.

En el mismo tono de irritación le dijo algo a la secretaria en relación con el papel que había dejado sobre la mesa. Luego, sin mirarme, sin una palabra de despedida, regresó a su despacho.

Ya había cogido el pomo de la puerta para irme cuando oí por tres veces, a mi espalda, un suave silbido de serpiente. Sin volverme, abrí la puerta y salí.

28

Fui al departamento después del examen. Alicia no estaba en secretaría; había pegado un papel en la puerta: «He salido a desayunar —decía—. Vuelvo en seguida». De camino hacia mi despacho me crucé con José María Serer y con Helena Albanell —una ayudante de fonología, rubia, fina y frágil, a quien Llorens protegía y a quien Serer y Andreu Gómez por entonces cortejaban sin éxito—; los saludé de pasada. También me crucé con Llorens, pero a éste casi no pude saludarlo, porque, en cuanto me reconoció mientras cerraba la puerta de su despacho, la cara se le descompuso y la calva pareció encendérsele, y poco después pasó junto a mí como un rayo, con la vista clavada en algún punto situado entre la pared y el techo del pasillo, contrayendo los labios en un gesto que (supongo) quería ser de desdeñosa indiferencia, y que a alguien menos apesadumbrado de lo que yo lo estaba hubiera podido darle risa: a mí sólo me dio pena.

Avivé el paso, y al llegar al despacho de Ignacio llamé a la puerta.

—Adelante —oí.

Me asomé: Ignacio estaba atendiendo a Abdel Benallou.

—¡Hombre, Tomás! —exclamó Ignacio, levantándose y viniendo hacia mí con los brazos abiertos y una alegría juvenil iluminándole la cara—. Ya empezaba a estar preocupado, chico. Te he estado llamando todo el fin de semana. ¿No has oído el recado que te dejé en el contestador?

—Sí, pensaba llamarte —mentí—. He estado enfermo.

—Espero que no haya sido nada grave.

—No. Sólo un poco de fiebre.

—Me alegro. —Me empujó hacia el pasillo y entrecerró tras él la puerta, tapándome con su cuerpo la visión de Benallou, que seguía sentado frente a la mesa de su despacho, humilde y expectante; luego, apretándome con fuerza un hombro, bajó la voz para comentar en tono confidencial—: La que armamos el otro día, chico. Si se llega a enterar alguien... De todos modos, lo que más me fastidia es haberme dejado allí la caja de las herramientas. Era un regalo de papá, ¿sabes? Si supieras la historia que le conté a Marta... No entiendo cómo pudo olvidárseme, debió de ser la excitación del momento... Por cierto, ¿no habrás vuelto a ver a la chica?

Negué con la cabeza.

—Bien hecho —dijo—. Después de cómo nos trató... Que le den morcilla. De todos modos, si por casualidad vuelves a verla hazme el favor de pedirle que me la devuelva. A mí, la verdad, me da vergüenza ir a buscarla a su casa...

—No te preocupes: se la pediré. —Le miré a los ojos y añadí—: Y gracias por lo que hiciste, Ignacio.

—Tonterías —dijo, dándome un golpe en el hombro y recobrando su tono de voz habitual, mientras abría de nuevo la puerta de su despacho—. ¿Para qué están los amigos si no es para echarse una mano de vez en cuando?

Dirigiéndose por igual a Benallou y a mí, Ignacio se lanzó a un elogio encendido de la amistad, que al poco rato, sin duda porque comprendió que estaba haciendo esperar a Benallou, interrumpió bruscamente para mirarme con unos ojos cargados de súbita responsabilidad y alegar:

—Bueno, chico, ahora tengo trabajo. Que estamos aquí batallando con la tesis de Abdel. ¿Nos vemos luego?

Intuí que se moría de ganas de comentar la aventura del jueves, así que dije:

—Si quieres...

—Quiero. Te invito a comer. Y a Abdel también. ¿Te apuntas a comer con nosotros, Abdel?

Benallou agradeció la invitación, pero dijo que ya había quedado para comer en Barcelona, en casa de unos parientes.

—Bueno, otro día será —se lamentó Ignacio. Luego, dirigiéndose de nuevo a mí, preguntó—: ¿Has visto a Marcelo?

—Se ha ido a Morella. Seguro que hasta que empiecen las clases no vuelve.

—Jo, el tío, qué vida se pega. En fin, es lo mismo: vamos a comer los dos. ¿Me pasas a buscar cuando acabes?

—Acabo dentro de diez minutos.

—Perfecto —dijo, y se volvió otra vez hacia Benallou—: Nos sobra tiempo, ¿verdad?

Me llegué hasta mi despacho, entré, de la cartera saqué dos listas con las notas de los dos primeros exámenes, volviendo a salir al pasillo las expuse en el panel de corcho que había junto a la puerta; no había acabado de hacerlo cuando apareció Renau. Me saludó afectuosamente, y mientras conversábamos me pregunté si se habría enterado ya de mi nuevo estropicio; de la claridad de su mirada quise deducir que aún no se había enterado. En algún momento preguntó:

—¿Se sabe algo de las oposiciones?

—Saldrán pronto. En invierno. Ya han enviado el perfil de la plaza al rectorado.

Renau no me preguntó cuál era el perfil de la plaza, pero se ofreció de nuevo a figurar como miembro del tribunal; también me prometió su memoria de oposición.

—En confianza: no pierdas el tiempo haciendo otra —me aconsejó—. Fusila directamente la mía. Todas las memorias son iguales: copias de otras memorias; o copias de copias de copias. Nunca ha habido una que sea original.

Después de todo yo no debía de estar tan mal, o quizás es que la tristeza y la resignación le devuelven a uno la ironía; lo cierto es que me sorprendí a mí mismo diciendo:

—La de Menéndez Pidal.

—La de Menéndez Pidal —concedió Renau, con una sonrisa—. Bueno, me voy.

Al rato fui a buscar a Ignacio; le encontré en el despacho, metiendo un libro en la cartera. Benallou se había ido.

–Vámonos –dijo Ignacio.

Desanduvimos el pasillo conversando sobre la tesis de Benallou, y al salir del departamento nos cruzamos con Alicia. Ignacio la saludó:

–Alicia, guapa, ¿cómo estás?

–Bien –contestó Alicia. Y me preguntó–: ¿Has ido a hablar con la decana?

–Esa mujer es una loca peligrosa –intervino Ignacio–. ¿A ti también te ha pegado la bronca?

–No –dije yo–. Es otra cosa. Hablé con ella esta mañana. Te lo cuento en otro momento, ¿eh, Alicia?

Alicia se encogió de hombros y se fue.

Mientras bajábamos las escaleras, Ignacio comentó:

–Qué maja es esa chica, ¿verdad?

No dije nada. Tras un silencio, en el tono de quien acaba de llegar a una conclusión inapelable, que lo justifica todo, añadió:

–Además, para qué vamos a engañarnos: está para caerse de espaldas. Ya me contarás tú quién es el guapo que se le resiste. –Saliendo de golpe de su embeleso, con verdadero interés preguntó–: Oye, ¿y qué es eso de la decana?

–Nada –dije–. No tiene importancia.

TERCERA PARTE

EN EL PAÍS DE LAS MARAVILLAS

1

Desde que hace ya más de un mes empecé a escribir esta historia he pensado muchas veces, tratando de explicarme el estado de abatimiento en que me hundí al comprender que había perdido para siempre a la mujer que quería sin haber conseguido a la que durante mucho tiempo había anhelado, que lo que la convivencia prolongada entre dos personas sobre todo segrega es una relación de dependencia entre ellas. Me digo también que muy pocas veces esa relación está basada en el amor, un sentimiento que, en el mejor de los casos, dura lo que dura una aparición (lo dijo La Rochefoucauld y lo repite Marcelo y es verdad: el amor es como los fantasmas: todo el mundo habla de él pero nadie lo ha visto); tampoco está basada, contra lo que suele pensarse, en el miedo a la soledad, porque la verdad es que casi siempre estamos solos. No: lo más probable es que esa relación de dependencia se funde en una serie de vínculos de apariencia insignificante pero de enorme poder, un sistema de signos que no está sujeto a nuestra voluntad ni a ninguna ley previsible sino a la química azarosa de dos idiosincrasias dispares, y que (como el acuario para el pez que vive en él) constituye una especie de ecosistema o de mundo en miniatura, un ecosistema que posee sus reglas, dimensiones y seguridades, regido por apelativos que sólo en la intimidad compartida no resultan ridículos y palabras de secreto significado y erizado de cotidianas incomodidades y obligaciones que también son ritos, ceremonias y gestos, hábitos y formas ocultas de complicidad. Lo curioso es que, mientras la convivencia dura, el desagrado pequeño pero permanente de estos vínculos parece el peaje que hay que pagar para instalarse en el matrimonio como en una casa a medida, razonablemente confortable y acogedora, pero, una vez que la convivencia se rompe, una nostalgia embrutecida por el desamparo suele convertirlos en condición sine qua non del matrimonio, de manera que abandonan su ingrata categoría de peajes para convertirse en los lugares preferidos de la casa y en la fuente de todas las felicidades que depara. Por eso, tal vez más difícil que prescindir de la persona amada es prescindir de esos vínculos, de ese sistema de signos, de ese mundo en miniatura sin sentir el mismo vértigo de orfandad, de intemperie y de asfixia que siente el pez cuando lo sacan del acuario.

Lo cierto es que me costó mucho trabajo acostumbrarme a vivir sin Luisa; como además uno siempre añora lo que ha perdido, lo cierto es que durante mucho tiempo la extrañé. Terriblemente. Con la misma alucinada intensidad con que Richard Wanley extraña en *La mujer del cuadro* la paz doméstica de su hogar de profesor universitario con mujer e hijos mientras trata de deshacerse del cadáver del hombre que ha matado y del recuerdo de la noche en que la fascinación prohibida de una mujer ilusoria le sumergió en una vorágine de pesadilla, o como el infeliz Cris Cross extraña en *Perversidad* a la mujer mentirosa y querida a quien en un rapto de humillación y de despecho ha asesinado. Cross casi enloquece de remordimiento, pero su remordimiento está justificado, al fin y al cabo ha matado a una mujer y no ha impedido que condenen a muerte a un hombre, el chulo de la mujer que amaba, a sabiendas de que era inocente. El remordimiento de Wanley, en cambio, no está justificado, o lo está mucho menos que el de Cross. Quiero decir que Wanley no mató por venganza o por odio o por despecho, como Cross, sino en defensa propia, para que no lo matara el energúmeno que irrumpió en casa de la mujer del cuadro mientras él estaba allí. ¿Y es culpable un hombre que mata en defensa propia? O dicho de otro modo: ¿es culpable un hombre que mata sin haber querido matar, que hace daño sin haber querido hacerlo? Alguien dice que mientras dura el remordimiento dura la culpa; es verdad: lo importante no es que alguien sea culpable, sino que se sienta culpable. Cross es culpable y se siente culpable; Wanley sólo se siente culpable (y por eso no llama a la policía ni a su amigo el fiscal del distrito, y esconde en un bosque el cadáver de su víctima), pero en su conciencia eso le basta para ser también culpable: ante su familia, ante sus amistades del club, ante sí mismo. El remordimiento de Cross quizá no acabe nunca, y por eso es atroz y aniquilante; el despertar de la pesadilla, en cambio, pone un final mágico al remordimiento de Wanley. Por aquella época a mí también me hubiera gustado merecer ese prodigio y despertar descubriendo que todo había sido un sueño, pero no pudo ser y, aunque yo ahora pueda pensar que en el fondo no hubo culpables, la verdad es que tardé todavía muchos meses en limpiar el remordimiento de haber perdido a Luisa y de haber malogrado nuestro matrimonio y de haberle hecho perder un hijo que también era mío. La memoria funciona a su modo, y es curioso que, como me pasa ahora que estoy recordando aquellos días y fijándolos por escrito, por entonces yo recordara a menudo la historia de Richard Wanley y sobre todo la de Cris Cross –en inglés *cross* significa «cruz» y el pobre cajero y frustrado pintor genial es también otro Cristo crucificado–, y en momentos de desánimo me resultaba muy fácil aceptar que había arruinado mi vida, pero también la vida de Luisa, y quizá por ello, tanto o más que la ausencia de Luisa, me atormentaba no poder hablar con ella, no poder explicarle y explicarme, no tener siquiera la oportunidad de descargarme de aquel peso de remordimiento y de culpa. Durante las primeras semanas de soledad intenté varias veces hablar por teléfono con ella, pero no lo conseguí. Por su madre, que continuamente me instaba a llamarla y me daba ánimos (lo que no dejaba de incomodarme), supe muy pronto que Luisa había salido del hospital, que estaba otra vez en su casa y que se había recuperado del aborto; también supe por mi suegra que Luisa se negaba a hablar conmigo. Esto me angustiaba. La angustia me paralizó y, para librarme de ella, intenté no pensar en Luisa, evitar las cosas que podían recordármela. Fue una argucia inútil, y quizá yo lo sabía de antemano, porque había aprendido que, del mismo modo que a un enamorado todas las cosas le recuerdan su amor, cuando alguien se siente desgraciado todas las cosas le recuerdan su desgracia.

Con escaso éxito intenté regresar a mi vida normal. Apenas trabajaba: indefinidamente fui postergando la elaboración de la memoria de las oposiciones y la redacción del artículo sobre *La voluntad*, porque no me sentía con ánimo para emprender ni una ni otra, y porque era incapaz de concentrarme en nada serio. Invertía todo mi tiempo en leer novelas y periódicos del día, en ver la televisión, en ir al cine, beber, fumar y dormir; me convertí en un frecuentador asiduo de la tertulia del Oxford. El inicio del curso puso una apariencia de orden en el desconcierto de holgazanería y desasosiego en que dejaba transcurrir las horas, y me obsequió con la ilusión de un principio, permitiéndome imaginar que empezaba una vida nueva y mejor. Esta ilusión duró poco tiempo: pronto advertí que ir tres veces por semana a la universidad, preparar clases, darlas, asistir a reuniones, conversar con colegas, esquivar por igual a Llorens y a la decana y comer con Marcelo y con Ignacio equivalía a recaer en una rutina que en parte me sumergía de nuevo en la vida que llevaba antes de mi encuentro con Claudia, y que este retorno, precisamente por ser sólo parcial, me enfrentaba otra vez con el remordimiento y con la culpa, y en cierto modo también con la nostalgia y el deseo, de la misma forma que acaso sienta también deseo y nostalgia y culpa y remordimiento el pez al que sólo se devuelve a la pecera el tiempo justo para evitar su muerte, prolongando así su agonía.

Una tarde de octubre, no mucho después de que empezara el curso, algo inesperado ocurrió. Debió de ser un viernes, porque ese día no acostumbraba a comer en Sant Cugat, en compañía de Marcelo, de Ignacio o a veces –muy pocas veces– de algún otro colega, sino a solas, en Las Rías. Recuerdo que por la mañana, al salir de clase, Alicia me había dado una noticia que yo esperaba desde hacía tiempo: al parecer la decana estaba a punto de elevar al rector un informe destinado a que se me incoase un expediente disciplinario. Alicia también me aseguró que Marcelo estaba intentando evitar que la decana enviara el informe, aunque a mí Marcelo no me había dicho nada. Lo cierto es que a media tarde sonó el teléfono de mi casa; cuando lo atendí, la incredulidad me dejó sin habla. Era Claudia.

–¿Tomás? –repitió, porque yo no acertaba a reaccionar.

Confieso que estuve tentado de colgar: no por resentimiento, sino por ofuscación.

–Sí –atiné finalmente a decir–. Soy yo, Claudia.

–Hola, Tomás –dijo Claudia, quizá tan confundida como yo–. ¿Cómo estás?

–Bien –mentí–. ¿Y tú?

–Yo también.

–Me alegro –volví a mentir.

Hubo otro silencio. Incapaz de sostenerlo, lo rompí.

–¿Querías alguna cosa?

–No, no. Nada. Llamaba sólo para saber cómo te iba y porque, bueno, no sé –vaciló–, se me ha ocurrido que a lo mejor te apetece que nos veamos y charlemos un rato.

Con asombrosa inocencia creí descargar más de un mes de rencor en una sola pregunta:

–¿Te ha vuelto a dejar tu marido?

–No –contestó Claudia, impávida–. Es sólo que, bueno, estos días he estado pensando. ¿Sabes? Creo que no me porté demasiado bien contigo.

–Te portaste perfectamente –dije, molesto y halagado a la vez por la compasión de Claudia–. No tienes por qué disculparte. Todo fue un malentendido.

–Pues por eso –subrayó–. Me gustaría aclararlo.

–¿Para qué? No hace ninguna falta.

—A mí me parece que sí. —Hizo una pausa—. No lo hago por ti, Tomás: lo hago por mí.

Reconocí:

—No entiendo.

Claudia no me explicó, o yo no entendí, para qué quería hablar conmigo, pero durante un rato, con un énfasis inesperado, continuó insistiendo en que nos viéramos. Tuve tiempo de reflexionar mientras tanto, y debí de llegar a la conclusión de que Claudia podía interpretar la testarudez de mi negativa como una traducción del miedo que me daba volver a estar con ella y, como pensé que ya le había dado suficientes muestras de debilidad, me convencí de que podía afrontar el encuentro, y hasta es posible que mi incorregible vanidad y la menesterosa sensibilidad de huérfano que entonces me aquejaba me llevaran a imaginar alguna imposible escena de reconciliación, porque el caso es que acabé aceptando la cita con secreto alborozo.

La fijamos para el lunes. Claudia preguntó:

—¿Quedamos para comer?

—Bueno —dije, pensando sin alegría que una comida tiene menos connotaciones galantes que una cena—. ¿Dónde?

—Donde tú quieras —dijo Claudia—. Tú eliges.

Apenas dudé.

—¿Por qué no vamos al Bombay? —propuse—. Es un restaurante que acaban de abrir.

—Perfecto —dijo Claudia—. ¿Dónde está?

Sin vacilación recordé:

—En Santaló, pegando a Vía Augusta. —Siempre me ha gustado estar a la última, pero no creo que fuera por eso por lo que añadí—: Me han dicho que es un sitio muy agradable. Y que se come muy bien.

2

Pasé el fin de semana intentando combatir la ansiedad y sujetar las conjeturas que dispararon la llamada de Claudia y la proximidad de nuestra cita, y el lunes, antes de la hora convenida, me presenté en el Bombay, que resultó ser un restaurante de aire colonial, como recién salido de una película basada en alguna historia de Kipling o Forster, con paredes revestidas de madera de color marrón claro, con mesas y sillas de caña de bambú, con cuadros saturados de tópicos motivos hindúes (elefantes montados por jinetes con turbante, un tigre de Bengala surgiendo sigiloso y rayado de la maleza, calles atestadas de una caudalosa confusión de vacas y gente), con camareros vestidos con amplias camisolas blancas, de dril, con delantales y bombachos negros.

Me senté junto a un ventanal, en una de las pocas mesas que quedaban libres. Encendí un cigarrillo y pedí una cerveza, y mientras me la bebía empezó a caer en la calle una lluvia primero titubeante y después continuada, y yo distraje mi impaciencia contemplándola sin pensar en nada, entretenido con las gotas que resbalaban, grávidas y apresuradas, por el vidrio del ventanal. Ya había llamado al camarero para pedir la segunda cerveza cuando apareció Claudia, vestida con una gabardina de color verde oscuro, el pelo reluciente de lluvia.

–Perdona que me haya retrasado –dijo–. ¿Hace mucho que esperas?

No me dio tiempo de contestar ni de levantarme: inclinándose hacia mí, Claudia me estampó dos besos convencionales en las mejillas y, mientras se quitaba la gabardina y se sacudía de encima el agua y se peinaba el pelo con los dedos y se sentaba frente a mí, habló de la lluvia y de lo incómodo que se volvía circular en coche por la ciudad en cuanto empezaba a caer.

—Perdona, Claudia —la interrumpí, porque el camarero esperaba junto a la mesa—. Yo voy a pedir otra cerveza. ¿Tú quieres algo?

Claudia pidió un martini.

—Oye, no está mal este sitio —comentó cuando se fue el camarero, paseando por el local una mirada demasiado ponderativa—. ¿De dónde lo has sacado?

—Un amigo me habló de él —dije—. Acaban de inaugurarlo.

—Me gusta —insistió Claudia—. ¿Y qué tal se come?

La conversación se contrajo al principio a temas inofensivos. Discutimos la carta y, una vez hecho el pedido, Claudia me habló de su trabajo, que al parecer le iba muy bien, pues había conseguido firmar un contrato para publicar varios reportajes en una revista de moda. Recuerdo que, mientras la oía, yo apenas lograba disimular la tensión, concentrándome penosamente en la cerveza y los cigarrillos y desviando la mirada hacia el ventanal llovido, hasta que en algún momento me dije que Claudia, de forma natural o forzada, hablaba en el tono que emplearían dos viejos amigos que siguen comiendo juntos de vez en cuando solo porque les resulta menos molesto mantener su amistad que interrumpirla. Lo curioso es que este descubrimiento, que podía haberme irritado, me infundió un inesperado sosiego y me permitió dejar de esquivar los ojos de Claudia y reconciliarme con el placer previsto de estar comiendo con ella.

A mí me parece que uno nunca acaba de conocerse a sí mismo. La razón quizá no es complicada. Creemos ser una sola persona, pero somos multitud: somos, por lo menos, todos los que hemos sido. El pasado vive en el presente; basta cualquier excusa, por nimia o banal que sea, para que aflore de nuevo: para que volvamos a ser quienes fuimos. Por eso, a pesar de que reconocía en la mujer que tenía delante todos los rasgos físicos de Claudia (desde el azul profundo de los ojos hasta la delicada energía de los gestos y la gravedad natural de la voz), mientras la oía hablar sentí que la veía por vez primera. En cierto modo era verdad: al menos era la primera vez que veía a Claudia la persona en quien me habían convertido los más de quince años que había pasado sin verla, y no el adolescente enamorado que ella había conocido siempre y con el que el azar de una tarde de agosto la había vuelto a enfrentar a la puerta del cine Casablanca. Y, por lo demás, tampoco eran una misma persona la adolescente de la que yo había estado enamorado tantos años y la mujer con la que había topado al salir del Casablanca o la que hacía menos de un mes me había echado de su casa con cajas destempladas; o quizá sería más exacto decir que eran la misma persona y al mismo tiempo eran personas del todo distintas. Y tal vez por ello, y porque mientras la oía cobré conciencia de la confusión en que había caído, me pareció increíble haberme enamorado de nuevo de Claudia y haber abandonado por ella a Luisa y al hijo que estaba creciendo en su vientre y que era también mío, como si todo hubiese sido un sueño o una historia leída y olvidada y recordada confusamente de pronto.

—Aún no me has preguntado para qué te llamé —dijo Claudia de improviso, mientras esperábamos que nos sirvieran el segundo plato.

—Me lo dijiste por teléfono —le recordé—. Y ya te dije que no hay nada que explicar.

—Dime una cosa, Tomás. —Me obligó a levantar la vista del plato y a mirar la disculpa anticipada que había en sus ojos—. ¿Estás resentido?

Contesté con otra pregunta.

—¿Tú crees que habría venido aquí si lo estuviese? —Después de una pausa agregué—: Lo estuve, pero ya no lo estoy.

—¿Hablas en serio?

—Completamente —mentí—. ¿Por qué habría de estarlo?

—Yo en tu lugar a lo mejor lo estaría. La última vez que nos vimos...

—No estuvo mal —la atajé.

Una sonrisa franca suavizó la tristeza un poco artificial que la gravedad de la conversación había prestado a su rostro.

—No —dijo—. No estuvo mal. —Aceptando la finta con que yo la había esquivado, sin suprimir la sonrisa formuló luego una frase que empezó como un comentario y acabó como una pregunta—: De todos modos, la verdad, aún no he entendido qué demonios hacíais ahí toda esa gente.

Le conté de principio a fin lo que había pasado y nos reímos a carcajadas, como de una historia ocurrida hace mucho tiempo y que ya no pudiera afectarnos. Por su parte, Claudia me contó lo que había ocurrido durante los días en que la creí muerta: el fin de semana con el hijo y los padres en Calella, la inesperada visita del marido, la reconciliación, la feliz prolongación, en un hotel de Arenys de Mar, de unas vacaciones convertidas de pronto en una segunda luna de miel, mientras el marido iba y venía de su trabajo en Sant Cugat, finalmente el regreso a Barcelona, dos días después de lo previsto.

—Un regreso impresionante —apostilló—. Hay que reconocerlo.

—Hubiera podido mejorarse —aseguré—. Pero no es fácil.

Volvimos a reírnos. Volvimos a hablar de Marcelo y de Ignacio, del marido de Claudia, del portero. En algún momento me acordé de la caja de herramientas que Ignacio había olvidado en casa de Claudia y le pregunté si la había recogido ella; me dijo que no, supuso que la tendría el portero, me aseguró que se la pediría y que me llamaría para que pasara por su casa a buscarla. (Como a esas alturas de la comida ya imaginaba, Claudia no me llamó nunca. La última vez que vi a Ignacio todavía me preguntó por la caja de herramientas que le regaló su padre.) Luego, sintiéndome obligado a hacerlo, le pregunté por su marido.

—Supongo que está bien —dijo—. La verdad es que le veo poco.

Enarqué inquisitivamente las cejas y, con una avergonzada sonrisa de burla, Claudia explicó:

—Nos hemos separado otra vez.

Fue entonces cuando noté que me subía del estómago todo el veneno amasado contra Claudia desde la noche en que Marcelo e Ignacio me sacaron casi a rastras de su piso, toda la rabia que había conseguido reprimir desde que la viera entrar en el Bombay y que ahora, por un momento, con la saña fría de una venganza aplazada, deseé volcar sobre ella contándole mi encuentro con su marido en el restaurante Casablanca, en Sant Cugat, mientras yo comía con Marcelo y con la decana y él seducía a una rubia de pestañas espectaculares y guiños imposibles. Porque para entonces yo ya había comprendido que aquella aventura del marido de Claudia había ocurrido justo después de que los dos decidieran remendar su matrimonio: según el relato de mi amiga, la reconciliación tenía que haber ocurrido entre el sábado y el lunes de aquella semana infausta, mientras que la comida del marido con la rubia del Casablanca (yo lo recordaba muy bien) había sido el martes. Ya iba a denunciar en voz alta los vaivenes de perturbado del marido cuando una vocecita interior me frenó con un susurro: «Aplícate el cuento». Me mordí la lengua, y en ese momento, como quien por un golpe de azar consigue que encajen todas las piezas de un puzzle, reparé en la coincidencia inverosímil de que yo me hubiera encontrado con Claudia en el cine Casablanca y pocos días después, en un restaurante llamado también Casablanca, me hubiera encontrado con su marido, y sin salir del asombro comprendí asimismo que los devaneos amorosos de los dos cónyuges componían una simetría cuyo eje era yo, pues Claudia le había sido infiel a su marido horas después de que yo me encontrase con ella, mientras que horas después de que yo me encontrase con él su marido le había sido infiel a Claudia. La realidad es muda, pero quizá las coincidencias no lo son: quizá las coincidencias son la forma que adopta la realidad cuando quiere ser elocuente, cuando quiere decirnos alguna cosa; lo malo es que nunca sabemos qué es lo que quiere decirnos. Algo parecido pensé quizá en aquel momento, y tal vez por ello, y también porque finalmente debió de parecerme una crueldad inútil revelarle a Claudia la infidelidad de su marido, renuncié a la dulzura sin propósito de la venganza y tras un silencio me limité a decir:

—Lo siento.

—No lo sientas —replicó Claudia, con una especie de irónica melancolía—. Esta vez he sido yo la que se ha ido. En realidad, bueno, supongo que eso es lo que quería decirte.

—¿Qué es lo que querías decirme?

Como si hablara consigo misma, contestó:

—Que uno siempre quiere lo que no tiene. Sobre todo si lo ha tenido. —Añadió—: Lo que yo no sabía es que, cuando uno lo recupera, ya no es lo mismo. Es como encender un cigarrillo apagado: el cigarrillo es el mismo, pero ya no sabe igual.

Yo sabía perfectamente lo que Claudia estaba intentando decir; no obstante dije:

—La verdad, Claudia, no te sigo.

—No importa —dijo. Vino el camarero: pedimos café; pedimos whisky. Claudia acabó de recogerse detrás de la oreja el pelo que le ocultaba la sien derecha (una horquilla azul le liberaba la izquierda) y continuó con una sonrisa confiada—: Lo que importa es que fue maravilloso volver a vernos, ¿verdad?

—Sí —concedí.

—Lo demás es mejor olvidarlo —aseguró—. Si te hice daño, lo siento. De verdad. Supongo, no sé, supongo que siempre se hace más daño a quien más se quiere.

Pensé que esa idea piadosa es un magro consuelo para el que padece y que Claudia sólo la esgrimía para halagarme, a sabiendas de que en su caso y en el mío era falsa; pero luego pensé en Luisa y en mí, y pensé que en nuestro caso la misma idea era verdadera. Claudia no me dejó decírselo.

—En cuanto a mí —prosiguió—, te parecerá una tontería, pero fue muy importante. Que nos viéramos, quiero decir. —Trajeron el café y el whisky y dimos un trago sin entrechocar los vasos–. Cuando nos vimos te dije que ya había superado el trauma de la separación. Está claro que era mentira. ¿Sabes?, entonces yo no creía que pudiera volver a gustarle a otro hombre. En serio –subrayó, quizá porque su instintiva vanidad de mujer guapa ni siquiera podía imaginar que yo no protestase–. No lo creía. Estaba muy mal. A lo mejor por eso, y también porque pensaba que aún quería a Pedro, en el fondo deseaba volver con él.

–Y además porque uno siempre quiere lo que no tiene –completé–. Sobre todo si lo ha tenido.

–Exacto –convino, aceptando mis palabras con una sonrisa cómplice–. Sin ti hubiera tardado todavía mucho en aceptar que podía gustarles a los otros; o lo que es lo mismo: que aún podía gustarme a mí. En fin, supongo que me devolviste la autoestima.

Quizás incómodo por el hecho de verme convertido en una pócima de milagrosas propiedades curativas, o porque creí reconocer en las palabras de mi amiga la jerga insidiosa del psicoanalista, me lancé a impedir la deriva que el whisky estaba propiciando en Claudia y, sin renunciar a hacerme el interesante, la corté con lo primero que se me ocurrió:

–A lo mejor lo que te devolví fue la adolescencia.

–A lo mejor –admitió Claudia–. Pero sólo por unas horas.

Entonces fui yo el que se puso pedante.

–Es mejor así –dije, y recité–: «J'avais vingt ans. Je ne laisserai personne dire que c'est le plus belle âge de la vie».

–Ya veo que has renovado tu arsenal de citas. –Claudia sonrió–. ¿De quién es eso?

–De Paul Nizan –dije–. ¿Te gusta?

–Es precioso –dijo–. Y es verdad.

–Es precioso porque es verdad –dije, fulminado por la certeza de que ya había vivido ese instante, o de que lo había soñado–. Tenemos mala memoria: uno sólo quiere vivir la adolescencia cuando ya ha pasado. Porque la verdad es que es una época horrible, donde todo el mundo dice haber sido

muy feliz y donde todo el mundo ha sido muy desgraciado.
–Levanté el vaso de whisky, casi con alegría concluí–: A la mierda con la adolescencia.

Continuamos conversando hasta que vaciamos los vasos. No recuerdo de qué más hablamos, pero sí que por momentos me sentí feliz y apaciguado, como si acabara de librarme de un peso real, y sobre todo recuerdo que, después de pedirle por señas la cuenta al camarero, arrastrado por la euforia del whisky, o por el agrado de hablar, le expliqué a Claudia la forma en que había tenido noticia del Bombay. Cuando el camarero apareció con la cuenta le repetí la historia.

–¿Sabe usted cómo supe de este sitio? –le pregunté, divertido–. Alguien me llamó tres veces a casa, preguntando por él. Hasta me dio la dirección. Curioso, ¿no le parece?

El camarero, un muchacho de ojos claros y piel oscura, que parecía hindú o marroquí, pero que sin duda era andaluz (y que por alguna razón me pareció de pronto un recién llegado al restaurante, y a su oficio), me miró con una mezcla de inocencia y de recelo; luego miró a un lado y a otro del local, que ya estaba casi vacío.

–De curioso nada, señor –susurró en un castellano educado y fácil–. En confianza: es una nueva forma de marketing. Muy barata y muy eficaz. A veces la gente se enfada, pero al final siempre acaba picando. Créame: no falla.

Pagué y salimos.

Fuera seguía lloviendo, pero en el horizonte dentado de la calle el sol había abierto un boquete de cielo iluminado y purísimo, que presagiaba una tarde seca. Claudia abrió un paraguas y yo me subí la solapa de la americana. Sentí frío.

–¿Has venido en coche? –preguntó Claudia.

–No.

–¿Quieres que te lleve a algún sitio?

–No hace falta –dije–. Cogeré un taxi.

Claudia insistió en esperar hasta que apareciera el taxi. Lo esperamos en silencio, seguros de que ya no teníamos nada más que decirnos, reconciliados con la tristeza casi agradable

de la lluvia cayendo sobre el asfalto, fina, mansa y vertical, y recuerdo que, mientras nos protegíamos de ella, me cruzó por la cabeza y casi tarareé «Stairway to heaven», la vieja canción de Led Zeppelin que después de mucho tiempo sin oírla había recordado y tarareado varias semanas atrás, mientras me duchaba en casa de Claudia, entonces contento y con los dedos todavía olorosos a su cuerpo, la vieja y hermosa canción adolescente que tanto me gustaba por la época en que estuve enamorado de Claudia y que después de tantos años había vuelto a oír también en el Oxford, ansioso y atemorizado, en compañía de Ignacio y de su anacrónica tertulia de gente sabia y feliz, esperando la aparición salvadora de Marcelo como ahora esperaba que apareciera el taxi, invadido por una melancolía desolada y sin motivo, dejando que circulara por mi cerebro, como mariposas por una habitación de ventanas abiertas, un desorden sereno de melodías y palabras cuyo origen ignoraba o había olvidado mientras miraba la lluvia entristecida del otoño, «Il pleure dans mon coeur comme il pleut sur la ville», y el cielo oscuro y resquebrajado de oro y azul hasta que por fin conseguimos parar un taxi.
—Bueno —dijo Claudia—. Hasta pronto, Tomás.
—Sí —dije—. Hasta pronto.
Se acercó, me acogió bajo el paraguas, me miró, grave y diáfana, suavemente me besó en los labios. Me separé sin mirarla, abrí la puerta del taxi y, antes de entrar, me volví. Claudia estaba todavía bajo el paraguas, igual que si esperara algo, su silueta de muchacha tardía desdibujada por el arrugado verde militar de la gabardina; me pareció que una débil sonrisa le rondaba los labios. Entonces sentí una especie de nostalgia anticipada, como si, en vez de ver a Claudia, ya la estuviera recordando. Porque sabía que no volvería a verla. Que iba a recordarla así para siempre.

3

En todo el otoño no volví a ver a Luisa. No me llamó por teléfono, ni me escribió, ni intentó de ninguna otra forma ponerse en contacto conmigo; es verdad que yo también desistí muy pronto de llamar a casa de su madre, en parte porque comprendí que era inútil y en parte para preservar por lo menos las piltrafas de mi orgullo maltrecho. (La única señal de vida que Luisa dio en esos meses fue del todo imprevista. Una tarde, después de comer en El Mesón con Marcelo, Ignacio y Bulnes, al llegar a mi casa encontré encima de la mesa del comedor una nota; decía: «Hemos recogido algunas. De momento el resto no me hace falta. Luisa». No reparé en el plural; tampoco llamé a casa de mi suegra para pedir explicaciones por esta visita clandestina, aunque me irritó que Luisa entrara sin encomendarse a nadie en una casa cuyo alquiler había dejado de pagar hacía tiempo, y que ni siquiera hubiese tenido el detalle de dejar sobre la mesa, junto a la nota, las llaves con que había entrado.) Lo cierto es que poco a poco empecé a acostumbrarme a vivir sin ella. Menos fácil fue aprender a sobrellevar el arrepentimiento y la culpa, que el silencio de Luisa, como una acusación callada, no hacía sino reforzar.

En la universidad las cosas iban de mal en peor; durante tres meses de agonía las semanas se resistieron a pasar sin aportar su porción de sobresaltos, desconcierto y ansiedad. Pese a la oposición de Marcelo, que por lo que parece acabó enemistándose con ella, la decana redactó finalmente el informe anunciado sobre mis irregularidades en los exámenes de junio y septiembre, y lo elevó al rectorado. Éste me abrió un expediente y comisionó a un grupo de catedráticos, presidido por el vicerrector de profesorado, para que aclarase los hechos. Hasta tres veces hube de declarar ante esta comisión; no quiero ni recordar aquellas sesiones: bastará con que las califique de humillantes. En calidad de testigos comparecieron también ante la comisión la propia decana, varios catedráticos —entre ellos Marcelo—, varios profesores, el jefe del departamento, el jefe de estudios y el delegado de los estudiantes. En circunstancias normales la comisión hubiese trabajado con la lentitud burocrática corriente en este tipo de procedimientos, y la resolución final —que según los cálculos más pesimistas no se dictaría antes del inicio del curso siguiente y según los más optimistas podía demorarse hasta después de la fecha en que verosímilmente se celebrarían mis oposiciones— en ningún caso sobrepasaría los límites de una reprimenda por escrito que, unida al oprobio que ya de por sí significaban la apertura del expediente y el calvario de las comparecencias, sería considerada tanto por la comisión como por el propio rectorado un escarmiento más que severo para el infractor y una más que seria advertencia para quienes tuvieran la tentación de seguir su ejemplo.

Desgraciadamente, sin embargo, las circunstancias en que se desarrolló el proceso no fueron normales. Me parece que ya he mencionado aquí que desde el mes de septiembre, cuando empezó a circular la noticia de que el gobierno preparaba un proyecto de ley que incluía un considerable aumento del precio de las matrículas, en la universidad las aguas bajaban bastante agitadas; lo cierto es que, una vez que en octubre el gobierno remitió el proyecto al Parlamento, se desbordaron, y un tumulto incontenible de huelgas y manifestaciones de universitarios inundó el país. Capitaneados por los de Letras, los estudiantes de la Autónoma doblaron el ataque al gobierno con un ataque a la propia universidad y, no contentos con exigir una rebaja del precio de las matrículas, arremetieron contra el absentismo y la baja calidad del profesorado. Algunas consecuencias de este brusco celo reivindicativo (la ocupación del edificio del rectorado y de los de algunas facultades, los enfrentamientos con la policía, las negociaciones entre el rector y los representantes de los estudiantes) llenaron durante semanas las páginas de los periódicos; otras, en cambio, pasaron inadvertidas, entre ellas el hecho de que la comisión encargada de instruir mi expediente, probablemente urgida por el rectorado, pero también por la propia fuerza de las circunstancias, acelerase a fondo sus trabajos, de tal manera que a principios de diciembre ya habían concluido. Poco después recibí el dictamen final, firmado por el vicerrector de profesorado y por los otros dos miembros de la comisión, y ratificado por el rector. Era bastante extenso y pormenorizado, y en el último párrafo se me comunicaba que, cuando concluyese el curso, la universidad rescindiría el contrato de ayudante que me vinculaba a ella.

—Esta vez se han pasado de rosca, chico —dijo Ignacio la tarde en que comuniqué a mis amigos la noticia, mientras comíamos en El Mesón—. Cosas peores se han visto, y nunca ha pasado nada. Total, por haber faltado a un examen...

—A dos —le corrigió Marcelo, cuyo mal humor ponía en su rostro unas arrugas de tortuga centenaria.

—Es lo mismo, Marcelo —dijo Bulnes, que apenas corrió por el departamento la voz de que me iban a abrir un expediente había olvidado sus diferencias con Marcelo, a quien después de haber idolatrado durante años acusaba ahora de irresponsabilidad y desidia con las cosas de la universidad, y se había sumado a nuestros aquelarres de entre semana con el propósito de desempolvar su espíritu conspirativo y de invertir en ellos su olvidado ánimo levantisco—. El caso es que es una barbaridad. Aquí está visto que el que no llora no mama. Lo que tenemos que hacer es montarles una más gorda que la de los estudiantes. Mañana mismo hablo con Llorens y le exijo que convoque una reunión de departamento. Me van a oír: o el departamento pide una explicación o pasado mañana les saco en todos los periódicos.

—Perdona, Paco, pero a mí me parece que eso es precipitarse —opinó Ignacio—. Yo antes de amenazarles agotaría los cauces legales, que para eso están...

—No servirá de nada —le interrumpió Bulnes y, volviéndose hacia Marcelo, que fumaba mirando con aire abstraído su barba sembrada de granos de arroz mientras esperábamos los cafés, añadió—: Lo que hay por aquí es mucho fascistón suelto, y el único cauce que conoce esta gente es la fuerza. El que más grita es el que más razón tiene. Bueno, pues se van a cagar.

—No sé, chico —volvió a discrepar Ignacio—. A mí me sigue pareciendo que lo primero que Tomás tiene que hacer es apelar. Luego ya veremos. ¿No, Marcelo?

—Claro que tiene que apelar —corroboró Marcelo, dando por descontado que yo iba a hacerlo—. Pero Paco tiene razón, no va a servir de nada. Por cierto, ¿puedo pedirte un favor?

—El que quieras —dijo Bulnes, radiante.

—Límpiate la barba, que la tienes hecha un asco.

Ignacio se rió como un niño mientras Bulnes se pasaba la servilleta por su rostro boscoso y el camarero nos servía los cafés.

—¿Qué estaba diciendo? —preguntó Marcelo.

—Que yo tenía razón —contestó Bulnes con rabia—. Que lo que hay que hacer es armarla. Y cuanto más gorda mejor.

—Ah, sí —recordó Marcelo, saliendo de un breve ataque de tos y, como si no hubiera oído el recordatorio belicoso y parcial de Bulnes, siguió hablando igual que si él y yo estuviéramos solos—: Apelar. No va a servir de nada. Para algo ha firmado el rector, ¿no? Además, Llorens está en el Comité de Apelaciones. O de Felaciones, como él dice. Pero es lo mismo: hay que apelar. *Tú enreda, que algo queda.* Lo importante en cualquier caso, más que recurrir, es que te presentes a las oposiciones. Eso sí que puede joderles: imagínate que las sacas después de que te hayan echado. Y puedes sacarlas. En el departamento hay gente que te apoya. Ignacio y Paco te apoyan. Yo te apoyo. Tú preséntate y veremos qué pasa.

Pero yo no pensaba hacer ni una cosa ni la otra. Presentar un recurso ante el Comité de Apelaciones era, como Marcelo y Bulnes y hasta Ignacio sabían muy bien, inútil, y sólo serviría para acabar de atraerme la enemistad del rectorado, que si yo me empeñaba en protestar podía legalmente adelantar la rescisión de mi contrato y ponerme en la calle antes de que acabara el curso. No era menos inútil presentarme a las oposiciones. En primer lugar, porque para entonces yo ya sabía que habían firmado la plaza otros seis candidatos, con el currículum de alguno de los cuales tal vez hubiera podido competir si el perfil de la plaza se hubiera ajustado a mis necesidades, pero no en las circunstancias de ahora, cuando el perfil de generalista permitía presentarse a gente de cualquier especialidad. Y en segundo lugar porque también sabía que, aparte de Marcelo, Ignacio y Bulnes, nadie en el departamento me apoyaría abiertamente, y menos aún en la facultad: cualquiera que conozca la endogamia crónica de la universidad española sabe que presentarse a una plaza de profesor sin contar con la aquiescencia de la propia universidad equivale a ofrecerse como víctima de una derrota segura y, casi siempre, de una humillación. En mi caso, otra más, que tendría que sumar a la serie de humillaciones que los últimos meses me habían deparado. La verdad es que yo ya no me sentía con fuerzas para afrontarla.

4

Fue entonces cuando noté que empezaba a operarse en mí un cambio que al principio me desconcertó y al que poco a poco, pese a no acabar de entenderlo del todo, fui habituándome; al principio no lo entendí, ya digo, pero en seguida le encontré una explicación, una explicación que sólo ahora sé que era insuficiente, pero que de momento me satisfizo y me alivió.

Como quizá les ocurra a todas las personas que quieren llegar a ser alguien, yo había vivido casi siempre en un estado de permanente ansiedad, igual que si sólo la tensión y la angustia del logro pudieran mantenerme vivo, igual que si cualquier distracción fuera a apartarme para siempre de una carrera en pos de un galardón precioso e inalcanzable (o bien que dejaba de ser galardón en cuanto lo alcanzaba), cuya exacta naturaleza nunca acerté a definir. Como todos los jóvenes (lo dice Jaime Gil de Biedma en un poema demasiado célebre), yo vine a llevarme la vida por delante, a mi manera secreta y esquinada quería ser un gran hombre, en todo caso un personaje trágico o épico y no cómico, uno de esos personajes que nacen o comienzan o parten y mueren o acaban o vuelven a lo largo de una peripecia en que se cumple su destino, corriendo a través del tenso trecho fugaz entre el ayer y el mañana del tiempo adquisitivo, hallando sólo satisfacción en la empresa cumplida, a horcajadas entre logro y logro, entre el pasado y el futuro, e ignorando el presente, que es la única realidad: alguien como el cardenal Richelieu o como el

Antonio Azorín del principio de *La voluntad* —él también quería ser a su manera un gran hombre, un gran sabio o un gran escritor—, o incluso como el truhán Calabacillas, que usaba sus astucias de falso loco para gozar los privilegios marchitos de una corte alucinada, cualquier cosa excepto aceptar convertirme en lo que quizá ya era o siempre había sido, en lo que tal vez siempre había estado en mi naturaleza (o eso era al menos lo que pensaba entonces), en lo que en algún momento de aquel otoño de desastres, cuando advertí que la ansiedad empezaba a diluirse y que yo empezaba a sentirme vivir con la serenidad de los vencidos, comprendí que me estaba convirtiendo. Dice Walter Benjamin que ser feliz significa poder percibirse a uno mismo sin temor; quizá porque empecé a ser consciente de que nada importante tenía que perder y, por tanto, nada importante tenía que temer, empecé a gozar por entonces de una modesta forma de felicidad. Lo cierto es que la angustia se disolvió en cuanto aprendí sin querer a vivir distraídamente, apartándome de la carrera y sentándome a un lado de la pista a ver pasar por ella el frenesí de pronto insensato de los que seguían corriendo, mientras casi sin asombro comprendía que la única forma de alcanzar el preciado, remoto e indefinible galardón es precisamente no buscarlo, renunciar a ser un personaje trágico o épico y aceptar el gozo natural de ser sólo un personaje cómico, no un cardenal glorioso de honores y sedas sino un humilde bufón de risa, no el cardenal Richelieu sino Juan de Calabazas o Calabacillas o mejor aún el Bobo de Coria viviendo en el milagroso presente sin memoria ni proyectos de una locura que quizá no lo es, no el trágico y falso y desdichado Antonio Azorín del principio de la novela sino el Antonio Azorín irrisorio del final, el calzonazos apaciguado y contemplativo, el pobre hombre dominado por una mujer de hierro y reconciliado con su realidad de pueblerino sin aspiraciones, sin futuro y sin pasado, alentando en el distenso ahora del tiempo consuntivo, aprendiendo a gozar, como yo lo estaba haciendo, del presente puro, del puro borbollear del instante, aprendiendo a vivir no a horcajadas entre el pasado y el futuro, entre lo que había hecho y lo que iba a hacer, sino sólo en el presente y para el presente, aprendiendo a disfrutar de esa libertad que sólo puede disfrutarse cuando ya se ha perdido casi todo y no se espera casi nada, de la beatitud serenamente jubilosa de Ricardo Reis cuando escribe: «Si nada esperas,/ cuanto te depare el día,/ por poco que sea, será mucho». De una manera confusa comprendí entonces que yo había sido siempre o había querido ser un personaje de destino, incapaz de gozar del prodigio cotidiano y fabuloso del presente, arrojado sin descanso hacia el porvenir por temores, deseos y esperanzas que me robaban la conciencia y el placer y el sentimiento de lo único que tenía para lanzarme a la búsqueda de lo que aspiraba o creía aspirar a tener. Ahora, derrotado y acabado, con muy poco ya que perder y muy poco que temer, sentí que empezaba un largo aprendizaje de la decepción, un arduo noviciado en el arte desconocido de ser un personaje de carácter, y sentí que con él empezaba también el viaje de vuelta a casa.

Algunos miembros del departamento acogieron con disgusto la noticia de que el rectorado había decidido rescindir mi contrato en septiembre; la mayoría lo hizo con indiferencia. Pero nadie, salvo Marcelo, Ignacio y Bulnes, movió un solo dedo para evitarlo, y sospecho que, dado que escasea la gente que no se alegra de las desgracias ajenas, muchos ni siquiera acertaron a reprimir su alegría al conocerla.

Cuando por fin admitieron que yo no iba a recurrir el dictamen de la comisión y que tampoco iba a presentarme a las oposiciones, y después de que entre todos consiguiéramos enfriar el ardor pendenciero de Bulnes y sus ganas de declararle una guerra inútil al rectorado, Marcelo e Ignacio me propusieron que, a través de un proyecto de investigación que Ignacio dirigía, solicitara una beca que podría permitirme sobrevivir durante dos años, mientras buscaba trabajo. Aunque sabía que no era fácil que me concediesen la beca, entre otras cosas porque el campo de trabajo del proyecto estaba muy alejado de mi especialidad (se trataba de editar las obras completas de Tirso de Molina), acepté la propuesta.

En diciembre también decidí cambiar de piso. Uno siempre asocia la idea de cambiar de piso con la de cambiar de vida, pero mi decisión obedecía a un hecho más simple, y era que el piso que durante cinco años había compartido con Luisa en la calle Industria se reveló en seguida demasiado grande para un hombre solo y demasiado caro para un solo sueldo, que además era bastante más exiguo que el sueldo de Luisa. Tuve suerte: casi de inmediato di con el piso que me convenía. Estaba en un edificio de tres plantas, en la calle Aviñón, no lejos de la Rambla. Tenía dos habitaciones, cuarto de baño y cocina. Es verdad que era algo oscuro y algo húmedo, además de viejo, pero también es verdad que, sobre todo por comparación con el de Industria, era bastante barato y que, aunque no podía decirse que fuera grande, no pequé de optimista cuando el primer día que lo vi me dije que, en cuanto lograra desembarazarme de todas las cosas superfluas que había acumulado con los años, no tendría demasiados problemas de espacio. Por lo demás, y pese a que en un principio mi intención era hacer la mudanza de inmediato, sólo pude juzgar como una muestra de generosidad y honradez el hecho de que el propietario me pidiera aplazarla hasta después de la Navidad, cuando hubiera ultimado las pequeñas mejoras que, según me contó, estaba llevando a cabo en el sistema de cañerías.

Como ni quería ni podía trasladar a mi nuevo domicilio las pertenencias de Luisa que todavía conservaba, con bastante antelación telefoneé a casa de mi suegra para que su hija viniera a recogerlas. Hacía ya mucho tiempo que no hablaba con la madre de Luisa, y la conversación fue bastante confusa. Al principio, increíblemente, mi suegra no pareció reconocerme, y deduje que, contagiada al fin de la animadversión que Luisa había concebido hacia mí, en realidad fingía no reconocerme. Esto me dolió, sobre todo porque interpreté aquel desaire como la voladura del último puente que aún me unía a Luisa. Lo cierto es que, después de algunas explicaciones, entendí que mi mujer ya no vivía allí. Le pedí un número de teléfono donde pudiera localizarla. Me lo dio y, no sin una punzada de tristeza, me despedí de ella. Inmediatamente después marqué el número que me había dado, pero no me contestó Luisa, sino su hermano.

–Perdona, Juan Luis, soy Tomás –me apresuré a disculparme–. Llamaba para hablar con Luisa. Tu madre debe de haberme dado un número equivocado.

–Mamá está fatal –dijo sin saludarme. Como si hablara solo, o como si yo le hubiera preguntado por su madre, prosiguió–: No sé qué le pasa, pero para mí que esto ya es demencia senil. –Detalló descuidos, omisiones, torpezas, olvidos. Sentenció–: Se lo he dicho a Luisa: hay que internarla.

–Lo siento –dije, sinceramente. Para intentar congraciarme con él pregunté–: ¿Cómo están Montse y los niños?

–Bien –respondió, y con inopinada amabilidad preguntó–: ¿Quieres el número de Luisa?

Me lo dio. Luego me explicó que Luisa estaba viviendo con Oriol Torres. Por algún motivo la noticia no me sorprendió. O no del todo.

–La verdad, Tomás –añadió entonces Juan Luis–. No sé si Luisa va a querer hablar contigo, creo que te echa la culpa de lo que pasó. Ya sabes cómo son las mujeres… De todos modos, por probar no se pierde nada. –Endureció la voz para añadir–: ¿Conoces al tipo ese con quien vive? Dice que trabaja en la universidad. ¡Ja! Ése no ha trabajado en su vida, ni trabajará. Es un hijo de papá, su familia ni siquiera sabe el dinero que tiene. Y encima es de los que andan por ahí dándole lecciones a todo el mundo. Sólo me faltaba éste. Como si no tuviera ya bastante con lo que tengo. Con franqueza, y no creas que lo digo por halagarte: te prefería a ti. Montse quiere convencerme de que Luisa ha salido ganando con el cambio, pero yo te defiendo, porque es lo que le digo siempre: mira, Montse, más vale lo malo conocido que lo bueno por conocer.

Estuve a punto de agradecerle sus equívocas protestas de aprecio y de explicarle que sólo quería hablar con Luisa para que viniera a mi casa a recoger sus cosas, pero me faltó humildad para hacer lo primero y orgullo para hacer lo segundo. Sin más explicaciones colgué y, convencido de que no iba a poder hablar con ella, apenas nervioso, marqué el número que Juan Luis acababa de darme. Me contestó Oriol Torres.

—Un momento, por favor —dijo después de que yo preguntara por Luisa—. ¿De parte de quién?

Tuve que identificarme.

—Ah, Tomás. Soy Oriol Torres. ¿Cómo estás?

Contesté que estaba bien y reiteré mi petición. Con postiza amabilidad repitió:

—Un momento, por favor.

Al rato regresó al teléfono.

—Lo siento, Tomás —dijo con voz compungida—. No quiere ponerse.

Sucintamente le expliqué para qué quería hablar con ella.

—Ah, si es por eso... ¿Cuándo haces el traslado?

—A principios de enero.

—Pues no te preocupes —aseguró—. Antes de enero pasaremos a recoger sus cosas.

Torres no cumplió su palabra, pero una mañana de mediados de enero, justo cuando yo ya estaba en plena mudanza, me telefoneó y me dijo que, si yo estaba de acuerdo, al día siguiente pasarían a recoger las cosas de Luisa. Esta vez sí lo hicieron. Recuerdo que aquella tarde Luisa vestía unos vaqueros descoloridos, chaqueta y blusón azul y zapatillas blancas, y que llevaba el pelo tan corto que parecía un chico; quizá porque hacía mucho tiempo que no la veía, o porque la sentí remota y ajena, al tenerla delante se me hizo un nudo en la garganta y, con una especie de nostalgia, pensé: «Basta separarse por un tiempo de alguien para que se convierta en otra persona». Antes de poner manos a la obra, los tres estuvimos conversando un rato de cosas sin importancia, y recuerdo que en medio de algún silencio pensé que un observador imparcial de la escena podría concluir que la relación que me unía a Luisa no era menos superficial que la que me unía a Torres. Tras aquel obligado intercambio de trivialidades, que más de una vez he comparado al recordarlo con la travesía de un campo erizado de cristales rotos, les ayudé a colocar en el coche, un espacioso Nissan de color azul metalizado, las pertenencias de Luisa. Cuando acabamos apunté mi nueva dirección en un trozo de papel, y Luisa, que ya había subido al coche, bajó el cristal de la ventanilla para que yo se lo alcanzara.

–Es mi nueva dirección –dije, con la voz empapada de una antigua intimidad que excluía sin proponérselo a Torres–. Llámame si necesitas algo. –Volví a sentir un nudo en la garganta, con dificultad tragué saliva, añadí–: No sabes cómo siento todo lo que ha pasado.

Luisa levantó la vista del papel y me miró a los ojos, y fue sólo entonces cuando reconocí del todo, en la seriedad de la mujer un poco pálida que tenía delante, a la mujer con la que había convivido durante seis años, y por un instante pensé que ella iba a decir algo verdadero o definitivo, algo que deshiciese de golpe el espejismo de aquel encuentro espectral. No sé si no quiso o no pudo hacerlo, porque lo cierto es que en ese momento Torres arrancó el coche y, con el aplomo de hombre despreocupado y el tono de helada amabilidad que no había abandonado en toda la tarde, se despidió:

–Gracias, Tomás. Y lo mismo digo: si necesitas algo, ya sabes dónde encontrarnos. Seguro que nos veremos pronto.

5

No volvimos a vernos hasta al cabo de cuatro meses. Algunas cosas cambiaron en mi vida entre tanto. En ese tiempo descubrí, por ejemplo, el placer de solucionar por mí mismo los pequeños problemas que el nuevo piso al principio generó: un par de reventones sin importancia en las cañerías y un defecto en la instalación de la luz; descubrí también el placer de comprarme la ropa, de prepararme a diario la comida, de distribuir a mi gusto los muebles por la casa. De todas estas cosas se había ocupado siempre Luisa. Comprendí entonces que había dejado de ser un muchacho, que me había independizado. Con sorpresa me percaté de que no era infeliz. Harto de ir en tren a la universidad, pero quizá también como una forma de celebrar la dicha inesperada de mi nueva libertad, me compré un Volkswagen de segunda mano, muy barato y muy viejo, aunque con el motor todavía en buen estado. Para librarme de la angustia de las horas vacías me obligué a someterme a una rutina semanal de distracciones: cada lunes, miércoles y viernes pasaba un par de horas en un gimnasio cercano a Portaferrissa, del que me hice socio; los martes y los jueves no faltaba a la tertulia del Oxford; juntos o por separado o con otros colegas del departamento o con algún invitado, de vez en cuando comía con Marcelo e Ignacio en El Mesón o el Casablanca.

Quizá porque ya no me urgía trabajar, porque ya no pesaba sobre mí la obligación de hacerlo ni la mala conciencia de no hacerlo, volví a trabajar. Revisé el esquema y los materiales que había reunido para elaborar el artículo sobre *La voluntad*, y en una sola semana de disciplina, con una facilidad que me asombró y un placer que no había experimentado nunca, con la urgencia y la exaltación feliz de estar escribiendo algo en lo que me iba la vida, lo redacté. Marcelo opinó que era lo mejor que yo había escrito y, como ya había transcurrido el plazo fijado por la revista a la que me había comprometido a entregárselo, me sugirió que se lo enviara a otra, por cierto bastante mejor. Así lo hice, más por complacer a Marcelo que porque tuviese mucho interés en verlo impreso –al fin y al cabo lo que me había divertido había sido escribirlo– o porque abrigara alguna esperanza de que fuese aceptado. Para mi sorpresa fue aceptado. El artículo, claro, está dedicado a Marcelo. Me han dicho que se publicó hace unas semanas, aunque todavía no he recibido las separatas.

También en la universidad cambiaron las cosas. Cediendo por fin a la presión de los estudiantes, antes de la Navidad el gobierno aceptó negociar con sus delegados una nueva ley de universidades; tampoco al rectorado de la Autónoma le quedó más remedio que sentarse a negociar con los estudiantes, que le obligaron a crear mecanismos reales de control del absentismo y la calidad del profesorado. Las aguas no tardaron en volver a su cauce: cesaron las huelgas y las manifestaciones, y los efluvios de la pacificación, que más parecía una resaca, se difundieron por toda la universidad; también, por la facultad de Letras y por el departamento. Durante las semanas en que estuvo trabajando la comisión que juzgaba mi caso, pocos de mis colegas se privaron del placer de tratarme como a un apestado, y no faltó quien me recriminara en público mi conducta, exigiendo para ella una sanción ejemplar; transcurrido ya un tiempo desde el dictamen de la comisión, muchos coincidían en considerarlo exagerado, en solidarizarse (ésa era la palabra nauseabunda que sin excepción utilizaban) conmigo, en presentarme como víctima propiciatoria de la incompetencia y el miedo, cuando no de oscuras maquinaciones de poder. Llorens, que apenas conoció el dictamen se apresuró a comunicarme que lo consideraba injusto y que contaba con todo su apoyo para recurrirlo, sostuvo varias veces en mi presencia que todo se debía a una maniobra de la decana encaminada a desacreditar al departamento ante el rectorado. La propia decana no dudó en asegurarme, junto a la barra del bar de Letras, una mañana en que no acerté a esquivarla (a la decana, no a la barra), que su intención al elaborar el informe del que partió la apertura del expediente no fue provocar mi expulsión de la universidad; de una forma confusa y prolija denunció al rectorado y a la comisión y habló de sus responsabilidades como decana y de cosas por el estilo; también me pidió que fuera a verla a su despacho, porque quería hablar conmigo. Supongo que, a su modo, en esta oleada de autoexculpaciones todo el mundo tenía su parte de razón. No lo sé, y la verdad es que me trae sin cuidado, pero lo que sí sé es que, cada vez que alguien de la facultad sacaba a colación el asunto, me venía a la memoria una frase de un viejo escritor alemán a quien por entonces leía mucho: «Uno no puede evitar que le escupan en la cara, pero sí que le den palmaditas en la espalda».

No fui a hablar con la decana, claro, y, tal vez porque ya no me sentía miembro del departamento, o porque una mezcla de temor, vergüenza y repugnancia me impedía enfrentarme a él en pleno, durante todo el semestre tampoco asistí a las periódicas reuniones que convocaba Llorens. De forma escrupulosa cumplí, en cambio, con el resto de mis obligaciones académicas, y no porque quisiera obtener así un indulto que no había pedido, sino por una especie de orgullo sin propósito, y sobre todo porque simplemente me apetecía.

A principios de febrero solicité la beca que debía vincularme al proyecto de investigación de Ignacio y permitirme vivir sin apuros durante los dos años siguientes. Por esa misma época un nuevo eslabón vino a sumarse a la cadena de hechos que parecía querer devolver a mi vida la estabilidad que había perdido con la irrupción de Claudia: la reconciliación entre Alicia y su marido, Morris Brotherton. El acontecimiento, bautizado por Marcelo como «El retorno del Alero Intermitente», monopolizó durante varias semanas las conversaciones en el departamento, provocando un sinfín de malévolos comentarios de pasillo acerca del confuso episodio que al parecer lo rodeó, en el que, según coincidían en señalar las diversas fuentes del chisme, además de Alicia y el Alero estuvieron involucrados Ignacio y, más directamente, Marcelo. Pero, sea porque las cosas del departamento ya habían dejado de interesarme, o porque cuando les pregunté por el episodio declararon ignorar lo ocurrido y desmintieron su participación en él, lo cierto es que nunca supe a ciencia cierta qué es lo que pasó; o, si lo supe, lo he olvidado.

No fue hasta mediados de abril cuando volví a ver a Luisa. Una noche me llamó por teléfono y me dijo que quería hablar conmigo. Apenas me hube repuesto de la sorpresa, le propuse que comiéramos juntos; no aceptó. Dijo que, si no me parecía mal, prefería que la entrevista fuera en su despacho de la universidad.

–Allí estaremos más tranquilos –dijo.

No quise o no pude averiguar para qué quería hablar conmigo, pero de todos modos acepté la entrevista.

Viví en un estado de casi olvidada ansiedad los días que siguieron. Mi imaginación no dejaba de acosarme con hipótesis distintas; sobre todo con una: la de que la convivencia de Luisa y Torres hubiera sido sólo para ella un pasajero refugio en la desolación de nuestra ruptura y de la pérdida del hijo, y ahora Luisa quisiera reconciliarse conmigo. Con angustia me preguntaba cuál iba a ser mi actitud si ése fuera el caso. Y dudaba. El agrado de la libertad recién descubierta rivalizaba en mi interior con el remordimiento y la culpa, con la nostalgia de Luisa y con la conciencia de que aquel agrado inédito no iba a durar. Sea como sea, el día y la hora convenidos me dirigí al despacho de Luisa en la universidad.

Fue una mañana de abril de hace un año, justo cuando una semana de frío tremendo cortó en seco la primavera y nos devolvió de golpe los rigores de un breve invierno prorrogado. Tomé el metro hasta Pedralbes y al salir caminé un rato por una avenida de plátanos, entre grandes extensiones de césped, descampados con edificios en construcción, fogatas de albañiles y grupos de estudiantes que se apresuraban, abrigados y en silencio, bajo un cielo de plata sucia apenas traspasado por el sol débil del mediodía. Después de bajar una explanada de asfalto sembrada de coches aparcados, entré en el vestíbulo de la facultad. Hacía mucho tiempo que no iba por allí, de modo que tuve que preguntarle a un conserje por los despachos de los profesores de Historia, y cuando me hubo informado eché a andar por un pasillo de paredes de cristal. Subí en ascensor hasta el quinto piso y, después de ir y venir un poco perdido por pasillos bruscamente solitarios y sombríos, cuando ya estaba a punto de bajar al piso inferior en busca de alguien que pudiera orientarme vi el nombre de Luisa grabado en una plaquita metálica clavada en una puerta.

Llamé, me abrió Luisa, me hizo pasar. Menos que el contraste entre la lobreguez de los pasillos y la limpieza, la claridad y el orden que imperaban en el despacho de Luisa (una habitación espaciosa y cuadrangular, iluminada por un amplio ventanal que aquella mañana apenas colaboraba con los fluorescentes del techo en la iluminación del cuarto), me desconcertó un poco la forma en que ella me recibió: no sé qué había previsto yo, pero el hecho es que Luisa me acogió como si estuviera sinceramente contenta de volver a verme y no quisiera esconderlo. Por lo demás, su aspecto había mejorado desde la última vez que la había visto, igual que si aquella primavera abortada le hubiera devuelto una lozanía de adolescente: tenía la piel más nueva y más tersa que entonces, los labios más llenos y colorados, los ojos más seguros y más natural la sonrisa, el pelo más luminoso, más oscuro, más largo, y sus gestos parecían querer participar de la gracia de los gestos recién descubiertos de los niños. Recuerdo que aún no había tomado asiento en la butaca que Luisa me ofreció, frente a ella y frente a la luz sepia que entraba por el ventanal, cuando me sorprendí pensando que estaba preciosa, y estoy seguro de que, si todavía albergaba alguna duda sobre cuál iba a ser mi reacción ante la hipotética noticia del fracaso de su relación con Torres (una conjetura que la acogida que Luisa me había brindado no hizo sino reforzar), en ese momento se disipó.

Pasado el primer instante de aturdimiento, mi estado de ánimo se contagió de la buena disposición de Luisa. Conversamos. Luisa fue en seguida al grano: aseguró que había sido un error estar tanto tiempo sin vernos; me pidió que la comprendiera: la separación y, sobre todo, el accidente (eso dijo: «el accidente») habían sido para ella experiencias muy dolorosas. Le dije que lo entendía, le pedí perdón por el daño que hubiera podido causarle, convine con ella en que todo había sido un error; conmovido, declaré:

–Todavía estamos a tiempo de arreglarlo.

–Sí –dijo ella, mientras mentalmente yo me despedía de mi flamante libertad y del personaje de carácter que había empezado a descubrir en mí y me preparaba para recobrar el personaje de destino del que había querido desembarazarme; antes de que Luisa hablara de nuevo sentí una punzada de rencor contra ella–. ¿Sabes una cosa? –preguntó, mirándome a los ojos–. Voy a tener un hijo.

–Claro –dije yo, notando que un grumo de angustia se me formaba en la garganta–. En cuanto podamos.

Luisa sonrió.

–Dentro de siete meses.

La miré sin entender.

–Estoy embarazada –explicó.

Quizá porque quería ganar tiempo, tontamente pregunté:
–¿De quién?

–¿De quién va a ser? De Oriol.

–Qué bien, ¿no? –dije con precipitación–. Enhorabuena.

–Gracias. Pensamos casarnos cuanto antes. Por el niño y todo eso. Ya sabes. –Hizo una pausa–. Oriol quería hablar contigo del divorcio, pero le convencí de que no iba a haber ningún problema; le aseguré que era mejor que fuera yo quien lo hablase. —Afectuosamente agregó—: Me alegro de haberlo hecho.

—Yo también me alegro —mentí.

Me habló de un abogado que podía encargarse de todos los trámites del divorcio. «Si a ti te parece bien, claro», añadió. Dije que me parecía bien. Luego, con pasmosa naturalidad, reconoció que durante meses había incubado un resentimiento feroz contra mí; últimamente, sin embargo —y sobre todo a raíz de su nuevo embarazo—, había descubierto, dijo, que en realidad su inquina no estaba dirigida contra mí, sino contra sí misma: por haberse empeñado en mantener una relación que, en el momento en que se deshizo, llevaba ya mucho tiempo agotada.

—Supongo que me faltaba valor y me sobraba arrogancia para romperla —observó como si estuviera analizando una historia remota y casi olvidada, incapaz ya de herirla—. Por suerte no era tu caso; de no haber sido por ti... —Vaciló; esbozó un gesto que quizá pretendía justificar el hecho de que no acabara la frase; la acabó, sin embargo, aunque de una forma que, pensé, no era la prevista—: En fin, de no haber sido por ti todavía andaríamos metidos en algo que no iba a ninguna parte.

No recuerdo de qué hablamos después; o mejor dicho, de qué habló Luisa, porque yo me hundí en un abatimiento silencioso desde el que la veía hablar y gesticular, su silueta recortándose detrás de la mesa del despacho contra el gris harapiento del cielo. Pero lo que sí recuerdo es que, mientras ella hablaba, me pregunté si Luisa me había contado la verdad, o si había querido contarme la verdad y no se había atrevido. Con un latigazo de celos retrospectivos me pregunté cuánto tiempo hacía que Luisa y Torres se gustaban, me pregunté qué había pasado en el congreso de Amsterdam a cuya vuelta fui a recogerlos al aeropuerto, al día siguiente de dormir con Claudia, me pregunté incluso de quién era en realidad el hijo que Luisa había perdido en el accidente y que yo había creído que también era mío. Mientras apartaba a toda prisa esas preguntas envenenadas la oí comentar:

—Después de todo ha sido un final feliz, ¿no crees? —Dulcemente sonrió—. Como en las películas.

«Como en algunas películas», pensé y a punto estuve de decir; pero no lo dije. De golpe me sentí incómodo en aquel despacho, y, porque supe que ya habíamos dicho todo lo que había que decir, miré el reloj y dije:

—Bueno, me parece que tengo que irme.

—¿Ya? —dijo Luisa—. Ni siquiera me has contado cómo te van las cosas.

—Hay poco que contar —aseguré, levantándome y forzando una sonrisa mientras hacía un gesto de indiferencia o desinterés; a continuación volví a mentir—: Todo está más o menos como siempre. Dentro de un rato tengo una reunión en el departamento. Si no me voy ahora mismo, no llego.

Luisa insistió en acompañarme hasta la salida. Mientras bajábamos en ascensor hasta la planta baja y desandábamos el pasillo de paredes de cristal, acordamos que me llamaría para iniciar los trámites del divorcio. Luego, para evitar la incomodidad del silencio, le pregunté por su hermano y por su madre.

—No está bien —dijo, refiriéndose a esta última.

—Me lo dijo Juan Luis —recordé, sintiendo en el estómago una oquedad de vértigo y de desencanto—. Espero que no sea nada grave.

Luisa se paró en medio del vestíbulo, frente a un quiosco. Preguntó:

—¿Has oído hablar del Alzheimer?

Me habló de la enfermedad, me describió alguno de sus síntomas, me aseguró que el proceso de degradación que acarreaba era penoso, lentísimo e irreversible. Mientras Luisa hablaba con la misma frialdad con que hubiera podido hacerlo un neurólogo, noté un sabor de ceniza en la boca, y quizá murmuré: «Lo siento»; es más probable que no acertara a decir nada. Recuerdo perfectamente, en cambio, que pensé: «No hay finales felices; si lo fueran, no serían finales».

A la puerta de la facultad nos despedimos; con dos besos.

—Hasta pronto —dijo Luisa, abstraída: parecía pensar aún en la enfermedad de su madre; parecía que no se estaba despidiendo de mí, sino de otra persona—. Te llamaré en cuanto nos cite el abogado.

Empecé a subir la explanada de asfalto llena de coches, pesado e infeliz, intentando no pensar en preguntas envenenadas, intentando no pensar en absoluto pero dejándome vencer por el ultraje de ese invierno atrasado, padeciendo como una agresión la grisura desolada de la mañana sin sol, su humedad y su podredumbre de sentina o de astillero en desuso, su frialdad y su miedo, su cielo uniforme, vacío y sin horizonte como una inmensa lámina de cinc oxidado y, cuando llegué a lo alto de la explanada y ya me disponía a doblar a la derecha por la avenida de plátanos, noté todavía la mirada de Luisa clavada en mi espalda, pero no me volví, porque imaginé que, a pesar de la distancia, Luisa aún podría distinguir las lágrimas que habían empezado a humedecerme la cara.

6

Al cabo de dos semanas Luisa y yo volvimos a vernos en el despacho del abogado. Estos encuentros se prolongaron a lo largo de toda la primavera, porque, aunque a ninguno de los dos nos costaba trabajo ponernos de acuerdo en los términos de la separación, lo cierto es que los trámites legales resultaron menos sencillos de lo esperado. Más de una vez, después de alguna de esas reuniones, Luisa y yo fuimos a tomar café a un bar cercano. Hablábamos mucho y de muchas cosas. Luisa, cuyo embarazo empezó muy pronto a hacerse visible, sinceramente se interesaba por mi situación laboral y afectiva, que yo me cuidaba muy bien de esconder bajo un velo de equívocos tranquilizadores y mentiras a medias; en cuanto a mí, la verdad es que aquellos encuentros casi nunca conseguían devolverme a la mujer con la que había compartido mi vida durante cinco años, sino a una persona distante y distinta, y por eso mismo prestigiada por un atractivo olvidado: ahora Luisa me parecía ante todo una mujer resuelta a ser feliz, alguien para quien ni nuestra separación, que a todas luces ya había asimilado, ni la enfermedad de su madre, que avanzaba con inexorable lentitud, constituían otra cosa que retos que había que superar a base de inteligencia, de sentido común y de dulzura, obstáculos que había que salvar en un camino del que no estaba dispuesta a que nadie la apartara. Por lo demás, es posible que esas conversaciones de camaradas me rescataran casi en seguida de la desolación en que me sumí durante los días que siguieron a mi encuentro con Luisa en la universidad. Yo nunca he creído que entre un hombre y una mujer pueda crecer una verdadera amistad (y menos aún si el hombre y la mujer alguna vez se han querido); quizá por eso me sorprendió advertir que Luisa y yo podíamos ser amigos. Este descubrimiento me salvó del desconsuelo, y no tardó en llevarme a pensar que había sido una suerte conocer a Luisa y quererla y que ella me quisiese a mí y haber convivido cinco años con ella; a veces, en los malos momentos, todavía me da por pensar que eso ha sido lo mejor que me ha pasado en la vida.

La víspera del día en que íbamos firmar el acuerdo definitivo de separación yo debía de estar pasando por uno de esos momentos, porque recuerdo que cuando sonó el teléfono, tarde en la noche, con todas mis fuerzas deseé que fuera Luisa. No era Luisa; era Torres. Me dijo que la firma del documento tenía que aplazarse, porque la madre de Luisa acababa de fallecer; el funeral, añadió, se celebraba al día siguiente. De golpe la ansiedad se trocó en decepción, en una pesadumbre inconcreta. Por decir algo, pregunté por el lugar y la hora de la ceremonia. Torres me los dijo; también me dijo que, si lo deseaba, podía asistir a ella: me aseguró que Luisa se alegraría de verme. En cuanto colgué el teléfono comprendí que me había comprometido contra mi voluntad a asistir al funeral de mi suegra.

Al día siguiente, después de no pocas dudas, decidí acatar el compromiso.

El funeral se celebró en el tanatorio de Les Corts durante un exuberante mediodía de sol, casi al principio del verano. Después de dejar el coche en el aparcamiento subterráneo, entré con alguna aprensión en el edificio. En el vestíbulo había bastante gente; vi algunas caras conocidas subiendo una escalera lateral y las seguí hasta llegar a una sala muy amplia: a la izquierda, protegido por una barandilla de hierro, un gran ventanal dominaba un patio interior de césped exacto, en el que se erguía un ciprés delgado y altísimo; a la derecha había un panel o un tabique de madera en el que se abría una puerta por la que entraban y salían, cariacontecidos y numerosos, los asistentes; como si hiciera frío o temiera quedarse a solas, la gente que llenaba la sala se apiñaba en corros donde se conversaba en voz alta, sin animación. No me atreví a acercarme hasta la puerta tras la que supuse que estaba el cadáver de la madre de Luisa, quizá la propia Luisa. Intentando pasar inadvertido (aunque tuve la impresión de que todo el mundo se había vuelto para mirarme, de que mi presencia no podía ser más conspicua), me quedé junto a la escalera, encendí un cigarrillo y esperé. No tardé en divisar, entre el bosque de cabezas que se arremolinaba en torno a la puerta, la figura pequeña y robusta de Juan Luis, que conversaba con dos hombres altos, no menos robustos, de pelo blanco, rasgos distinguidos y gestos de anciano, que no encajaban con su porte orgulloso de hombres enteros. Eran dos de los hermanos de la madre de Luisa. Como recién salidos de una película de Visconti (o de un imitador de un imitador de Visconti), reconocí aquí y allá a los otros hermanos: pálidos, inconfundibles y fatigados, con el desconcierto y la incredulidad grabados en sus rostros de otro tiempo, apenas encorvados por la vejez, un poco fantasmales, parecían recién desembarcados en un mundo cuyas reglas desconocían por completo. También reconocí a personas que vagamente había visto en alguna otra reunión familiar, alguna boda o algún entierro, pero no me acerqué a saludarlos. Junto a la barandilla de hierro divisé luego a los hijos de Juan Luis y de Montse –los tres niños vestían americana, pantalón y corbata azul oscuro, y Aurelia llevaba una camisa también azul y una falda escocesa, el pelo largo y negro recogido en una cola de caballo–; tres de ellos estaban frente a mí, con la atención absorbida por algo que el cuarto, el que me daba la espalda –creo que era Ramón, el mayor–, estaba manejando mientras los otros acechaban. Tuve que apartar de mi mente una visión de espanto (los cuatro niños como cuatro enanos temerarios preparándose para ejecutar un número de circo insensato) y, cuando comprendí que habían olvidado o perdido la segunda Game Boy y advertí que me hallaba en su línea de tiro, pues la barandilla corría paralelamente a la escalera en la que yo estaba apoyado, como aún no me habían descubierto me corrí con discreción hacia la derecha, hacia el tabique o panel de madera.

Fue entonces cuando le vi. Estaba al otro lado de la sala; estaba solo, vestido con su imperecedero blazer azul marino, apoyando su cuerpo en un bastón blanco, inmóvil, con los hombros derrotados y la barbilla erguida, en un gesto que de lejos me pareció altanero, casi vindicativo. De golpe creí advertir que Vicente Mateos y yo éramos las únicas personas en la sala que no estábamos en compañía de nadie; la idea me desagradó tanto que dudé si debía sumarme a algún corro o llegarme hasta la puerta de madera, o bien si debía marcharme.

Ya había tomado la decisión de marcharme cuando se me acercó Montse. Llevaba un vestido negro y entallado, pasado de moda, sin mangas, y una chaqueta liviana, también negra, que le cubría los hombros; el pelo petrificado por la permanente le daba a su cabeza un aire de casco. Conversamos brevemente. Montse estaba muy pálida, y parecía cansada. Me preguntó si había visto a Luisa, antes de que yo contestara se ofreció a llevarme hasta ella; no tuve que declinar el ofrecimiento, porque en ese momento un remolino de gente cercano a la puerta atrajo nuestra atención. De inmediato pensé en los niños, en la Game Boy única, y, apiadándome por adelantado de Montse, preví la escena. Por fortuna para ella (y para todos), esta vez me equivoqué: la gente se apartaba para abrir paso al ataúd que, montado sobre una especie de camilla con ruedas, marrón y reluciente, emergía de la puerta de madera conducido por dos hombres de uniforme y escoltado por un grupo en el que reconocí la peluca pelirroja de Concha, y a su lado a Luisa y a Torres.

—¿Vamos? —preguntó Montse.

Me sentí en la obligación de acompañarla. Al pasar junto al ventanal, Montse reunió a los cuatro niños y les obligó a saludarme, cosa que hicieron a regañadientes, y uno de ellos —Juan Luis, el tercero, el más parecido a su madre—, quién sabe si irritado por no haber podido hacerse con la Game Boy, aprovechó la confusión de los besos y un despiste de su progenitora para intentar pulverizarme la espinilla de una patada asesina que conseguí esquivar de milagro.

—Continúa tú —me dijo Montse, antes de que yo hubiera podido vengarme de Juan Luis—. Ahora vamos nosotros.

No tuve más remedio que sumarme al flujo de gente que, doblando a la izquierda por un recodo de la sala que seguía el ventanal y bordeaba el patio interior y el ciprés cilíndrico, se dirigía a la capilla donde iba a celebrarse el funeral. En un momento en que, delante de una puerta, se detuvo la gente, vi a través del ventanal, al otro lado de la sala, a los cuatro niños siendo adoctrinados por Montse, que, agachada en medio del corro que formaban sus hijos con evidente riesgo para las costuras de su vestido, blandía ante ellos una mano admonitoria; no puedo asegurarlo, pero juraría que Juan Luis me sonreía a distancia, a través de los cristales del ventanal.

La ceremonia, que estuvo presidida por el féretro y fue oficiada por un sacerdote de papada blanda como un flan y voz de adormidera, no duró mucho. Asistí a ella de pie, con la espalda apoyada en la pared del fondo de la capilla, que estaba llena; asistí a ella presa de una inesperada emoción: pensaba en mí, pensaba en Luisa, pensaba en el hijo que pudimos haber tenido y no tuvimos y que quizá ni siquiera era mío, pensaba en la madre de Luisa y en su pasión sin fondo por las cosas y en su vida malgastada y me decía que después de todo quizá todas las vidas son vidas malgastadas, y pensaba también en Vicente Mateos y en Juan Luis y en Montse y en sus hijos (que habían entrado una vez iniciada la ceremonia, disciplinados y silenciosos, y se habían sentado en primera fila), pensaba en los hermanos de la madre de Luisa, en su palidez de aparecidos y en su ruina sin honor, en toda esa gente y esas cosas que alguna vez habían pertenecido a mi vida, que de algún modo habían sido mi vida y ahora habían dejado de serlo para siempre, en toda esa gente y esas cosas que estaba viendo tal vez por última vez. Todos estaban allí, en los bancos de la primera fila: la empalizada de los hermanos, toda piel y huesos, apenas esforzándose por cultivar una precaria ficción de dignidad, alta, cenicienta, avejentada y final (ahora recuerdo que uno de ellos, el más joven, se pasó la ceremonia hurgándose la nariz con un dedo, y otros dos, un hermano y una hermana, hablaban y se reían por lo bajo, constantemente, como si quisieran convencerse de que aquella muerte no iba con ellos, mientras los que estaban a su lado les recriminaban sus risas con codazos o miradas de reproche); allí estaba Luisa, quieta y hermética como una estatua de luto, y a su lado Concha, inmovilizada en un largo y silencioso sollozo por la muerta y quizá por el miedo de volver sola a la casa sin nadie, de comer algo sola y recoger sola las cosas de la muerta y sola limpiar el último plato que ensució y meterse sola en la cama para despertarse sola y así un día y otro día y otro día, y al lado de Concha estaba Torres, que de vez en cuando se pasaba una mano inquieta por el pelo revuelto, mientras con la otra acogía el hombro de Luisa; y también estaba Juan Luis y más allá Montse, con su negro casco de pelo y su armadura de paciencia, y entre los dos, invisibles, los cuatro niños y su Game Boy. El único que no estaba en esa primera fila era Vicente Mateos y, después de intentar sin éxito localizarlo por toda la capilla, pensé que se había ido.

Al concluir la ceremonia, los dos hombres de uniforme, que habían permanecido todo el tiempo junto al ataúd, lo sacaron por una puerta lateral. En el otro extremo de la capilla abrieron entonces otra puerta, enorme y de hierro, por la que empezó a salir la gente. Fuera hacía un calor seco, y el contraste entre la penumbra fresca de la capilla y la violencia del sol cenital me cerró los párpados. Sin una conciencia clara de lo que quería hacer, me situé a un lado de la explanada de asfalto, que lindaba con una ondulada extensión de césped brillante, sobre la que daba la puerta; ésta seguía expulsando asistentes, que apenas salían volvían a arremolinarse en corros. Incómodo por el calor y por el gentío, encandilado, sin saber si irme o quedarme, después de un momento de duda opté por esperar la salida de Luisa: le daría un beso y me despediría de ella. En ese momento oí a mi espalda una voz conocida.

—Qué se le va a hacer —se lamentaba Juan Luis—. Son cosas que pasan.

Discretamente me escabullí. Bajé al aparcamiento, después de hacer cola durante bastante rato conseguí el tique que autorizaba a salir, cogí el coche y, al coronar la rampa de salida, reconocí a Vicente Mateos bajando la acera del tanatorio, solo y urgente, apoyando su paso decrépito en el bastón. Por un momento no supe si pasar de largo o frenar. Frené.

—¿Va a algún sitio? —grité, bajando la ventanilla del copiloto—. Si quiere puedo llevarle.

Blancuzco, demacrado y resollante, Mateos asomó la cara por la ventanilla y clavó a la altura de mi hombro una mirada ansiosa, que imaginé dirigida a mí.

—¿No me conoce? —pregunté.

Antes de que pudiera contestar le recordé quién era. Sonrió blandamente, mostrándome apenas sus dientes desiguales y amarillentos.

—¿Le llevo a algún sitio? —volví a gritar.

—¿Va usted también al cementerio?

—¿Qué cementerio?

—El de Caldetes —precisó, jadeando todavía—. El entierro es allí.

—No pensaba ir —reconocí.

—¿Cómo dice?

Le abrí la puerta.

—Suba.

Mateos no paró de hablar en todo el viaje; sudaba copiosamente, aseguraba que el cortejo fúnebre nos llevaba mucha ventaja, a cada momento exigía que me diera prisa. Con una mezcla desconcertante de minuciosidad en el detalle y de desorden o simple confusión en las explicaciones, como si él mismo no entendiera del todo lo que estaba contando, refirió el proceso que había seguido la enfermedad de la madre de Luisa. Yo había estado al tanto de él por las charlas de café que sucedían a las reuniones en casa del abogado, y quizá por ello pude sacar en claro dos cosas del relato de Mateos: que la causa de la muerte de la madre de Luisa no había sido la que todos esperaban, sino una trombosis cerebral que le había ahorrado (a ella y a su familia) el lento deterioro imparable del Alzheimer; y que, a pesar de que sus relaciones con la familia no habían mejorado, Mateos se las había arreglado para que Concha le dejara pasar con la moribunda más tiempo del que le hubieran permitido hacerlo la intransigencia de Juan Luis y el temor de la familia a la furia de sus celos de hijo perturbado por la ausencia del padre.

Al llegar a Caldetes Mateos me indicó sin vacilación el camino y, después de un trayecto breve y serpenteante que acabó en la cima de un monte poblado de pinos, tan pronto como detuve el coche frente a la tapia encalada del cementerio (ante la cual se alineaban también, además del de la funeraria, varios coches más), bajó sin esperarme y echó a andar a trompicones, pero con inesperada agilidad, en dirección a la verja que daba acceso al cementerio, por la que de inmediato se perdió. Quizá porque en el fondo sabía que mi presencia estaba de más en el lugar del entierro, con lentitud apagué el motor, salí del coche y me encaminé sin prisa hacia la entrada, como si quisiera hacer tiempo para que concluyera la ceremonia. Empujé la verja y entré en el cementerio. Era pequeño, con nichos blancos y protegidos por cristales, con muchas flores, con limpios senderos de grava flanqueados de cipreses; reinaba un silencio apenas turbado por el trino ocasional de algún pájaro y por un rumoreo tenue y metálico de herramientas trabajando, que venía de la izquierda. Con cautela fui en esa dirección, sintiendo crujir la grava bajo mis pies, entre dos setos de helechos secos y dos hileras de cipreses y, después de un recodo, cuando ya casi había agotado el sendero, entre dos cipreses los vi: Luisa, Torres, Juan Luis, un sacerdote, algunos hermanos de la muerta y algunos desconocidos. Todos estaban de espaldas; delante de ellos, dos hombres acababan en ese momento de encajar el féretro en un nicho. Avancé un poco más, y detrás de la familia, junto a una especie de caseta de paredes blancas y puertas y ventanas verdes, descargando todo el peso de su cuerpo en el bastón, estremecido por un movimiento ligero pero constante, distinguí a Mateos. Mientras los dos hombres sellaban con cemento el nicho, me acerqué a él y comprobé sin sorpresa que estaba llorando. Las lágrimas le chorreaban por los pómulos, por las mejillas, por las comisuras de la boca, por el cuello, se perdían por debajo de su blazer azul marino. Lloraba sin desesperación, con una especie de extraño sosiego, sin un solo ruido, como si no entendiera lo que le estaba pasando aunque tampoco quisiera luchar contra ello, mirando sin verlo el nicho de la madre de Luisa, con tal desconsuelo que era como si nadie salvo él quedara en el universo bajo el inmenso cielo azul de aquel verano precoz.

Los dos hombres acabaron de cerrar el nicho, se volvieron hacia la familia y murmuraron algo. El sacerdote inició entonces una oración, en la que lo acompañaron con timidez algunos familiares y, para no tener que cruzarnos con ellos al concluir el entierro, mientras aún seguían rezando tomé de un brazo a Mateos y le dije:

—Vámonos.

Me siguió con docilidad. Lentamente desanduvimos el sendero y volvimos al coche. Mateos parecía agotado; lo senté junto a mí, arranqué el coche y, cuando ya abandonábamos el baldío que se abría frente al cementerio, por el retrovisor vi cruzando la verja a un grupo de personas, entre las que distinguí a Torres, conversando con un desconocido, y a Luisa, con su visible embarazo y sus ojos ocultos por unas gafas de sol.

Regresamos a Barcelona en silencio, Mateos con la mirada perdida en la ventanilla y las manos apoyadas en el bastón blanco, sollozando apenas y secándose las lágrimas primero con su pañuelo y después con el mío, mientras yo conducía sin pensar en nada, ni siquiera en consolarle.

Al tomar la Meridiana le pregunté dónde quería que le dejara; me dio su dirección. Un rato después paré el coche en el paseo Maragall, junto a un edificio de fachada gris comido por una lepra oscura; al otro lado de la calle, detrás de un muro cubierto de pintadas, había una cancha de baloncesto. Mateos se quitó las gafas, se secó con mi pañuelo las mejillas y acomodándose otra vez las gafas se volvió hacia mí, trabajosamente sonrió.

—Perdone, joven —dijo. Miré su cara exhausta, sus ojos vacíos de lágrimas detrás de los cristales graduados, su barbilla sin fuerza, y tuve la impresión de que de golpe le habían caído encima un montón de años; por algún motivo sentí que no iba a vivir muchos más—. Yo quería mucho a Luisa, ¿sabe? —Muy serio agregó—: Era una mujer maravillosa.

Asentí con la cabeza.

—¿Quiere subir a mi casa? —preguntó luego—. Mi hermana puede prepararle algo de comer.

—Muchas gracias. Pero tengo prisa.

—¿Cómo dice?

—Digo que lo siento —repetí, elevando la voz—. Tengo que irme.

—Como usted guste —aceptó Mateos, negociando una sonrisa afable y desportillada; se metió mi pañuelo en el bolsillo y me alargó la mano—. Muchas gracias por todo —dijo, estrechándomela: me pareció que estaba estrechando un manojo humedecido de huesos y piel—. Hasta pronto.

—¿Le ayudo a salir?

—No hace falta —contestó, abriendo la puerta y sacando los pies del coche. Se volvió; con una media sonrisa agregó—: Todavía puedo valerme, joven.

Ayudándose con el bastón salió del coche, cerró la puerta y, con paso lento e inseguro, se dirigió hacia la puerta del edificio; cuando la hubo abierto se dio la vuelta y me hizo un gesto de despedida con el bastón, en el que reconocí toda la elegancia confidencial de sus setenta años, y mientras se lo devolvía tuve la impresión de que estaba otra vez llorando.

Embargado por una emoción cuyo origen no acertaba a localizar, conduje hasta mi casa entre el tráfico de las tres de la tarde. En cuanto llegué se evaporó la emoción, porque una sorpresa me distrajo de ella. El vecino del piso de abajo –un tipo gordo, casi calvo, de pecho y brazos peludos y acribillados de tatuajes de marinero, que desde que había llegado la primavera lucía por el barrio una barba permanente de tres días y una misma camiseta blanca, de tiras– me recibió a gritos en la escalera; no entendí sus palabras, pero sí lo que había pasado: precipitadamente subí a mi piso, abrí la puerta y cerré la llave de paso del agua. En el cuarto de baño, junto a la taza del váter, había un charco de agua; una enorme mancha de humedad oscurecía la pared. Mientras el vecino seguía pidiéndome explicaciones a grito pelado, llamé por teléfono al fontanero, que me prometió acudir al día siguiente. No sé con qué argumentos conseguí luego que mi vecino se calmara y se fuera.

Porque no era la primera vez que algo parecido ocurría. En realidad, desde hacía un par de meses no pasaba semana sin que una nueva cañería reventara. Al principio, por consejo del fontanero –un chileno de modales exquisitos y rasgos aindiados, que trabajaba sin licencia, tenía una ferretería y se hacía llamar don Leo– hablé con el propietario para intentar que costease el cambio de todas las cañerías del piso, lo que según don Leo era indispensable y urgente. El propietario me aseguró que antes de que yo ocupara el piso había pagado a un fontanero para que remozase todo el sistema de cañerías; también me hizo notar que, de acuerdo con el contrato que habíamos firmado, a partir del momento en que yo había entrado como inquilino en el piso me había comprometido a hacerme cargo de todos los desperfectos que pudieran producirse en él. En lo primero mentía, desde luego (pero demostrarlo era difícil, y probablemente inútil); no así en lo segundo. Para convencerme de que cambiar por mi cuenta las cañerías estaba fuera del alcance de mi economía, le pedí a don Leo que me hiciera un presupuesto. Me lo hizo y me convencí; también me resigné a tener que telefonearle de cuando en cuando, cada vez que, como ocurrió la tarde en que regresaba del entierro de la madre de Luisa, alguna cañería volvía a las andadas.

7

Una semana después del entierro de la madre de Luisa firmamos el acuerdo definitivo de separación. Al salir del despacho del abogado invité a Luisa a tomar café en el bar de siempre; tuve que tomarlo solo, porque ella alegó un compromiso y se marchó, después de que los dos prometiéramos telefonearnos. No sé si volveremos a encontrarnos cuando se nos conceda el divorcio —dentro de un año y medio, quizá dos—, pero la realidad es que desde entonces no he vuelto a ver a Luisa.

Hacia finales de junio recibí una carta del Ministerio de Educación en la que se me comunicaba que, por distintas razones (que sobre todo estaban relacionadas con el desajuste total que se daba entre mi perfil de investigador y el del proyecto encabezado por Ignacio, en el que yo pretendía integrarme), me denegaban la beca que había solicitado. No diré que esperaba esta negativa, pero mentiría si dijera que me sorprendió. Marcelo e Ignacio se indignaron cuando les di la noticia; aseguraron que en otoño, cuando empezara a dejar de cobrar el sueldo de la universidad, me resultaría fácil encontrar trabajo. Yo sabía que esto último no era verdad y, aunque no dudaba de que mis amigos harían todo lo posible para que lo fuera, tampoco me preocupaba demasiado, porque confiaba en que el subsidio de desempleo al que tenía derecho por mis seis años de trabajo en la universidad me permitiría sobrevivir durante el próximo año y medio, un tiempo más que suficiente (al menos así lo creí entonces) para reponerme de los sobresaltos de un curso agitado, ordenar un poco mi vida y decidir qué iba a hacer con ella en los próximos años.

Con la idea de empezar a habituarme cuanto antes a mi nuevo estatus de profesor en paro, me puse en seguida a buscar un piso más barato y menos problemático que el que entonces ocupaba. La realidad no tardó en convencerme de que no iba a encontrarlo, y abandoné la busca. Quizá porque venía a sumarse a otras contrariedades, o porque ya había concebido la esperanza de dejar aquel piso húmedo, sombrío y de entrañas roídas, esta circunstancia me desanimó. Por lo demás, también es verdad que la independencia conquistada con la separación de Luisa, que unos meses atrás me había hecho inesperadamente feliz, librándome de un peso indefinido pero real y permitiéndome vivir en un estado de agradable ligereza, libre de ataduras, compromisos y responsabilidades, ahora se me había vuelto insoportable, como si esa libertad absoluta me estuviera afantasmando, quitándome realidad, como si esa falta de peso me hubiera convertido en una persona volátil, intercambiable y transparente, como si estuviera empezando a admitir la dificultad de vivir sólo en el presente y para el presente, sin memoria, sin esperanza, sin temor y sin angustia, como si empezara a comprender que todos los esfuerzos para adiestrarme en el arte ignorado de ser un personaje de carácter eran sin excepción inútiles, porque el carácter no es una conquista sino un don que no se me había concedido y del que por tanto yo no podía disfrutar, porque para sentirme vivo necesitaba el peso y la ansiedad y el destino, y sobre todo porque una vez que se ha probado el áspero sabor de la intemperie ya nadie puede ni quiere volver a casa. Lo cierto es que esa sensación de ligereza y de sosiego me angustiaba cada vez más, y es posible que haya que atribuirle a ella el hecho de que volviera a extrañar a Luisa.

Por esa época ocurrió algo que a la larga resultó providencial. Una tarde de principios de julio, cuando ya habían cesado las clases y concluido los exámenes, fui a la universidad para recoger las cosas que todavía guardaba en mi despacho.

Preferí hacerlo entonces, y no en septiembre, porque aunque en este último mes me iba a ver obligado a regresar para poner los últimos exámenes (pues mi contrato no vencía hasta el primero de octubre), entonces la operación de desalojo del despacho, por el hecho mismo de que la facultad estaría otra vez en plena época de exámenes, forzosamente tendría que hacerse con menos discreción de la que yo buscaba.

Cuando aquella tarde llegué a la facultad eran más de las seis. No vi a nadie al cruzar el vestíbulo y subir las escaleras; también el departamento parecía desierto. Llevaba ya un rato en mi despacho, ordenando papeles y colocando libros en cajas de cartón, cuando llamaron a la puerta. Era Alicia.

—Hola —dijo, apoyando un hombro contra el marco de la puerta. Vestía una camisa de seda negra, una minifalda roja, de cuero, y unos zapatos de tacón alto; llevaba colgado del brazo un bolso negro y en la otra mano sostenía una bolsa de plástico. Tenía las cejas y las pestañas pintadas de negro y los labios eran rojos, gruesos, brillantes; una leve pero visible hinchazón le deformaba el labio superior—. Estaba a punto de irme, pero he oído ruido y...

—Estoy recogiendo —la interrumpí, señalando el despacho semivacío. Por decir algo dije—: No sabes la cantidad de cosas que se llegan a acumular al cabo de los años.

—Me lo imagino —dijo, observando las paredes del despacho con una especie de melancolía. Luego dio un paso hacia delante, me miró a los ojos, sonrió—. ¿No te da pena irte después de tanto tiempo?

Mientras buscaba una respuesta di un paso atrás, tropecé con una de las cajas llenas de libros y me caí con estrépito encima de ellas. La sonrisa de Alicia se trocó en una mueca entre burlona y solícita.

—Tranquilo, hombre —dijo, ayudándome a levantarme—. ¿Te has hecho daño?

—No —dije. Me había ruborizado; para ganar tiempo, porque me ponía nervioso tener tan cerca a Alicia, pregunté—: ¿Qué te ha pasado en el labio?

—¿En el labio? —repitió y, como si acabara de darse cuenta de la hinchazón, o como si quisiera atraer mi atención sobre ella, se pasó la lengua por el lugar lastimado—. Nada —contestó, y luego, sin demasiada coherencia, agregó—: ¿Te gusta o qué?

—No... bueno, sí —balbuceé—. Lo que quiero decir es que no me parece bien que Morris te pegue.

—Nos pegamos mutuamente, chato —aclaró, y no pude evitar comprobar que Alicia llevaba desabrochados un par de botones del escote, por el que entreví dos pechos redondos y grávidos como pequeños planetas de carne—. Y te aseguro que es la última vez.

Mientras retrocedía de espaldas, entre las cajas, atiné a articular:

—¿De verdad?

—De verdad.

Me tenía acorralado contra la mesa del despacho. En ese momento me puso la mano en la entrepierna.

—Alicia —gemí.

—¿Qué pasa?

—Alicia, por favor.

—¿Qué pasa? —repitió, mirándome fijamente mientras se desabrochaba otro botón del escote. Sin dejar de frotarme la entrepierna con una mano, me metió la otra, fresca y anillada, por el hueco de la camisa y me pellizcó con suavidad un pezón—. Los dos estamos solteros otra vez, ¿no?

—Tú no, Alicia —protesté.

—Tonterías: como si lo estuviera. —En ese momento noté que uno de los anillos de la mano exploradora de Alicia se me había enredado en el pelo del pecho, y ya iba a ayudarla a desenredarlo cuando, curvando sus labios en una sonrisa de mal agüero y sin apartar sus ojos de los míos, Alicia se me adelantó y liberó el anillo de un tirón tan violento que estuvo a punto de arrancarme de raíz un puñado de pelos. Grité—. Dime la verdad, Tomás —exigió, lamiéndome fugazmente el pabellón de la oreja y mordiéndome el lóbulo—. ¿Cuánto hace que no echas un polvo?

—Qué cosas tienes, Alicia —dije, notando con alarma lo que estaba pasando en mi entrepierna—. Pues no lo sé.

—¿Cuánto? —repitió ella, sin abandonar ninguna de sus maniobras.

—De verdad que no lo sé, Alicia —dije yo, y añadí, porque pensé que lo mejor era distraerme—: Siete meses, ocho quizá... No lo sé. Ya sabes tú que a mí estas cosas... En fin, que ya estoy acostumbrado; así que...

—¡Uyuyuyuyuyuyuy! —me atajó, valorando con mano satisfecha la erección que me había provocado—. Pues no sabes tú lo que te estás perdiendo, oye, con el rabo que se te ha puesto.

—Alicia, por favor —le rogué, ya sin oponer resistencia—. Por lo menos aquí no.

—¿Por qué no? —dijo ella, y en un instante me bajó los pantalones y se desnudó de cintura para abajo—. Nunca lo has hecho en un sitio así, ¿verdad? —añadió, arrastrándome hacia la pared—. Pues vas a ver lo bien que vamos a pasarlo.

No se equivocó. Es posible que la larga abstinencia influyera, pero lo cierto es que yo no recordaba haberlo pasado tan bien con Luisa en muchos años; ni siquiera me pareció que el efímero encontronazo con Claudia, precioso precisamente por ser efímero, me hubiera deparado la delicia violenta de éste. Mientras follábamos no pensé en nada, pero al acabar me recriminé mentalmente todas las veces que había rechazado las ofertas amorosas de Alicia y, lleno de gratitud hacia ella, mientras entre los dos acabábamos de empaquetar las cosas que quedaban en el despacho y las trasladábamos a mi coche recordé sin resentimiento los relatos de sus habilidades de hembra generosa y ardiente, que en otro tiempo había escuchado con una mezcla de temor e incredulidad.

Salí de la facultad eufórico, saciado y feliz, y se me ocurrió invitar a Alicia a tomar una copa. «Más vale tarde que nunca», dijo ella, con una sonrisa. Fuimos al Casablanca, pero no tomamos una copa, sino tres. Alicia insistió luego en que tomáramos la última en su casa.

Al día siguiente, cuando desperté, todavía estaba en casa de Alicia.

No fue la última vez que dormí con ella. De hecho, durante todo el verano, porque me sentía solo y porque había descubierto lo maravillosa que Alicia podía llegar a ser en la cama (y tal vez también porque me había enamorado un poco de ella), nos vimos a menudo. Salíamos a comer, a tomar copas y al cine; hacíamos excursiones en coche; casi cada día cenábamos juntos en su casa y fumábamos porros y veíamos la tele y follábamos hasta hartarnos. La verdad es que durante esas primeras semanas me olvidé de todo y fui muy feliz. Por eso no es raro que el día en que Alicia me propuso que dejara mi piso y me trasladara al suyo me asaltara la duda; sin embargo, por un escrúpulo de conciencia, o por un resto de vergüenza, y sobre todo por temor al temperamento de Alicia y a mi propia debilidad, no acepté. Pero apenas una semana más tarde, después de dormir dos noches seguidas con ella, al llegar a mi casa me encontré dentro a varios vecinos capitaneados por el gordo tatuado de la camiseta y acompañados de una cuadrilla de bomberos que acababa de forzar la puerta para detener la inundación que ya había anegado mi piso y que amenazaba con hacer lo mismo con el resto del edificio. Era más de lo que podía soportar, y al día siguiente me fui de allí.

Desde entonces —y ya va para seis meses— vivo con Alicia. No me arrepiento de haber tomado esa decisión, y me parece que Alicia tampoco. Cuando les di la noticia, Marcelo e Ignacio no podían creérselo: al unísono se llevaron las manos a la cabeza y me dijeron que estaba loco, que lo que debía hacer era buscarme un trabajo y alquilar otro piso. Yo les tengo afecto, y quise creer que decían lo que pensaban, que me aconsejaban lo que juzgaban que era mejor para mí; pero ni se me pasó por la cabeza hacerles caso. De todos modos les entiendo y, aunque alguien hubiera podido pensar que estaban celosos, que no se resignaban a aceptar que, mientras yo viviera con ella, Alicia iba a ser sólo para mí, no les guardé rencor; la prueba es que poco después de venirme a vivir con

Alicia logré convencerla de que les invitáramos a cenar a casa, para que se congraciaran con ella, con quien apenas se hablaban desde la última vez que se reconcilió con Morris; es verdad que la cena no acabó de salir como debiera —en realidad desde aquella noche no he vuelto a ver a Ignacio–, pero no fue por culpa mía, ni de Alicia.

Ahora Alicia y yo llevamos una vida tranquila. Ella sigue trabajando en el departamento –donde no sé si tienen noticia de nuestra relación: supongo que sí, y me da lo mismo– y yo, que empecé a cobrar del paro en octubre, me ocupo de la casa, que es una faena que me gusta, me entretiene y me deja tiempo libre para escribir, ver la tele y salir de vez en cuando –cada vez menos, es verdad– con Alicia. No es que no tenga intención de encontrar trabajo, como me dice Marcelo cada vez que puede, sólo porque rechacé un puesto de agente de ventas en una editorial, para el que él me había recomendado; lo que pasa es que prefiero postergarlo hasta que haya acabado de escribir estas páginas, esta crónica que empecé a escribir sin un propósito preciso, creyendo que iba a contar una historia única, la historia de este año y medio en el que ha cambiado por completo mi vida, y sólo ahora que la estoy acabando comprendo que esa historia no es única, porque nuestro destino tampoco lo es, porque lo que nos pasa les ha pasado también a otros, porque quizá no hacemos sino repetir una y otra vez, hasta la saciedad, una aventura idéntica y ajada, y la historia que yo he contado es también la historia de cómo el truhán Juan de Calabazas se convierte en el Bobo de Coria, la historia de cómo el ambicioso y desdichado Antonio Azorín se convierte en Antoñico, un pobre calzonazos provinciano que sobrevive (lo dijo también Jaime Gil de Biedma) como un noble arruinado entre las ruinas de su inteligencia, la historia de cómo un personaje de destino se convierte en un personaje de carácter, la odisea de un hombre que regresa a casa, sólo que en mi caso es un poco distinto, al fin y al cabo una de las cosas que me ha enseñado este año y medio es que en realidad esa aventura es imposible, porque después de haber cruzado el umbral y haber vivido a cielo descubierto ya es imposible volver a casa. Por lo demás, ahora que estoy acabando de escribir esta historia sé que sobre todo la he escrito porque no tengo nada mejor que hacer, porque sé que ya no voy a ser nadie, porque escribir es lo que uno hace cuando ya no hay nada mejor que hacer, cuando no se espera casi nada y se ha perdido casi todo, incluida la posibilidad milagrosa, última y sosegada de ser un personaje de carácter. O quizá no, quizás escribir sea la única posibilidad que yo tengo todavía de llegar a ser un personaje de carácter, de librarme de la angustia destructiva del personaje de destino que llevo dentro y que soy, y quizá por ello, ahora que sé que ya estoy acabando esta historia que, al menos mientras la escribo, me devuelve el puro borbolleo del instante convertido en el acto de escribir, no puedo evitar sentir una nostalgia hiriente, no tanto por las cosas que me han pasado en este año y medio y he contado, como por las largas horas deliciosas que he dedicado a recordarlas por escrito, y tampoco puedo evitar sentir miedo, porque mientras estoy escribiendo esta historia que ahora prolongo artificialmente todavía estoy seguro, pero no sé qué es lo que va a pasar después, cómo voy a llenar ese vértigo de horas vacías que se abrirá ante mí cuando la acabe.

Pero la acabaré, de todos modos —a estas alturas ya es casi una obligación acabarla, después de todo ha sido mi única ocupación durante casi dos meses—, y luego ya veremos. De momento estoy bien viviendo con Alicia y ocupándome de la casa. Además, y aunque después del fracaso de la cena que organicé nuestra amistad se enfrió bastante, finalmente me he reconciliado con Marcelo y ahora nos vemos otra vez a menudo. Quién sabe, a lo mejor acabo haciéndole caso y buscándome un trabajo. Pero lo que no pienso tolerar más es su insistencia para que me agencie un piso y me separe de Alicia, sólo porque según él Morris puede aparecer en cualquier momento, lo que además de ser una impertinencia (no sé quién es él para meterse en mis asuntos) también es una estupidez. Yo sé que Alicia ya ni se acuerda de Morris (ella misma me lo ha dicho muchas veces), y no tengo intención de dejarla por las buenas, y no sólo porque el dinero del paro no me alcance para pagar el alquiler de un piso decente, sino también porque la quiero y porque estoy a gusto viviendo con ella. Además, sería insensato admitir como prueba de que entre Alicia y yo han empezado a cambiar las cosas el hecho de que de vez en cuando tengamos alguna discusión o de que en la cama nuestra relación del principio se haya apaciguado y ahora sea menos ardorosa y frecuente que antes: demasiado bien sé que estas cosas pasan entre las parejas y que hay temporadas para todo. Pero Marcelo insiste. Ayer me invitó a comer en el Casablanca y se pasó la tarde hablándome de *Los tres mosqueteros*, y sobre todo de la duquesa de Chevreuse y de Aramis, y cuando nos despedimos me dijo que si algo debería de haber aprendido en este año y medio es que con las mujeres nunca se sabe. Un día de éstos voy a cansarme y le voy a mandar a la mierda.